평강공주

쪙강공주

1

미래인

평강공주 1

1판 1쇄 발행 2010년 1월 15일
2판 1쇄 발행 2021년 2월 15일

지은이 최사규 **펴낸이** 김민지 **펴낸곳** 미래M&B
책임편집 황인석 **디자인** 서정민 **영업관리** 장동환, 김하연
등록 1993년 1월 8일(제10-772호) **주소** 서울시 마포구 동교로 134(서교동 464-41) 미진빌딩 2층
전화 02-562-1800(대표) **팩스** 02-562-1885(대표) **전자우편** mirae@miraemnb.com
홈페이지 www.miraeinbooks.com **블로그** blog.naver.com/miraeibooks

ISBN 978-89-8394-907-3 04810
ISBN 978-89-8394-906-6 (세트)

＊잘못 만들어진 책은 구입처에서 바꾸어 드립니다.
＊미래인은 미래M&B가 만든 단행본 브랜드입니다.

가녀린 개나리 줄기조차 세찬 겨울 추위와 삭풍을 견뎌내야 봄을 맞이하고

눈이 시린 노란 꽃망울을 터트릴 수 있는 법이거늘……

작가의 말 (개정판)

무려 30년 전의 일이다. 내가 평강공주의 이야기에 관심을 갖고 시나리오를 집필한 것이⋯⋯. 이장호 감독님은 영화로, 이문열 선생님은 소설 소재로 관심을 보여주셨다.

꿈만 품고 살다가 장편소설로 다시 도전한 것은 12년 전이다.

정말 죽기 전에 남기고 싶은 글이었기에 혼신의 노력을 다했다. 책상 앞에 앉아 글을 쓰다가 허리가 끊어질 것처럼 아파서 침대에 누워 노트북으로 작업을 하기도 했다. 그러면서 걸작을 남기는 소설가들의 위대함과 그 집념을 새삼 깨닫고 진심 어린 존경심을 품기도 했다.

솔직히 나는 글쓰기가 무섭다. 창작 이전에 너무 어렵고 고통이 따르는 중노동이다. 더욱이 그 대가는 노고에 비해 보잘것없다.

그런데도 왜 도전했는가? 나 자신의 존재 확인을 위해서였다.

특히 인터넷을 보면 우리가 온갖 정보의 홍수 속에서 무엇이 옳고 그른가를 구분하기 어려운 혼돈의 시대에 살고 있음을 알 수 있다. 악의적이고 의도적인 왜곡이 예사로 일어나고 언론 매체나 일부 기자들의 편향된 시각도 이에 한몫 보탠다. 가깝게는 부모와 친구끼리의 대화에서도 오해와 단절이 생긴다.

잘못된 루머에 휩싸여 어떤 대상에 선입견을 갖는 순간, 가장 슬픈 일은 인간이 가진 아름다운 이성(理性)이 사라진다는 것이다.

모든 일에는 이면이 있다. 현재 우리의 삶도 마찬가지다. 누가 정확히 알겠는가? 실체적 진실이 보는 관점에 따라 다를 수밖에 없는데…….

평강공주가 실존 인물인 건 맞고 온달도 마찬가지다. 〈삼국사기〉에 기록되어 있지만 믿어지지 않는다. 고구려는 당시 대제국이었다. 일국의 공주가 어떻게 찢어지게 가난한 바보와 결혼할 수 있단 말인가? 이건 요즘도 어려운 일이다. 세계 어느 나라 역사에 그런 전례가 있었다는 말인가? 더 기막힌 설정은 공주가 울보란다. 울보 공주가 부왕의 명을 거역하고 가출을 해서 바보 온달과 결혼하였다니 이건 결코 숨어 있는 사연이 없을 수 없다.

공주가 바보를 가르쳐 그는 장군이 되어 나라에 충성했다. 평강공주는 오늘날까지 현모양처의 상징으로 회자된다. 과연 정말 그런가?

애절하고 비극적인 사랑의 결말은 더욱 놀랍다. 온달 장군은 전쟁터에서 전사했다. 그런데 관이 움직이지 않았단다. 그래서 사랑했던 공주가 다가와 울면서 떠나라고 하자 그제야 관이 움직였다고 한다. 죽은 사람의 관이 수많은 인파가 지켜보는 곳에서 움직이지 않았다면 그것도 예사로운 일은 아니다.

〈로미오와 줄리엣〉은 비교가 안 된다. 셰익스피어의 〈햄릿〉에 이런 사랑과 비장함이 있었던가? 이 이야기는 우리의 문화유산이고 세계적인 콘텐츠다. 이야기 이면에 숨겨진 역사적인 사실을 살펴보면 상당 부분 이해가 된다. 나는 그 수수께끼를 풀고 싶었고 상상의 나래를 펴며 즐거웠다. 인터넷 세대가 이 글을 읽고 루머의 속성과 그 다양한 이면을 이해하는 데 작은 보탬이 되었으면 한다.

끝으로 이 글을 탈고하는 데 큰 도움을 주신 이인형, 황인석 님과 박건섭 학장님, 권보선 양에게 심심한 감사를 드리며 TV 드라마 〈달이 뜨는 강〉을 제작해주신 조윤정 대표와 제작진의 노고에 고개 숙여 감사드린다.

영덕 강구항에서
崔士圭

차례

일러두기

1. 이 글은 역사적 사실을 기반으로 한 팩션(Faction)이다.

2. 등장인물은 역사서에 나오는 인물이 아닌 경우, 작가가 지어낸 것이다. 가급적 당시 고구려의 정치적 배경과 그 시간적 흐름을 따르려고 애썼다.

3. 이 이야기의 근거로 『삼국사기』 제45권에 나오는 '온달편' 전문을 참조했으나 그 사료가 부족하여 평원왕 재위 기간에 벌어진 사건들을 접목했다.

4. 마지막으로, 아무리 외면한다 해도 이 소설 역시 루머임이 분명하다.

평강비사 平岡秘史

 연못 가장자리 길을 따라 한껏 물이 오른 버드나무 줄기가 축축 늘어져 있고, 활짝 핀 목련꽃들이 한 잎씩 바람에 날려 한가로이 수면 위로 떨어지는 오후였다.

 궁녀들을 저만큼 물린 뒤 평강공주는 동생 원과 함께 후원을 거닐었다. 그녀의 미간에 깊은 그늘이 보였다.

 "태자는 혹 사람들이 누이에 대해 이런저런 소문을 퍼뜨린다 해도 이를 마음에 새겨두지 말거라. 아바마마가 보는 내가 다르고 태자가 보는 누이 모습 또한 다른 것이야. 어제의 마음이 오늘은 변하듯 나는 늘 변해가지만 사람들은 어느 한 순간, 한 부분만 보고 나를 아는 것처럼 쉽게 말들을 한단다."

 누이의 그윽한 눈을 마주보며 어린 태자가 어른스럽게 고개를 끄덕였다. 공주의 까만 눈동자 위로 안도의 빛이 떠올랐다.

그들은 팔각정의 계단에 이르렀다. 공주가 동생에게 손을 내밀었고 동생은 누이의 손을 잡고 계단을 올랐다. 공주는 동생의 옷매무새를 만져주고 머리칼을 쓰다듬어주었다. 평소처럼 다정한 누이의 손길을 느끼며 태자는 가슴에 품었던 의혹을 털어놓지 않을 수 없었다.

"누님, 정말 외가로 떠납니까? 저 혼자 왕궁에서 지내긴 싫습니다."

공주는 동생의 질문에 어리둥절했다. 그래도 웃음을 잃지 않고 되물었다.

"원아, 내가 궁을 나간다고 누가 그러더냐?"

"진비전에서 나온 말이라 하였습니다. 어디로 가든 저를 꼭 데리고 가셔야 합니다."

"그런 일은 없을 거야. 부왕께서 그걸 허락하시겠니? 왕궁에서 나를 내쫓기는 쉽지 않을 거야."

"약속해주세요. 절 혼자 남겨두지 않겠다고요."

공주는 태자가 측은했지만 내색하지는 않았다.

"그래, 안학궁安鶴宮은 내가 태어나고 자란 곳이야. 누이가 궁을 떠날 일은 없을 테니 아무 걱정 말거라."

공주는 동생이 왜 그런 질문을 하는지 잘 알았다. 만약 그녀를 왕궁에서 쫓아낼 수 있다면 진비가 무슨 짓이라도 꾸미겠지만 그것은 아직 풍문에 지나지 않았다. 아무리 진비의 권세가 하늘을 찌를 듯 높다 해도 부왕의 허락 없이 공주마저 쥐락펴락할 수는 없었다.

진비는 왕후가 임종한 뒤 내궁의 실권을 장악했다. 그녀는 왕자 건무를 낳은 후에도 여전히 미색이 빼어나서, 겉으로 보기엔 평강의 손위 언니라 해도 좋을 만큼 동안이었다. 그러나 아직 비妃의 신분에 머물러 있었다. 평원왕이 왕후에 대한 애틋한 마음으로 정비正妃의 자리를 비워두었기 때문이다.

고구려 5부 가운데 하나인 관노부灌奴部는 세력이 약하여 그곳 출신인 진비가 왕후가 되지 못해도 크게 반발하지 못했다. 왕후가 될 수 없다는 생각 때문인지 내궁에서 권력을 휘두르는 진비의 행동은 종종 도를 넘었다. 내궁 사람들은 그녀의 눈치를 살피기에 바빴다. 만약 태자가 없다면 다음 보위는 저절로 건무 왕자가 잇게 되니, 공주와 태자 원의 존재는 그녀에게 눈엣가시처럼 거슬리지 않을 수 없었다.

"원아, 남들이 떠드는 소문을 그대로 받아들이지 말거라. 소문에는 반드시 그 이면이 있는 법이란다."

동생은 마지못한 듯 고개를 끄덕였다. 그러나 그의 눈은 겁에 질려 있었다.

"그런데 진비마마는 왜 우리를 미워하나요?"

공주는 태자가 걱정스러웠다. 두려움은 공포를 낳고 불행을 잉태한다. 공주는 하나밖에 없는 혈육인 태자의 어깨를 다정하게 감싸며 다독거렸다.

"태자는 일국의 군왕이 될 사람이야. 주변에 듣는 귀가 많으니 그렇게 가볍게 내심을 드러내서는 안 돼. 알겠지?"

태자는 신색을 굳히고 짧게 입술을 달싹거렸다.

"네, 깊이 새겨두겠습니다."

"진비마마는 이 누이가 더 열심히 문안을 올릴 테니 너무 심려하지 말거라."

내궁의 대소사를 진비가 맡아 처리한 지 오래다. 왕후의 소생인 공주가 자라날수록 진비는 그녀를 더욱 모질게 대하고 힘들게 만들었다. 본래 생각이 자유분방하고 활달한 공주에게는 형식에 얽매인 왕궁보다 어머니의 출신지이자 자신의 외가인 절노부 絕奴部가 더 생활하기 편하고 마음고생이 덜할 것이다. 그렇다고 해서 태자를 홀로 궁에 남겨둘 수는 없었다. 부왕은 국정에 얽매여 매일 바쁘니, 누군가는 어린 태자를 돌보고 지켜줘야 한다.

태자는 유독 누이의 말을 믿고 잘 따랐다. 가까운 오누이 사이가 그렇듯이 두 사람 사이에는 서로 아끼고 위해주는 애틋함이 있었다.

공주의 명령 때문에 저만큼 떨어져 이쪽을 힐끔거리며 눈치만 살피던 궁녀들 사이에 작은 소란이 생겼다. 공주와 태자가 서로 마주보며 궁녀들 쪽으로 고개를 돌렸다. 뭔가 일이 생긴 모양이었다. 공주는 샛별이를 손짓으로 불렀다. 샛별이는 공주와 어릴 때부터 같이 자라 시녀라기보다 친구 같은 사이였다. 샛별이가 못내 우물쭈물하며 어렵게 다가와 말을 건넸다.

"고, 공주님, 공손부인이 진비전으로 끌려갔다 하옵니다."

"뭐라고?"

공주는 가슴이 두근거리고 얼굴이 달아올랐다. 그녀는 등을 돌리고 남몰래 심호흡을 몇 번 한 후 조심스레 정자를 걸어 내려왔다. 이것은 왕후가 생전에 가르쳐준 방법이다. 심호흡을 하면 외부 자극에 대한 반응이 느려지고, 반응이 느리면 그만큼 생각할 여유를 가지게 되니 실수를 저지를 확률도 줄어든다.

"대체 무슨 일로 그리 됐다더냐?"

공주는 최대한 감정을 자제하며 차분한 목소리로 물었다.

"진비마마가 아끼던 빗이 없어졌는데 그것이 공손부인의 문갑에서 나왔다 합니다."

공손부인은 왕후를 섬겼으며 공주와 태자의 유모이기도 하다. 그녀를 벌하는 것은 공주와 태자를 벌하는 것이나 마찬가지다. 공손부인은 인품이 온후하고 매사에 일처리가 공정하여 따르는 궁인宮人들이 많았다. 그렇다 보니 자연 궁내에서 많은 정보를 접하게 되었고, 공주의 처소인 목련당을 지키는 또 다른 버팀목이 되어주었다. 만약 진비가 공손부인을 제거한다면 공주는 오른팔을 잃은 것이나 마찬가지다. 그래서 진비는 늘 공손부인을 벼르고 있었다.

"빗을 어디에서 찾았다고 했느냐?"

"공손부인의 문갑에서 찾았다고 들었사옵니다."

"다른 궁녀들의 방도 뒤졌다고 하더냐?"

"그, 그런 말은 없었습니다."

"이토록 넓은 궁에서 유모를 지목하고 숨겨놓은 빗의 위치까지 정확히 찾아냈더란 말이지?"

"마마, 어찌하옵니까?"

눈에 빤히 보이는 억지고 낡은 음모다. 끓어오르는 감정을 가라앉히고 공주는 얼굴색을 담담하게 꾸몄다. 힘든 일을 겪을 때마다 그녀는 왕후의 가르침을 떠올렸다. 사람은 어려운 난관이 닥칠수록 많은 경험을 하고 그것을 극복하면서 강해진다고 했다. 어차피 산다는 것은 굴곡과 위험이 따르는 일이라 했다.

문제가 생기면 왕후는 정확하게 상황을 분석하고 그에 대처하는 방법을 찾아내려고 고심했다. 왕후는 해결책을 찾아내는 과정에서 많은 사람을 만났고 적대적인 사람조차 조력자로 끌어들였다. 걸음마를 배우면서부터 공주는 그런 왕후를 따라다니며 위기에 대처하는 남다른 방식을 눈으로 보고 몸으로 익혔다.

공주는 단호한 어조로 말했다.

"걱정하면 무얼 하느냐? 용서해주실 때까지 잘못했다고 빌어야지."

궁에는 숨은 눈과 떠도는 입이 많다. 힘의 향배에 따라 호의를 가진 우군이 언제 적으로 변할지 알 수 없는 곳이다.

"아바마마께 알려야 하지 않을까요?"

그때까지 조용히 두 사람의 이야기를 듣고만 있던 태자가 걱정스러운 얼굴로 공주에게 물었다.

"이런 일로 부왕께 심려를 끼쳐서야 되겠느냐?"

내궁에서 벌어지는 소소한 문제는 부왕도 관여하기 껄끄러운 일이다. 공주는 별일 아닐 거라며 타일러 태자를 돌려보냈다.

그동안 조용하다 싶더니…… 공주는 태자의 뒷모습을 바라보며 입술을 깨물었다. 설령 음모라 해도 힘이 없는 그녀가 진비와 정면에서 맞설 수는 없다. 왕후가 임종하고 난 뒤로 공주는 그렇게 살아왔다. 남들은 부귀영화를 누리고 산다며 부러워하겠지만, 그녀의 어려운 처지를 깊숙이 아는 이가 몇이나 되겠는가?

"샛별아, 임 장군은 돌아왔느냐?"

"어제 당직을 서고 이른 새벽에 출궁하셨습니다."

"너는 임 장군이 입궁하면 목련당을 봉쇄하고 궁녀들을 내보내라 하여라. 그 누구도 목련당 근처에 얼씬거리지 못하게 해야 한다."

임 장군은 평원왕이 공주의 개인 경호를 위해 직접 배치한 호위무장이다.

"네에, 분부대로 하겠습니다."

"그리고 목련당의 규모와 행색을 줄인다는 말을 퍼뜨려서 진비의 귀에 곧장 들어가도록 해라."

"네, 진비전에 동무들이 있으니 그리 전하겠습니다."

샛별이는 영문을 알 수 없었지만 공주의 심기心機가 깊다는 것을 알기에 반문하지 않고 답했다.

공주는 진비전으로 걸어가면서 천천히 머리를 풀어 내리기 시작했다. 그녀는 숙고한 뒤 결정을 내리면 망설임 없이 바로 행동으로 옮겼다. 그것이 그녀의 장점이었다.

공주는 진비전에 들어서자마자 기단 아래에 꿇어 앉아 머리를 풀었다. 눈물이야말로 어릴 때부터 키워온 특기가 아닌가.

"흑흑흑 진비마마, 유모를 용서하시고 풀어주시옵소서."

가락과 장단에 맞춰가며 끊어질 듯 이어지는 공주의 울음소리는 마치 창을 하듯이 이력이 붙어 있었다. 무예를 익혔으니 우는 일쯤은 그리 힘든 것도 아니었다.

궁녀들의 부산한 움직임과 둥근 창 너머로 들리는 왁자한 소리에 찻잔을 들던 진비가 놀라 물었다.

"왜 이리 밖이 소란스러우냐?"

"공주가 찾아와 유모를 풀어달라며 용서를 빌고 있다고 하옵니다."

이번 일은 진비의 심복인 이 상궁이 꾀를 내었다. 공손부인을 치면 공주를 흔들 수 있거니와, 더욱이 죄를 씌워 공손부인을 궁에서 내쫓을 경우 공주는 날개 잃은 독수리 신세가 될 것이라는 이 상궁의 계책을 진비도 수긍하지 않을 수 없었다. 이보다 더 좋은 수가 어디 있겠는가? 이 상궁 역시 공손부인이 사라진다면 내궁 여인들의 머리 꼭대기에 올라 혼자 목청을 높일 수 있으니 진정으로 바라는 바였다.

전각의 그림자가 꼬리를 길게 늘이다가 그 잔영이 어둠 속에 묻혀 버린 지도 한참이 지났다. 진비는 계속 창가를 서성거렸고 이 상궁도 덩달아 진비 곁을 따라 다녔다.

"참 끈질기기도 하구나. 벌써 몇 시각을 저러고 있느냐?"

"이경二更이 다 되었사옵니다."

"쯧쯧, 나이도 찰 만큼 찼는데 아직 눈물을 흘리고 떼쓰는 걸 보니 참으로 한심하구나. 저런 울보를 나중에 누가 데리고 살겠느냐?"

"울다 목이 잠겼는지 많이 조용해졌사옵니다."

대답은 그렇게 했지만 이 상궁은 슬슬 불안해졌다.

'명색이 일국의 공주인데 저리 볼썽사납게 울 건 또 뭐람?'

아무리 내궁을 맡고 있는 진비의 서슬이 퍼렇다 해도 공주는 평원왕의 딸이고 막강 절노부 군장의 외손녀다. 그런 공주가 무릎을 꿇고 머리를 풀고서 곡을 해대니 부담스럽지 않다면 거짓말이다. 저대로 두면 병이 날지도 모른다. 옥에 갇힌 공손부인을 구하려고 저런다지만 겨우 빗 하나 때문에 벌어진 사건이니 만약 공주가 병이라도 난다면 득보다 실이 많을 것이다.

"진비마마, 잘못하면 일이 엉뚱한 곳으로 번지겠사옵니다."

그 말을 듣자 진비의 눈에 조소의 빛이 떠올랐다.

"호호호, 걱정되느냐? 이 상궁 그대가 유모를 궐 밖으로 내쫓자고 하지 않았느냐?"

"모두들 내궁의 주인이 누군지 단단히 알았을 것이옵니다."

"내궁의 주인이라고? 흥! 빛 좋은 개살구지. 태자가 이미 정해졌다 하나 우리 건무 왕자에게 아주 기회가 없다고는 볼 수 없을 것이다. 어디 두고 보자."

"소인이 듣기로 공주가 목련당의 궁녀들을 내보내고 그 규모와 행색을 줄이겠다고 하였답니다."

진비는 허리를 펴고 의자에 기대어 느긋하게 발판에 다리를 올려놓았다.

"그래? 울보가 아주 어리석지만은 않구나. 제 살길을 찾을 줄도 알고 말이야. 유모는 어찌하고 있더냐?"

"매를 치긴 하였으나 하명하신 대로 보이는 상처는 그리 깊지 않사옵니다."

"그 정도면 됐다. 만약 공주의 곁에 유모조차 없다면 태왕太王의 걱정과 관심을 더 많이 불러일으키게 될 것이 아니냐."

"후일을 도모함에 지금은 마마의 자애로움을 보여주시는 것이 더욱 나으리라 여겨지옵니다."

"이 상궁이 적당히 처리하거라. 공주도 깨달은 바가 클 것이니 알아서 몸을 낮추지 않겠느냐."

그러나 그건 진비 혼자만의 생각이었다.

공주는 진비가 그렇게 생각해주길 바랐다. 공주가 궁녀들을 내보낼 때에는 다른 속셈이 있었다. 평원왕은 백성을 긍휼히 여기고 평소 검소한 생활이 몸에 밴 왕이다. 그러니 공주의 결정을 대견하다며 칭찬해줄 것이다. 또한 공주를 감시하는 눈들을 목련당에서 의심받지 않고 떼어낼 수 있으니, 궁녀 중에 누군가 공손부인의 침소에 들어가 진비의 빗을 숨기는 따위의 허술한 모략도 앞으로는 방지할 수 있을 것이다. 즉 진비의 방심을 유도하면서 일석삼조의 효과를 노린 것이다.

"마마, 계루부桂婁部의 고건 장군과 진철중 장군이 뵙기를 청하옵니다."

"밤이 늦었지 않느냐?"

"긴히 올릴 말씀이 있다 하였사옵니다."

"그래?"

고건 장군과 진비는 집안의 혼사로 엮어진 먼 인척이고 진철중은 진비의 사촌오빠다.

"진비마마께 문안드립니다."

피갑皮甲을 입은 고건과 진철중이 성큼성큼 들어와 허리를 숙여 깍듯이 진비에게 예를 표했다.

"가족끼리 그리 예를 차릴 건 뭐 있습니까? 자리에들 앉으세요. 혹시 들어오다 공주를 보았습니까?"

진비의 시선이 고건에게 향했다.

"소장은 보았으나 공주님은 눈을 감고 계셨습니다."

"내궁의 규율을 바로 잡는 중이니 그리 심려할 일은 아니라네."

고건은 진비가 자신을 과시하고 싶어 한다는 것을 느꼈다. 정실이 아닌 비의 신분으로 공주를 꿇어앉히고 잘잘못을 다스릴 정도라니, 그 위세가 가히 지나치다 싶었다.

진철중이 주위를 둘러보며 머뭇거리는 태도를 보이자, 진비가 가볍게 손바닥을 흔들어 궁녀들을 물렸다. 진비의 내실에는 이제 세 사람만 남았다.

"고 장군, 마마께 보여드리게."

진철중이 고건을 보며 채근했다. 고건이 품에서 한 뼘 크기의 비단 쪼가리를 꺼내 진비에게 공손히 건넸다.

'출병出兵'

단 두 글자가 쓰여 있는 비단 천을 펴서 읽은 뒤 진비는 망설임 없이 숯불이 빨갛게 타오르는 청동화로에 천을 던졌다. 불길이 비단 쪼가리를 날름 삼켰다. 불그림자가 세 사람의 얼굴에 어른거렸다.

진비가 나지막한 목소리로 말했다.

"약속은 반드시 지켜질 것이네. 계루부가 나서는 일인데 의당 동참해야겠지. 병사들이 평양성으로 향한 지 여러 날이 되었다고 하니 고추가古鄒加: 왕족이나 귀족에 대한 칭호께 그대로 전하면 될 게야."

"네. 분명 기뻐하실 소식입니다."

진비는 고건이 들으란 듯이 진철중에게 물었다.

"오라버니가 조사한다던 일은 어찌 되었습니까?"

고건은 처음 듣는 소리였다. 그는 이게 무슨 말이냐는 눈빛으로 진철중을 바라보았다. 진철중이 고건을 마주보며 설명했다.

"임정수가 이보성 장군을 자주 만난다는 첩보가 들어왔다네. 임정수는 평강공주의 전담 시위무장일세."

고건이 놀란 목소리로 되물었다.

"이보성 장군이라면 왕궁 근위대장이 아닙니까?"

"그렇지. 직책상으로는 두 사람이 자주 접한다 해도 이상할 것이 없지. 그러나 그 만남이 야밤에 사가私家에서 이루어진다는 게 문제라네. 두 사람은 술을 마시지도 못할 뿐더러 공통 관심사를 갖기엔 나이 차이가 너무 많아. 특히 이보성 장군은 고추가께서도 주목하고 있는 인물일세."

"흑풍대가 붙어 있는 것으로 압니다만······."

"그럴 테지. 누가 고추가의 눈길을 피하겠는가."

진철중은 고건의 뒤를 받치고 있는 거대 권력의 한 자락을 엿보는 것 같아서 씁쓰레한 기분이 들었지만 이내 그런 감정을 지웠다. 상부 上部 고씨高氏에게 등을 돌리는 건 멸문을 자초하는 짓이었다.

물결 소리를 내며 나뭇잎을 쓸고 다니는 새벽바람이 속살을 헤집고 들어와 몸을 시리게 했다. 저만치 소나무 뒤에 서 있는 공주를 발견한 공손부인이 흠칫 놀라며 몸을 숙였다.

"유모, 괜찮아?"

"이런 시각에 공주님께서 어찌 나와 계십니까?"

모진 매질을 당한 뒤로 공손부인은 한쪽 귀가 멍멍하니 잘 들리지 않았다. 그러나 자기 손으로 키운 공주 앞에서 약한 모습을 보이기는 싫었다. 공주가 남들 앞에서 눈물을 보일 때는 그 눈물을 곧이곧대로 믿을 수 없지만 지금처럼 큰 눈을 깜박이며 빤히 쳐다볼 때는 속으로 슬픔을 감추고 있다는 것을 공손부인은 누구보다 잘 알았다.

"공주님, 새벽 공기가 차가운데 옥체를 보중하셔야죠."

공손부인은 힘이 부쳐 떨려 나오는 목소리를 추스르며 말했다.

"많이 힘들었지? 자, 나한테 기대."

공주가 유모의 팔을 당겨 자기 어깨에 걸치려는 것을 공손부인이 밀쳐냈다.

"저는 괜찮습니다."

공손부인은 애써 몸을 꼿꼿이 세우고 한발 한발 내딛었다. 뒤에서 지켜보던 공주가 가만히 다가가서 그녀의 한쪽 팔을 잡고 부축했다.

"공주님, 괜한 고초를 겪으셨습니다. 저 때문에 무릎을 꿇으셨다면서요. 저야 아무려면 어떻습니까? 돌아가신 왕후께서는 남에게 고개를 숙이신 적이 없었는데⋯⋯."

"유모, 나는 아직 힘이 없어. 고개를 숙이라 하면 허리를 꺾어 보일 수밖에⋯⋯."

공손부인은 걸음을 멈추고 고개를 돌려 공주의 얼굴을 살폈다. 어디까지가 공주의 진심인지 혼돈스러울 때가 있었다. 그녀가 아는 한 공주는 누구보다 신중하고 강했다.

"정말이야. 곁에 있는 사람들이 자꾸 다치는 건 싫어. 어떻게든 방법을 찾아야 해."

공주는 혼잣말처럼 그렇게 되뇌었다.

밤새 촉촉하게 젖은 땅이 신발 밑에서 자박자박 소리를 내었고 수백 년은 됨 직한 소나무들이 흐르는 안개 속에서 희미하게 제 몸을 드러냈다 감추었다 했다.

유모를 부축한 공주는 천천히 처소로 향했다.

대전大殿의 부속 건물은 태왕의 개인 집무실이자 숙소인 서각書閣이 딸려 있다. 그곳에서 평원왕은 애신愛臣들을 모아놓고 숙의를 거듭하고 있었다. 대국으로서 조공을 요구하는 진陳과 북주北周의 사신을 연이어 맞아 난제에 빠져 있었고, 군부에서는 조공을 거부하자는 조직적인 반발이 거세게 일어나고 있는 중이었다.

평강공주는 태감太監: 내시의 우두머리의 도움으로 책장 뒤에서 부왕의 어두운 기색을 살폈다. 그녀는 어릴 때부터 부왕이 보고 싶거나 마음이 울적하면 곧잘 대전이나 서각에 숨어들곤 했다.

울절鬱折: 관작의 수여나 왕궁의 출납을 맡는 벼슬의 굵직한 목소리가 그날따라 더욱 저음으로 착 가라앉았다.

"과연 계속 조공을 보내야 합니까, 말아야 합니까? 패전과 굴욕을 몰랐던 고구려가 어디까지 물러서야 하는 겁니까?"

울분을 토로하는 울절과 달리 태대형太大兄: 국가 기밀을 맡아 보는 벼슬 고상철은 한 치 흔들림 없이 차분하게 말을 이어나갔다.

"한 발 물러선다 하여 그것이 곧 패배는 아닙니다."

"어허! 선대왕 때는 신라가 도살성과 금현성을 차지했고 돌궐을 치는 사이에도 한강 유역 10개 성을 빼앗겼습니다. 헌데 이제 진나라 관복을 받다니요? 땅을 치고 통탄할 일입니다!"

"그 당시 5부는 주력군을 뒤로 물리고 전력을 다해 싸우지도 않았습니다."

"당장 사신들의 목이라도 쳐야 할 판입니다."

"어허, 울절께서는 진나라나 북주와 맞서 승패를 장담할 수 있다 보시오?"

"전장의 승패는 미리 점칠 수 없음을 잘 아시지 않습니까?"

"말씀 잘하셨습니다. 백성의 목숨과 조상의 강산을 걸고 모험을 할 수는 없지요."

여느 때처럼 고상철은 차분하게 대응했고, 울절은 흥분을 좀처럼 누그러뜨리지 못했다.

"계루부의 군장 고원표가 야전 지휘관들을 사저로 불러들이고 있습니다. 고구려가 북주에 조공하는 것은 전쟁을 해서라도 막아야 한다고 불을 지펴대니 피 끓는 젊은 무장들이 솔깃할 수밖에요."

사신 접대와 외교를 담당하는 태대사자太大使者가 탁자를 두드리며 거들고 나섰다.

"이렇게 답답할 수가…… 고구려가 진이나 북주와 맞설 때가 아님은 고원표 자신이 누구보다 더 잘 알고 있습니다."

"아니, 그렇다면 어째서?"

"고원표는 수가 많은 인물입니다. 군심을 흔드는 의도는 따로 있습니다. 적에게 굴복하지 않겠다고 외칠수록 위풍당당해 보일 것이고 군대의 지지 기반도 넓힐 수 있습니다. 태왕의 치세에 흠집을 내는 것으로 이보다 좋은 기회가 있겠습니까?"

고개를 끄덕이며 대신들이 무거운 신음을 토해냈다. 그러나 답답한 공기가 실내를 짓누르고 침묵이 길어져도 평원왕은 멀뚱하니 천장만 쳐다볼 뿐이었다.

"폐하의 명을 받들어 사신들을 접대하고는 있으나 뭔가 대책이 있어야 하지 않겠사옵니까?"

그제야 평원왕이 한마디 툭 던졌다.

"내부의 반발은 짐작했던 바지요. 그런데 소노부逍奴部의 움직임은 어떻습니까?"

주변을 둘러보고 태대형 고상철이 고했다.

"소노부 병력은 상단商團 보호를 구실로 남하하는 중이옵니다. 소노부는 고원표에게 힘을 보탤 것이 분명하옵니다."

울절이 앉은 자리에서 벌떡 몸을 일으켰다.

"황공하오나 저들의 조공 반대는 핑곗거리에 불과하옵니다. 궁극의 목적은 태왕의 친정親政을 포기시키고 제가회의諸加會議가 국정을 장악하도록 하는 것이옵니다."

핵심을 짚어내는 울절의 진단은 정확했다.

"힘을 가진 군장들이 사사로운 이익에 빠져 동상이몽이니 이 강산은 대체 누가 지킨다는 말입니까?"

분기를 참지 못한 고상철이 굳게 칼자루를 잡고 간청했다.

"폐하, 백성을 위해 나라를 안정시켜야 할 호족들이 군대를 동원하고 중신들은 붕당을 일삼고 있사옵니다. 이참에 군왕의 위엄을 높이 세우소서. 소장, 진두에 서서 역도들을 처단하겠사옵니다!"

실내가 쥐 죽은 듯이 싸늘해졌다. 평원왕의 안색을 살핀 태대사자가 낮은 목소리로 고상철을 타일렀다.

"내전은 아니 됩니다. 폐하의 진의를 잘 아시지 않습니까?"

그러나 평원왕의 목소리는 높낮이 없이 그저 무심하기만 했다.

"조공을 반대하는 자들도 나라를 지탱하는 힘이며 외면할 수 없는 현실입니다. 과인의 뜻에 반대한다 하여 모두 적으로 간주하고 싸울 수는 없지 않습니까? 우리의 적은 밖에 있습니다."

평원왕은 아버지 양원왕을 닮아 키가 7척에 가깝고 성품이 대범하면서 인자했다.

"싸워서 잘라내는 건 하책입니다. 한 배에서 태어나 같이 자란 형제끼리도 각자 생각이 다르지 않습니까? 국사를 처리함에 그 의견이 다른 것은 흔히 있는 일입니다. 무엇보다 백성과 호족들의 심중을 잘 헤아린 연후에 갈 바를 정해야 할 것입니다."

"폐하, 저들은 이미 군을 동원했사옵니다!"

원론적인 태왕의 언급이 답답했던지 을절은 자신의 의견을 굽히지 않았다.

"진압이 우선되어야 하옵니다. 사안이 위급하지 않습니까?"

"하하하, 을절이 그리 단정하시면 다들 놀라지 않겠습니까. 저들이 병력을 움직이는 건 무력시위에 불과합니다. 진이나 북주 역시, 무슨 이득을 얻으려고 우리에게 조공을 요구하는 게 아닙니다. 한번 찔러

보고 반응을 살피겠다는 속셈이지요. 태대사자는 북주 사신들에게 전하세요. 조공 사절을 보내겠다고요."

"폐하! 시시각각 안학궁으로 향하는 군사들이 늘어나고 있사옵니다. 혹여 딴 맘을 품을 수도 있으니 그 방책을 세워둬야 하지 않겠습니까?"

"고 장군, 만약 저들이 이 용상을 원했다면 복잡한 절차 없이 전군을 출정시켰을 겁니다. 군장들은 전면에 나서려 하지 않을 것입니다. 그보다는 북주의 정세가 심상치 않습니다. 저들이 화북 지역의 패자로 등장했으니 한번은 부딪혀야 할 것입니다. 원래 부모가 겪은 치욕은 자식에게 더 사무치는 법입니다. 부왕이 당한 수모를 과인은 결코 잊지 않고 있습니다."

숨죽인 채 한 마디도 빠뜨리지 않고 듣던 공주는 살며시 몸을 빼 밖으로 나갔다. 대전 기둥 뒤에서 기다리고 있던 공손부인이 샛별이와 함께 다가오면서 말을 건넸다.

"공주님, 안색이 어둡습니다."

"유모, 이번에도 많은 처녀들이 공녀로 보내지겠지?"

"네. 결국 조공을 보내기로 한 모양입니다."

공주는 고개를 들어 대지를 짓누르고 있는 하늘의 먹구름을 쳐다보았다. 몰래 부왕의 얼굴이라도 훔쳐보고 위안을 얻으려 했지만 태왕이 걸머진 짐은 그녀의 근심과는 또 다른 무게를 지니고 있었다. 착잡했던 마음이 더욱 심란해졌다.

"유모, 부끄럽고 슬픈 일이야. 이 나라가 죄 없는 처녀들을 바치고 그들의 눈물에 기대어 강산과 사직을 구해야 하다니."

"공주님, 살다 보면 어쩔 수 없는 일도 생기는 법이지요. 여리고 약한 마음으로는 이 강산을 아우를 수 없습니다. 폐하께서는 한때의 예리함을 뽐내기보다는 백년대업을 위해 시기와 형세를 기다리시는 중일 겁니다."

공주의 거처인 목련당은 천장이 화려한 불꽃문양과 인동당초문으로 장식되어 있고 벽 앞에는 삼족오와 해, 달, 두꺼비를 수놓은 병풍이 쳐져 있었다. 둥글고 큰 창문은 연못이 있는 후원이 내려다보이도록 훤히 트여 있고 아치형의 방문은 높아서 키가 큰 사람도 고개 숙일 필요 없이 들락거릴 수 있었다.

공주는 나흘 전 임정수를 만난 뒤로 말문을 닫은 채 음식을 들지 않고 있었다. 처음에는 식욕이 없어 음식을 멀리했으나 하루 이틀 지나다 보니 오늘로 벌써 나흘째였다. 워낙 강인한 체력을 부왕에게 이어받아서 생명에는 지장이 없겠지만 공손부인과 샛별이는 공주가 건강을 해칠까 염려되어 좌불안석이었다.

눈을 감으면 방금 들었던 것처럼 임정수의 목소리가 공주의 귓가에 생생하게 되살아났다.

"공주님, 왕후마마를 습격한 돌궐의 배후가 드러났습니다. 그리고 이보성 장군은 감시를 당하는 중입니다."

어느 정도 예상하고 있었지만 공주에게는 청천벽력이나 다름없는 소식이었다.

그동안 왕후는 국경지대를 순방하면서 생긴 여독으로 시름시름 앓다 병사한 것으로 알려져 있었다. 부왕은 왕후의 죽음에 대해 함구했고 그에 대한 거론조차 엄명을 내려 금했다. 공주는 답답하기 그지없었다. 그래서 수하를 시켜 사건의 진상을 파헤치게 한 것이다.

공주의 진면목을 아는 사람은 극히 일부 측근에 지나지 않았다. 나약하고 심약한 울보공주가 5년 가까이 은밀하게 호위무장 임정수를 통해 왕후를 죽인 원수를 추적해왔다는 것을 안다면 그녀에 대한 세간의 평가는 달라질 수밖에 없으리라.

공주는 오전 내내 산책을 하거나 책을 펼쳐놓고 읽는 둥 마는 둥 겉으로는 태평무사한 듯이 보였다. 오후에는 탁자에 앉아 화선지를 펼쳐놓고 우두커니 앉아만 있었다.

무엇보다 다행스러운 것은 목련당 내부의 일이나 공주의 동태가 그 무엇도 밖으로 새어나가지 않는다는 것이었다. 공주는 자신을 둘러싼 주변 상황을 짚어보고 그것을 변화시킬 묘책을 찾아내야 했다.

국사에 여념이 없는 부왕에게 부담을 주어서는 안 된다. 그러나 이대로 가만히 있다면 아무것도 달라지지 않을 것이다. 보이지 않는 적들이다. 피한다 해서 안전하다는 보장은 없다. 왕후를 습격할 정도로 대범한 자들이라면 자신과 태자를 제거하는 것도 아무렇지 않게 여길 것이다. 그러니 언제까지 겁을 먹고 도망 다닐 수는 없는 노릇이다.

공주의 정신은 그 어느 때보다 맑고 또렷했다. 드디어 원수가 밝혀졌다. 그러나 적의 세력은 막강하다. 그녀의 마음속에 의혹이 솟았다. 혹시 부왕은 이미 적의 실체를 파악하고 있으면서도 침묵을 지키는 건 아닐까. 공주는 왕궁에서 눈을 뜨고 아침을 맞는 것이 두렵고 앞으로 어떻게 해야 할지 막막하기만 했다.

공주의 머릿속은 실타래처럼 엉켜 있었다. 상처 입은 짐승이 굶으면서 상처를 치유하는 것처럼 그녀는 치열하게 고심을 거듭했다.

'무엇을 해야 하는가?'

공주는 한참 동안 눈을 감고 죽은 듯이 움직이지 않았다. 그 모습에 겁이 덜컥 난 샛별이가 다가가려 하자, 인기척을 느낀 공주가 번쩍 손을 들었다. 다가오지 말라는 뜻이었다. 공주는 차근차근 어머니에 대한 기억을 더듬는 중이었다.

왕후는 이런 경우 자신이 원하는 것을 머릿속에 그린 뒤에 그 일이 바람대로 이루어질 것을 추호의 의심 없이 믿고 행동했다. 공주는 그런 왕후를 가장 많이 닮은 외동딸이다.

공주는 어머니처럼 당면한 문제를 짚어보고 자신이 소망하는 바를 정리하기 시작했다. 그녀는 가장 먼저 어머니를 습격한 배후 인물을 척결하고 원수를 갚아야 했다. 그 다음 왕권을 강화하고 장성한 태자가 부왕의 뒤를 잇는 광경도 머릿속으로 그려보았다.

가야 할 길은 뻔히 정해져 있지만 앞으로 어떻게 할 것인가? 움직여야 한다. 힘이 모자라면 벽이라도 잡고 일어서야 한다. 한 걸음씩 내딛다 보면 길이 달라지고 변화가 생길 것이다.

촛불이 가물거렸다. 공주는 눈을 뜨고 붓으로 화선지에 그림을 그렸다. 미인도였다. 미인도의 여인은 굳게 입술을 다물고 있었다. 왕후의 얼굴 같기도 하고 공주 자신의 초상 같기도 했다.

공주가 미인도 한 장을 그리려고 며칠씩이나 굶으면서 묵상에 잠겨 있었던 게 아님은 유모와 샛별이, 임정수 모두가 잘 알고 있었다. 그들은 밖에 시립한 채 방 안에서 부스럭거리는 소리만 새어나와도 문틈에 귀를 갖다 댔다. 하지만 그들은 오랜 경험으로 공주가 자신들을 찾을 때까지는 내버려두는 게 낫다는 걸 알았다.

붓을 내려놓은 공주는 대접에 한가득 물을 따라 마셨다.

'내 삶은 내가 선택하고 그려나가리라.'

공주는 결심한 듯 눈빛을 반짝이며 자리에서 일어섰다.

"샛별아."

"네, 공주님."

공주의 부름에 샛별이가 부리나케 달려왔다. 수척한 공주의 얼굴을 대한 샛별이는 하명이 있기도 전에 먼저 입을 열었다.

"수라간에 일러 죽부터 가져오라 이르겠습니다."

공주는 천천히 고개를 저었다.

"아니다. 그보다 먼저 편지를 한 통 보내야겠다."

공주가 보낸 편지는 한 달 뒤 절노부의 군장이며 고추가 중 한 사람인 연청기에게 도착했다.

절노부는 계루부, 소노부와 함께 큰 세력을 가진 고구려의 전통 군벌로 대를 이어 왕족과 혼인했다. 그들은 왕가의 주요 제휴 세력으로서 왕위 계승권에도 막강한 영향력을 행사한다. 평강공주의 외숙인 연청기는 누구보다 든든한 그녀의 후견인이었다.

공주의 밀서는 전령의 말아 올린 상투 속에 감추어져 전달되었다. 연청기가 왕후에게 딸려 보냈던 호위병사 중 한 명인 전령은 비단을 거래하는 장사치로 변장하여 각 성의 관문을 무사히 통과해 절노부에 당도했다.

전령은 상투를 풀고 소갈머리 속에 숨긴 얇은 쇠가죽 주머니에서 편지를 꺼내 연청기에게 바쳤다. 연청기는 전령의 노고를 치하했다.

"먼 길에 고생이 많았다."

"소인, 감히 고추가를 뵈오니 피곤한 것도 모르겠나이다."

"답신을 줄 터이니 연락이 갈 때까지 객방에서 쉬어라."

공주가 보낸 편지의 첫 구절은 북방의 명마名馬를 대량으로 사육해 달라는 이야기였다. 두 번째는 동맹에 참가할 때 제 어미를 대신할 절노부의 미인을 데려와달라는 부탁이었으며, 세 번째는 소노부와 손을 잡은 상부 고씨를 경계하라는 내용이었다. 편지는 제 어미가 사랑했던 월광 대장군의 안부를 묻는 것으로 끝이 났다.

10월에 열리는 동맹東盟은 고구려의 가장 큰 명절이다. 그때는 전국 각지의 군장들뿐만 아니라 선비, 거란, 지두우, 말갈 등 제후국에서 사절을 보내고 욕살縟薩이라 불리는 대성大城의 성주들까지 모인다. 그들은 하늘에 제사하고 음악에 맞춰 춤을 추며 나라의 안녕을 기원하는 제천 행사를 대대적으로 연다. 이는 정치적으로도 상당히 중요한 의미가 있다.

연청기는 창밖에 피어 있는 백일홍을 쳐다보다 고개를 돌려 월광 장군을 보았다.

"올해 공주가 몇 살인지 아시오?"

"열다섯으로 알고 있습니다."

곁에 있던 월광 장군은 망설임 없이 대답했다. 연청기는 월광 장군에게 공주의 편지를 건네주었다.

"마음 기댈 곳 없는 공주가 이 외숙에게 보낸 첫 번째 편지라오."

건네받은 공주의 편지를 읽으면서 월광 장군의 눈가에 눈물이 맺혔다. 월광은 철기군을 거느리고 천부장 열 명을 휘하에 둔 대장군이었다. 돌궐족이 이름만 들어도 벌벌 떠는 북방 최고의 맹장으로, 기마술에 능할 뿐만 아니라 쌍검 실력 또한 고구려 땅에서 가히 견줄 자가 없었다. 나이 오십에 이르기까지 수많은 전투를 치러내며 온갖 죽음과 음모의 세월을 견뎌낸 장수였다. 그런 그가 평강공주의 편지를 읽으며 눈물을 비쳤다는 건 예사로운 일이 아니었다. 연청기는 자신의 예측이 그리 틀리지 않음을 내심 확인했다.

편지의 행간에는 공주가 그간 겪어온 마음고생이 여실히 드러나 있었다. 명마를 사육해달라는 말은 간절히 힘을 바라는 마음을 내보인 것이고, 왕후를 대신할 여인을 찾는 것은 진비의 득세가 견디기 힘들 정도로 극에 달했다는 것이며, 상부 고씨에 대한 언급은 아마도 평원왕이 더 이상 명문 귀족들의 세력을 효과적으로 막지 못하고 있다는 의미일 것이다. 공주는 정확히 꼬집어서 상부 고씨, 고원표를 조심하라고 지목했다.

고구려가 군사강국인 것은 무엇보다 5부족과 각 지역의 큰 성이 독자적으로 군대를 양성하고 유사시 단독 작전을 수행할 수 있기 때문이었다. 반면에 5부족과 지방 호족들까지 병력을 보유하고 있다 보니 왕에 대한 충성심은 아무래도 약할 수밖에 없었다.

지난날 대고구려제국을 이룩한 광개토대왕이나 장수왕 이후, 다른 한편으로는 절대불가침의 왕권에 대한 지방 호족들의 반발심이 커져갔다. 지방 군벌의 힘이 확대되면 그만큼 태왕의 권력은 약화되었다. 왕권과 귀족 세력 간의 충돌은 하루 이틀의 일이 아니었고 그것은 고구려의 안위와 직결되는 사안이기도 했다.

연청기의 여동생은 시집을 가기 전에 월광 장군과 사랑을 나눈 사이였다. 연청기도 그 사실을 잘 알았다. 그는 여동생을 왕후로 보내던 날을 똑똑히 기억했다. 이것이 왕실과 절노부의 굳건한 결속을 위한 정략결혼임을 모르는 사람은 없었다. 그날 여동생을 호위한 사람이 바로 월광이었다. 월광은 나라와 백성의 안녕을 바라면서 군사들을 이끌고 그녀를 손수 왕궁까지 데려다주고 왔다.

월광 장군은 아직 홀몸이다. 그런 그가 평강공주를 딸처럼 아끼는 것은 어쩌면 당연한 일이라고 연청기는 생각했다.

연청기는 마음이 아팠다. 하나뿐인 여동생을 멀리 왕가로 시집보내면서 안학궁 내의 암투를 우려했는데 결국 현실이 되어 그녀를 잃지 않았던가. 월광과 여동생을 떼어놓은 것이 결국 그녀를 사지로 내몰았다는 생각 때문에 연청기는 괴로웠다. 게다가 이제 절노부에서 왕후에게 딸려 보낸 시종과 시녀 들까지 목련당 밖으로 내몰리고 어린 조카들만 남겨졌다. 왕후의 죽음으로 평원왕과의 관계도 전보다 더 서먹서먹해져 있었다. 아무리 왕궁이라지만 연청기는 적진에 조카들을 방치해둔 것만 같아 불안하기 그지없었다.

연청기는 월광이 평정심을 찾을 때까지 침묵하며 기다렸다. 월광은 편지를 다 읽은 후 다소곳이 연청기에게 돌려주었다. 그의 얼굴은 평상시처럼 평온해졌다. 그제야 연청기가 입을 열었다.

"오랫동안 너무 무심했소. 장군, 공주 곁에 사람이 있어야겠소. 평양성으로 출병 준비를 서둘러주시오."

"하오면 올해는 제가회의에 참석하십니까?"

희색이 만연한 얼굴로 월광이 되물었다.

"그도 그러하거니와 어린 조카들 얼굴이 못내 그립소."

공주와 태자가 보고 싶기는 월광도 마찬가지였다. 밖으로 나가는 월광의 걸음이 절로 빨라졌다.

'어린 오누이가 지금 얼마나 두렵고 근심스러운 나날을 보내고 있겠는가?'

여자는 태왕이 될 수 없는가

고구려 제1수도였던 졸본은 상부 고씨의 영향력 아래에 있는 지역이다. 그들은 왕권을 가진 내부內部 고씨와 친척지간이지만 왕위 계승권을 두고 서로 경쟁하며 다투는 관계다.

같은 계루부지만 상부 고씨와 내부 고씨의 악연은 평원왕의 조부인 안원왕까지 거슬러 올라간다. 서로 자신의 아들을 왕으로 세우려 했던 두 왕비의 싸움으로 인해 고구려 귀족들은 추군과 세군으로 갈라져 격렬한 싸움을 벌였다. 그 와중에 안원왕이 전사하고 마침내 추군이 승리하여 양원왕이 어렵사리 즉위했다. 그러나 내전의 결과로 국력이 쇠퇴하고 민심이 피폐해졌으며, 그후로도 내부 고씨와 상부 고씨의 갈등은 끊이지 않았다. 두 가문의 보이지 않는 견제와 다툼은 고구려의 국력을 약화시키고 정국을 혼란으로 내몰았다. 양원왕은 동위와 북제에 조공하고 고구려왕으로 봉해지는 수모를 겪었으며,

남쪽으로는 백제와 신라에 패전하는 뼈저린 아픔을 당해야 했다.

평원왕은 보위를 잇자마자 군대를 정비하고 나라를 굳건한 반석에 올려놓기 위해 상부 고씨들을 중용하고 화해를 도모했다. 계루부의 군장을 호칭하는 고추가도 상부의 고원표에게 내주었다. 평원왕은 재위 기간 내내 정치적 내분을 봉합하고 민심을 수습하는 데 진력을 다해야 했다.

고구려의 강성한 군사력은 선인先人제도의 창설로 비롯된 것이다. 고구려 무사들은 북방을 상징하는 검은 옷을 입고 다닌다고 해서 조의皁衣라고 불렸는데, 이는 신라의 화랑제도와는 많이 달랐다. 화랑이 귀족의 자녀들로 제한적이고 명예직인 반면에 선인은 출신 자격에 제한이 없었고 국가에서 공개 채용하여 녹봉을 지급하는 공무원이었다. 고구려의 선인은 사냥과 가무, 무술 경기 등에서 승리한 사람들로, 이들은 무예와 학문을 청소년들에게 전수하는 무사 집단이었다. '선인은 싸움에 당當하여 물러서지 아니 한다'는 규율을 가졌고 자긍심과 내부 결속력이 매우 뛰어났다. 선인들로만 구성된 부대는 조의군으로 불렸으며 용맹함으로 유명했다.

이러한 선인들을 중심으로 구성된 흑풍대는 계루부 군장 고원표를 섬기는 사병조직이었다. 흑풍대 산하 첩보부대는 각지에서 올라온 정보를 취합하여 그 신빙성을 엄밀히 가리고 중요 정보를 선별해 고원표에게 직보했다. 고원표는 최근 정보 중에서 왕궁 근위대장 이보성 장군의 심상치 않은 동향에 촉각을 곤두세웠다. 이보성은 태왕의 수하 장수 중에서도 절개가 굳고 충성심이 깊기로 유명했다. 그의 행동과 말에 태왕의 의지가 깃들어 있다고 해도 과언이 아니었다.

북부 산악지역 모처에는 조정에서 파악하지 못한 황금광산이 있었다. 그곳의 황금은 매장량이나 생산량이 상당한 규모에 달했다. 채굴된 금의 대부분은 북주와 진나라와의 밀교역에 사용되었으며, 그 수입은 고원표의 군사력을 유지시켜주는 주요한 재원이 되었다.

달포 전, 흑풍대가 광산을 염탐하던 수상한 약초꾼을 잡아 문초했다. 그 결과 그가 이보성 장군 밑에서 십인대장으로 활약했던 자임이 밝혀졌다. 약초꾼은 입을 다물고 자진했지만 이보성의 부하가 약초꾼으로 가장하여 광산 근처에 나타났다는 사실만 해도 간단치 않은 사건이었다. 금광은 국유 재산이다. 그러나 여타 부족도 적당히 지역 생산물을 빼돌리고 있는 상황인지라 왕성에서도 그에 별로 개의치 않았다. 그러나 몇 년간 침묵으로 일관해왔던 평원왕의 심중에 무슨 변화라도 생긴 건 아닌지, 고원표는 그 점이 우려스러웠다.

고원표가 맞추어보는 조각 그림에는 평원왕의 행보와 관련해서 아직 그 어떤 위기 상황도 감지되지 않았다. 그는 평원왕과 주변 세력들의 지근거리에서 이중, 삼중으로 철저하게 감시망을 펼쳐놓았다. 심지어 어떤 이는 신분을 바꾸고 20여 년간 내간內間으로 왕궁에 잠입해 있었다. 평원왕이라면 그런 사실을 간파하지 못할 리 없건만, 그는 별다른 내색 없이 그동안 조용하게 지내왔다. 왕후와 사별한 이후 5년 동안 정치적인 행보를 자제한 채 무너진 성을 보수하고 민생을 돌보는 일로 동분서주할 따름이었다.

고원표는 자신이 너무 예민하게 반응하는 게 아닌가 싶어서 찻잔의 문양을 살피고 다향을 음미하며 기분을 바꾸려 했다. 마침 내성에 들어갔던 큰아들 고건이 큰 보폭으로 시원스럽게 걸어오는 게 보였다. 고원표는 만면에 환한 미소를 지었다.

고원표는 고건을 가문의 자랑으로 여기며 그에게 무한한 기대를 걸고 있었다. 고건은 여태 아버지를 단 한 번도 실망시키지 않을 만큼 성실하고 문무를 겸비하여 주변의 신망을 얻고 있는 기재器才였다. 그는 탁월한 능력을 인정받아 20대 초반에 내성 수비대장으로 발탁되었으며, 아버지의 후광을 업지 않고 자신의 힘만으로 선인을 이끄는 조의선인으로 뽑혔다. 그는 선인 중에 으뜸인 선배先輩로 불렸다.

다도의 명인인 고원표는 신중하게 찻물을 한 모금 마시고 혀 안에 굴리면서 지그시 그 감촉을 느꼈다. 약간 씁쓸한 찻물의 풍미와 부드러운 감촉을 하나도 놓치지 않으려는 듯이 그는 그 세밀한 부분까지 머릿속에 각인시켰다.

고건은 찻주전자를 들고 아버지가 내려놓은 빈 잔에 찻물을 다시 채웠다. 이윽고 고원표가 아들에게 물었다.

"관노부는 어디쯤 왔다더냐?"

"행군 속도로 보아 내일쯤 보통강 인근에 도착할 것 같습니다."

"오늘은 외성에서 훈련이 없었느냐?"

"이보성 장군의 행적은 평시와 다름이 없었으나 병사들은 삼삼오오 모여 웅성거리고 있습니다. 소노부가 동원하는 병력이 5천을 넘고 남부의 조의군까지 평양성으로 상경한다는 소문이 돌고 있는 중입니다."

"오호, 과연 그러하더냐?"

"이런저런 출처도 없는 말이 들리다 보니 지휘관들까지 온통 뒤숭숭해합니다."

고원표는 은근히 자랑으로 삼는 팔자수염을 쓰다듬으며 여유롭게 미소를 내보였다.

"정확히 알려주랴? 병참 지원부대를 제외한 소노부의 전투 병력은 3천이다. 대규모 상단을 보호한다는 명분으로 출병했지만 그 속은 뻔한 것 아니겠느냐. 소노부는 소문봉 서쪽 기슭에 군막을 칠 것이고 조의군은 아직 움직이지 않았다. 그들은 조정이나 이 아비와도 항시 거리를 두고 있지 않느냐."

"소자, 매번 아버님의 정보력에 감탄할 뿐입니다."

"하하하, 내 눈과 귀가 어디 이 땅에만 머문 줄 아느냐? 건아, 개별적으로 임지를 벗어난 군사들이 상당히 많다 들었다. 안학궁으로 오는 관도마다 장막을 치고 그들이 배를 주리는 일이 없도록 편의를 제공해주어야 한다."

"흑풍대가 중심이 되어 이미 지원에 나섰습니다. 선인들 사이에서는 이왕 조공을 막을 거라면 아예 사절단을 기습하여 국경을 넘지 못하게 하자는 의견까지 나오고 있습니다."

고원표는 혀를 차며 고개를 좌우로 흔들었다.

"너는 이 아비가 정말 전쟁을 바라는 줄 아느냐?"

"본가의 병력 배치가 평소와 조금도 다르지 않으니 아버님의 숨은 의도가 있을 거라 짐작은 했습니다."

"오호, 내 자식이 아니었다면 아비는 누구보다 너를 경계했을 것이다."

"송구스럽습니다."

고원표는 아들의 눈을 가만히 들여다보았다. 눈빛조차 어딘지 모르게 자신과 닮았다. 그는 아들이 내성 수비대장 따위의 직위에 머물러서는 안 된다고 생각했다. 그의 몸속에는 감히 넘볼 수 없는 고귀한 왕가의 피가 흐르기 때문이었다.

"건아, 누구에게나 전쟁은 참혹하고 고통스러운 일이다. 전쟁으로 이 강산이 피폐해지고 고구려가 약소국이 된다면 태왕이 옥새를 내놓는다 한들 무슨 소용이 있겠느냐?"

"관노부는 군세가 약해 걱정이 없으나 소노부는 안심할 상대가 아니지 않습니까?"

"명심해야 한다. 아무리 약체라 해도 안심해서 좋을 상대는 없다. 우리가 소노부와 화의를 맺고 있다고는 하나 필시 그들은 어부지리를 노릴 것이다. 물을 데우라고 일러두었으니 오랜만에 수욕이나 함께 하자꾸나."

고건은 아버지의 뒤를 따라 수조가 놓인 목욕간으로 향했다.

자욱한 연기가 차오르는 나무 수조는 충분히 넓어서 부자父子가 팔을 벌리고 앉아도 공간이 남았다. 가리개용으로 늘어뜨린 넓은 발에는 바위를 밟고 포효하는 산중 호랑이가 수준 높은 장인의 솜씨로 그려져 있었다. 수조에 연결된 대나무통으로 가마솥에서 데운 뜨거운 물이 계속 흘러들었다. 고건이 탕에 몸을 담그고 보니 화차花茶용 가루가 점점이 퍼져 그 향내가 은은하게 코끝을 스쳤다.

고건은 아버지가 자신과 함께하는 시간을 얼마나 소중히 여기고 있으며, 어릴 때부터 자신을 강하게 단련시키려고 남달리 노력했는지 잘 알고 있었다. 허나 내성 수비대장이 된 후로는 부자가 함께 한가하게 몸을 씻는 호사를 누릴 여유가 없었다.

고원표는 출렁이는 물에 몸을 맡겨놓고 흔들리면서 넌지시 말을 건넸다.

"건아, 이제는 참한 규수를 맞이할 때가 되질 않았느냐?"

"아버님의 바람이 뭔지 짐작한 지 오래입니다만, 소자는 그 어떤 것도 이뤄놓은 게 없는지라 혼사는 아직 깊이 생각지 않고 있습니다."

"진영이가 네 반만 닮았어도 나는 가슴 펴고 활개를 치며 살았을 것이다."

고건의 동생인 진영은 무예를 수련한다는 핑계를 대고 종종 집을 나가 며칠씩 잠적했다. 그는 형에 미치지 못하는 자신의 재능에 실망하여 일찍이 술과 여자를 가까이했고 되도록 아버지의 시선에서 멀리 떨어져 지내려고만 했다.

"진영이도 아버님의 자식입니다. 인정받을 기회만 주어진다면 숨겨진 진가를 드러낼 겁니다."

"정말 그렇게 보느냐?"

고원표는 동생을 두둔하고 나서는 고건이 더욱 믿음직스러웠다. 흐뭇해진 고원표는 장성한 아들의 강인한 어깨를 찬찬히 살펴보았다. 혹독한 수련을 거치면서 생긴 자잘한 근육과 심줄이 피부를 뚫고 나올 듯했다.

"그래도 동생이라고 역성을 들어주는구나. 허나 쇠망치로 두드려 맞지 않은 칼은 쉬이 부러지는 법이다. 그보다 공주가 절노부로 밀지를 보냈더구나. 드디어 연청기가 움직인다고 하니 무슨 변수가 생길지 그 추이가 기대된다."

고건은 기댔던 허리를 세우면서 반문했다.

"공주라 하오면 평강공주를 말씀하시는 겁니까?"

"그래, 짐짓 내버려두었다. 모른 척 풀어둔다면 패를 보이지 않겠느냐. 북방의 곰이 어떻게 움직일지 지켜보자꾸나."

고건은 고개를 갸웃거리며 일어날 수 있는 몇 가지 가능성을 짚어 봤다.

"절노부는 벌써 몇 해 동안 제가회의에 불참하지 않았습니까?"

고원표는 상기된 아들의 목소리에 실눈을 뜨고 슬쩍 살폈다.

"그렇지."

"하오면 다른 의도가 숨어 있다고 보지 않으십니까?"

"흥미로운 일이기는 하다. 드센 진비가 내궁을 휘젓고 있으니 태자의 보위를 지키는 일도 쉽지는 않을 것이다."

"아버님, 우리에겐 왕후의 자식이나 진비의 자식, 어느 쪽이 태자로 있든 마찬가지가 아닙니까?"

"너는 절노부와 관노부 중에 어느 쪽이 대적하기 쉽겠느냐?"

아버지의 예리한 지적에 아차 싶어 고건은 고개를 숙였다.

"절노부가 군권을 가졌으니 힘이라면 당연히……."

고원표가 고개를 저었다.

"만약 진비의 소생이 태자가 된다면 절노부는 날개가 꺾일 것이고 그 다음에 관노부를 뒤엎는 건 여반장이지 않겠느냐? 하하하."

탕에서 몸을 일으킨 고원표가 줄을 당겨 종을 흔들자 대기하고 있던 앳된 처녀들이 가리개 뒤에서 나타났다. 벽면 구석에 마련된 나무 침상으로 가서 몸을 눕힌 고원표는 비어 있는 옆자리를 가리켰다. 고건은 아버지가 가리킨 옆자리에 누웠다. 속살이 훤히 비치는 투명한 옷을 걸친 처녀들이 그들의 수욕을 도왔다.

8월 말, 우기가 끝나고 길에 고인 웅덩이의 물이 마르자마자 연청기는 월광 장군이 이끄는 정예 기마 200기와 보병 300명을 거느리고 평양성으로 떠났다. 국경 방어와 유사시 지원을 위한 주력군은 언제든 출병 가능한 상태로 대기시켜두었다.

안학궁은 대성산성과 안학궁성을 가리키는데, 대성산성은 묘향산의 지맥인 을지봉을 비롯한 6개의 봉우리를 연결한 산성이다. 안학궁은 국왕이 상주하는 궁성으로 대성산 기슭에 위치한 궁궐이다. 이곳에 궁성을 쌓고 그 안에 남북 방향의 3개축을 기준으로 건물을 배치했다. 즉 산성인 대성산성과 평지성인 안학궁성이 평양성의 한 단위로서 기능했다.

성벽의 둘레는 동서가 긴 타원형의 대규모 성곽이다. 성벽은 바깥쪽에 돌을 쌓고 안에는 흙을 채우는 방법으로 축조되었고 성벽의 요소마다 치雉를 설치하여 방어력을 더 높였다. 주작봉 지역의 성벽은 하부에 가공석을 기초로 넣고 상부로 갈수록 작은 돌을 사용하는 방식으로 축조되었다. 성에는 정문인 남문을 비롯해 성벽을 따라 통문이 10여 개 있고, 성 안에는 큰 계곡 2개와 연못 170여 개가 있었다.

평양성이 지척에 다가오자 밀정들이 전하는 군사 정보가 시시각각 연청기에게 당도했다. 밀정들의 보고에 의하면, 소노부는 병참 병력을 합하여 5천을 동원했고 진비의 아비인 관노부 대가大加: 각 부의 족장 진필은 1천 명의 지방군을 데리고 북상 중이라 했다.

연청기는 평양성에서 인접한 대성산 주작봉에 병력을 주둔시키라는 명을 내렸다. 주작봉에는 태왕의 친위부대와 절노부 파견군의 병영이 있었고 그 가족들이 모여 사는 마을도 가까이에 있었다. 절노부는 고구려의 군권을 담당한다. 그래서 파견군은 평시에 병력의 양성과 훈련, 병참 지원 등에 중점을 두고 운영되었다. 소노부와 계루부, 양 진영의 군막을 둘러본 월광 장군은 절노부 파견군 주력의 전열을 정비하여 유사시 그에 대비하도록 배치했다.

연청기는 월광 장군을 비롯해 수하 몇 명만을 데리고 은밀히 북문을 통해 성 안으로 들어갔다. 평양성의 내성에는 왕궁을 중심으로 좌우 큰길에 관청이 도열해 있고 그 뒤로는 군사들의 병영이 빼곡히 들어차 있었다. 벼슬아치와 상인, 일반 백성 들은 외성과 성문 밖에서 주로 살았다.

그들은 절노부 벼슬아치들이 평양성에 파견될 때 거주하는 관저를 피하고 비밀 사택으로 향했다. 연청기는 이따금 평양성의 풍광을 구경하며 걸음을 멈추었다. 수하들은 경계의 눈빛으로 주위를 살폈다. 그러나 월광은 연청기가 어떤 심정인지를 잘 이해했다. 바로 여기, 평양성은 그들의 기억이 공유된 곳이 아니던가. 두 사람은 마치 죽은 왕후의 흔적을 더듬기라도 하듯 걸음을 이끌다가 이따금 허공에서 시선을 마주치기도 했다. 강바람을 흠뻑 들이마시면서 그들은 서로 다른 기억의 조각을 불러내어 각자 회상에 잠겨들었다.

비밀 사택에 도착한 월광 장군은 수하를 시켜 정노인을 수소문했다. 그리고 정노인을 공주의 호위무장인 임정수에게 보냈다. 정노인은 왕궁 근위대에 군마를 넣어주고 관리하는 사람으로, 젊었을 때는 절노부 철기병으로 북방의 평원을 누비며 전쟁을 치렀다. 같은 절노부 출신인 월광과는 인연이 깊었다.

임정수를 만나고 돌아온 정노인은 왕궁 안에서는 남들 눈을 피해 공주를 접촉하기 어렵다고 연청기에게 전했다.

연청기가 내실로 월광 장군을 불렀다. 손수 술잔을 건네는 그의 낯빛은 어두웠다. 그는 월광의 잔에 가득 술을 따랐다.

"장군."

연청기의 목소리는 방금 울음을 멈춘 사람처럼 깊이 잠겨 있었다. 월광은 공손히 두 손으로 잔을 받친 채 대답했다.

"네, 하명하십시오."

"장군은 우리 가문과 북부의 수호신이었소."

연청기는 자신의 잔에도 가득 술을 채웠다. 그는 술잔을 쥔 손을 월광에게 내밀었다.

"같이 비웁시다."

두 사람은 목이 타는 사람처럼 단숨에 술을 들이켰다. 얼마 만에 다시 찾은 평양성인가. 그러나 도둑처럼 몰래 숨어들어와 비밀 사저의 내실에서 이처럼 술잔을 기울이는 자신들의 처지를 생각하면 결코 즐거울 리 없었다. 그들의 가슴속은 뜨거운 용광로처럼 끓고 있었다.

"내가 한때 장군을 부러워하고 질투했다는 사실을 알고 있소?"

"소장, 주군을 모시는 몸입니다. 어찌 그런 송구한 말씀을……."

당황하는 월광을 보며 연청기는 천천히 고개를 저었다. 그는 잠시 과거를 더듬었다. 그의 기억 속에서 젊은 월광이 되살아났다.

"장군은 싸움터에서 그 누구보다 지략이 넘치고 용맹했소. 평소의 장군은 온화하지만 전쟁터에서는 사람이 달라 보였지요. 전황의 판단은 냉철했고 그 결행은 야수처럼 민첩했소. 장군이 전쟁터에 나서면 승리를 의심하지 않았어요. 그러나 당시에는 그것을 시기하고 군사들이 군장인 나보다 장군을 더 신임하고 따른다는 사실을 받아들일 수가 없었소."

월광이 몸을 뒤로 물리며 죄를 고하듯 고개를 조아렸다.

"그것은 함께 먹고 자며 생사를 나눈 몇몇 병사들에 불과합니다."

연청기의 입가에 쓸쓸한 미소가 떠올랐다.

"겸양할 거 없소. 군대를 이끄는 일에 있어 장군이 나보다 탁월한 전략가라는 사실은 이 고구려의 복이 아니겠소. 그 점은 선부先父가 일찍이 깨닫게 해준 일이기도 하지요. 자, 내게도 한 잔 주시오."

월광이 두 손으로 술병을 들고 잔을 채우려 하자 연청기가 월광의 한 손을 끌어 내렸다.

"장군은 전쟁터에서 몇 차례나 내 목숨을 구한 은인이며 사사롭게는 형제나 다름이 없소."

술을 채우는 월광의 손이 가늘게 떨렸다. 연청기는 그런 월광의 손을 굳게 잡았다.

"장군, 미안하오."

월광은 자신의 귀를 의심하지 않을 수 없었다. 30여 년을 모셔온 주군에게 미안하다는 말을 듣기는 처음이었다. 월광은 가슴 한편이 쩌릿했다.

"장군이 왕후를 얼마나 사랑했는지, 또 그 상처가 얼마나 지독했는지 나보다 더 잘 아는 사람이 어디 있겠소?"

"고추가께선 마지막까지 소장이 마마를 모시도록 해주었습니다. 이미 오래전 일입니다."

연청기는 손을 내저었다.

"아니오. 장군이 만약 나였다면 두 사람이 헤어지도록, 그렇게 왕후를 떠나보내도록 하지 않았을 거라는 생각에 가끔씩 후회스럽고 안타까운 심정이 들곤 했소이다."

월광은 연청기의 얼굴을 찬찬히 훑어보았다. 월광은 주군이 자신을 살갑게 대할수록 혹시라도 언행에 도가 넘칠까 싶어 더욱 거리를 두고 극진히 받들었다. 그런데 지금 주군이 그 거리를 한없이 좁혀오고 있다. 여태 금기시했던 이야기를 끄집어내고 있으니 말이다. 죽음을 눈앞에 둔, 내일이 없는 전쟁터에서도 입에 올리지 않던 이야기였다.

월광의 머릿속으로 과거의 한 장면이 섬광처럼 떠올랐다. 그날 그녀는 왜 그토록 처연하고 서럽게 울었던지…… 자신을 오라버니라 부르며 따랐던 그녀가 궁으로 떠나기 전에 한 말이 지금도 생생하게 월광의 귓가에 맴돌았다.

"제가 범부의 딸이라면 죽어서라도 오라버니의 아낙이 되었을 거예요. 하지만 오라버니도 저와 같은 마음이라는 걸 알기에 견뎌내기로 했어요. 평소 마음에 심으신 대로 저는 이 나라 백성을 위해 살겠습니다. 대신 평양성까지는 먼 길이니 오라버니께서 직접 저를 바래다주세요."

월광은 전쟁터에서 죽고 싶었다. 그래서 목숨을 돌보지 않고 싸우고 또 싸웠다. 나라를 위해 죽는다는 것은 사랑을 잃고 상심한 무장이 선택하는 최후로는 꽤나 괜찮게 여겨졌다. 그러나 몸에 칼자국만 늘어갔을 뿐 여태 살아 숨 쉬고 있는 것이다.

과거를 떠올리며 생각에 잠겨 있던 월광을 현실로 불러들인 건 연청기의 열에 들뜬 목소리였다. 연청기는 자작으로 연거푸 독주를 비운 뒤였다.

"왕후는 세상에 평강공주와 태자를 남겼소. 오로지 나를 지켜주듯이 장군이 그들을 보호하고 돌보아주지 않겠소? 왕후도 진정 그것을 바라 마지않을 겁니다."

연청기는 전쟁터에서조차 쉽게 속내를 드러내지 않았다. 그의 복중 생각은 도무지 짐작조차 하기 어렵게 단단히 감춰져 있었다. 그런 그도 어린 조카들의 앞날에 대한 근심만은 숨기지 못했다. 월광 앞이기에 그렇게 속내를 내보인 것이리라.

월광은 고개를 끄덕일 수밖에 없었다. 그가 진심으로 바라던 일이기도 했으므로.

갑옷을 벗고 평복으로 갈아입은 월광은 절노부에서 가져온 암수두 필의 말을 끌고 북문 근처의 마방을 찾아갔다. 이제나저제나 하고기다리고 있던 정노인은 멀리서 월광을 보자마자 알아보고는 달려와바닥에 납작 엎드렸다. 월광은 주위의 시선을 살피며 정노인을 일으켜 세웠다.

"여기서 이러시면 곤란합니다."

정노인은 그제야 자신의 실수를 깨닫고 월광을 마방의 구석진 내실로 데려갔다. 가지런하게 흰 수염을 기른 얼굴에 풍채가 넉넉한 정노인은 마방 주인이라기보다는 글을 읽는 선비처럼 보였다. 정노인은 월광에게 마방 일꾼들이 흔히 겉옷에 걸치는 허름한 덧옷을 꺼내주었다.

"누더기이긴 해도 깨끗이 빨아두었으니 냄새가 나진 않을 것입니다."

"냄새가 나면 어떻습니까. 전쟁터에선 한 달 내내 땀과 피로 얼룩진 옷을 입고 지내지 않았습니까."

감개무량한 표정을 짓는 정노인의 얼굴에 주름이 두텁게 잡혔다.

"공주님께서 고추가를 기다리신 지 오래되었습니다."

겉옷을 걸친 월광은 자신의 쌍검을 챙겨 들었다. 그러자 정노인이싱글거리며 손을 뻗어 검을 잡았다.

"설마 그런 차림으로 검을 차고 들어가시려는 건 아니겠지요? 만에 하나 궁에서 다툼이 일어나더라도 무기는 안 됩니다. 죽더라도 마방 일꾼이라야 합니다. 왕궁에 득시글거리는 진비의 측근들은 그저 꼬투리가 잡히기만을 고대하고 있을 테니까요."

정노인의 정당한 지적을 월광도 수긍하지 않을 수 없었다. 검을 내려놓는 그의 얼굴에 멋쩍은 미소가 떠올랐다. 그러다 이내 공주의 안위에 생각이 미친 월광은 정색을 하고 물었다.

"혹시 내 얼굴을 알아보는 사람은 없겠습니까?"

"우리는 후문으로 가서 군마 사육장으로 들어갈 것이니 그리 염려하지 않으셔도 될 겁니다."

월광은 한시라도 빨리 평강공주를 만나고 싶었다. 왕후가 살아 있을 때 공주가 잠시 절노부에 머무른 적이 있었다. 그때 월광이 그녀에게 직접 무예를 가르치기도 했다. 공주라면 월광의 얼굴을 알아볼 것이고 아무 의심 없이 그를 따라 나설 것이다.

호위무장 임정수는 후원 정자에서 분홍색 금낭화 향기를 맡고 있는 공주 주변을 어슬렁거리며 기웃거렸다. 따가운 그의 눈길을 느꼈는지 공주가 임정수를 얼핏 돌아보았다. 그 순간을 놓칠세라 임정수는 무예의 형形을 동작으로 보이며 허공에다 절絶자를 휘갈겨 썼다. 눈치를 챈 공주가 임정수 곁을 지나치면서 말했다.

"간밤에 술을 드셨습니까?"

"무슨 말씀이시온지?"

"아니면 살이 좀 찌셨나요? 중심이 흔들립니다."

그러자 임정수는 화들짝 놀라 아랫배에 힘을 주고 긴장했다.

"호호호. 샛별아, 너는 따라올 것 없다. 그래야 내가 목련당에 머무르는 줄 알 거 아니냐."

공주의 얼굴은 근래에 찾아보기 어려울 정도로 밝았고 걸음걸이도 가벼웠다.

그때 월광은 정노인을 따라 왕궁에 들어서고 있었다. 평소 정노인과 안면이 있는 왕궁 수비병들은 그들을 제지하지 않았다. 병사들은 습관적으로 정노인의 뒤를 따르는 유달리 덩치가 큰 월광을 노려보았다. 하지만 초라한 행색으로 말안장과 말굽을 잔뜩 짊어진 그를 달리 의심하지는 않았다. 그들은 무사히 궁문을 통과해 들어갔다.

월광과 정노인은 군마 사육장에 들러 짐을 풀고 잠시 숨을 돌렸다. 잠시 후 정노인이 입궁했다는 소식을 들은 임정수가 군마 사육장을 찾아왔다. 그와 정노인은 잘 아는 사이였다. 임정수는 월광이 북방에서 데려온 두 필의 말을 감탄하며 만져보았다. 그가 보기에도 탐나게 생긴 준마였다. 그는 수말의 갈기를 쓸어내리며 무심한 듯 정노인에게 물었다.

"참으로 잘난 놈입니다. 이 녀석을 사려면 얼마나 내야 합니까?"

"자네 녹봉으로는 근 10년은 족히 모아야 될 걸세."

정노인이 놀리듯 히죽거리며 말하자 임정수가 냉큼 말에 댔던 손을 뗐다. 그는 정노인에게 바로 다가가 나직이 물었다.

"어디에 있습니까, 공주를 모셔 갈 사람은?"

정노인은 고개를 들면서 월광을 눈짓으로 가리켰다.

"저자 말입니까?"

임정수는 성큼성큼 월광에게 다가가서 아래위로 훑어보고는 몸을 수색했다. 그런데 월광의 몸을 더듬는 그의 손이 조금씩 느려졌다. 그의 손길은 의혹에 휩싸인 그의 마음을 드러내듯 주춤거렸다. 그는 손끝에 전해지는 감촉에서 전율을 느꼈다. 시위가 당겨진 화살처럼 팽팽한 근육이다. 임정수는 다시 한 번 월광의 얼굴을 쳐다보았다. 도저히 그 나이에 어울리는 몸이라고는 생각할 수 없었다.

"대체 뭐 하는 분이오?"

정노인은 다시 놀리듯 턱을 쓰다듬며 거드름을 피웠다.

"이분으로 말씀드릴 것 같으면 월광 대장군이라 불리는 분이지. 들어는 보았나?"

정노인의 말에 임정수가 화들짝 놀라 한 발 물러섰다.

"아, 소장이 몰라 뵙고 무례를 저질렀습니다. 용서하십시오."

"고개는 숙이지 마라. 지켜보는 눈이 많다 들었다."

월광은 젊은 호위무사를 탓하지 않았다. 다만 신분이 드러나는 게 두려울 뿐이었다.

임정수는 월광 장군을 직접 본 적이 없었다. 무과시험에 급제하고 군에 들어오자마자 왕궁 근위대로 배속된 그는 태학 출신에 지방 호족의 아들로 오경박사의 특별 추천을 받았다. 왕후의 임종 후, 태왕이 직접 그를 면접했다. 엄격한 무예 심사와 품성 검사를 거치고 나서야 그는 공주를 경호하는 임무를 맡을 수 있었다. 공주의 전속 호위무장이라고 보면 맞다.

반면 월광 장군은 군에서 신화적인 인물이었다. 그가 백인 기마대장으로 있던 시절, 돌궐 군사 수천 명이 국경을 넘어 침입했다. 그때 월광이 직속 별동대 100명을 이끌고 적군을 우회, 돌궐 주둔지를 급습하여 족장 일목하를 생포하고 단숨에 항복을 받아낸 일화는 고구려 전역에 전설처럼 전파되었다. 돌궐이 3년에 걸쳐 준비한 전쟁을 월광은 그렇게 단 일주일 만에 끝내버렸다.

그 싸움의 이면에는 숨겨진 사연이 있었다. 돌궐족이 고구려 땅 깊숙이까지 숨어 들어와 평원왕과 왕후 일행을 공격한 적이 있었다. 그 당시 습격에 참여한 돌궐 병사는 200여 명이었다. 돌궐 족장의 추인 없이는 일어날 수 없는 일이었다. 월광은 돌궐 병사들이 고구려 땅에 들어와 왕후를 공격했다는 사실에 수치심과 분노를 느꼈다. 그들이 유린하고 더럽힌 건 바로 자신의 심장이나 다름없었다. 그래서 복수를 벼르고 있던 차에 기회가 온 것이었다. 하지만 월광은 살육으로 복수를 마감하지는 않았다. 오히려 수많은 희생을 낳았을지도 모를 전쟁을 지략으로 단기간에 끝내버렸다.

월광은 무예 실력뿐만 아니라 백성을 아끼는 너그러움도 겸비한 덕장으로 병사들의 존경을 받아오고 있었다. 그처럼 전설 같은 위인이니 굽힐 줄 모르는 기질을 가진 임정수마저 정중한 태도를 갖추며 긴장할 수밖에 없었다.

월광은 임정수의 호흡과 움직임을 살펴보았다. 젊은 무장답지 않았다. 발걸음이 진중하고 거침이 없으면서도 절도가 있었다. 빈틈을 찾기 힘들 만큼 수련이 극에 다다른 움직임이었다. 호흡도 흐트러짐이 없이 들숨과 날숨의 간격이 고르고 길었다. 젊은 나이에 그만한 성취를 이룬 무인은 그리 많지 않을 것이다. 월광은 임정수에게 궁금증을 드러냈다.

"선인 출신인가?"

월광의 묵직한 물음에 임정수의 목소리마저 딱딱하게 굳었다.

"아닙니다. 태학에서 수학했습니다."

월광은 알 듯 모를 듯한 눈빛으로 고개를 끄덕였다. 임정수는 존경해 마지않던 월광 장군이 자신을 유심히 살피자 안절부절못했다. 월광은 그가 허둥대며 이마에 땀을 비치는 걸 보고 그의 경험이 아직 충분치 못함을 알아차렸다. 세월이 흐르고 수련이 쌓이면 대성할 재목이라 판단했지만 그런 기색을 내비치지는 않았다. 시간이 별로 없었다. 더 지체하면 자신의 정체를 수상하게 여기는 눈들이 생기게 될지도 몰랐다.

"공주님은 어디 계신가?"

임정수가 대답하기도 전에 군마 사육장 처마 그늘 밑으로 자그마한 체구에 날씬한 병사가 불쑥 들어섰다. 그늘이라 어두운 데다 역광인 탓에 윤곽만 드러났지만 월광은 단번에 그 병사가 공주임을 알아보았다. 월광은 감격에 겨워 말을 잃었다. 저 아이가 바로 평강공주란 말인가.

평강은 사뿐하게 걸어 월광 앞에 가까이 다가섰다.

"사부님, 오랜만에 문안드립니다. 많이 보고 싶었습니다."

한참 동안 공주를 바라보던 월광은 간신히 입을 뗐다. 마음 같아서는 두 손을 덥석 잡고 싶었지만 그녀는 공주였다.

"소장, 공주님을 다시 뵙습니다. 어엿한 처녀가 되셔서 못 알아볼 뻔했습니다."

"이렇게 병사로 변장을 했는데도 금방 알아보시면 제가 서운하지요."

평원왕의 기골이 장대해서 그런지 공주의 키는 훌쩍 자라 있었다.

평강은 장난스러운 걸음걸이로 월광이 끌고 온 말에 다가갔다. 그러고는 말의 목덜미, 배, 다리 사이를 손으로 쓰다듬었다. 잠시 자신의 손바닥을 살폈다가 다시 말의 꼬리, 귀, 눈빛을 신중하게 보더니 생글생글 웃었다. 칭찬을 바라는 아이처럼 그녀가 월광을 올려다보았다.

"이 말은 눈빛이 맑고 귀가 쫑긋하며 털에는 땀이 없어요. 그리고 엉덩이 근육이 세밀하고 걸을 때 뒷발굽부터 앞서 나가는 걸로 보아 북방 천리마가 분명해요."

월광은 고개를 주억거렸다. 그러고는 그녀에게 말의 이름을 가르쳐주었다.

"아직 망아지에 불과하지만 질풍이라 부르면 알아듣는답니다."

월광은 담담하게 말했지만 그의 마음속에는 격렬한 감정의 소용돌이가 치고 있었다. 공주를 보는 순간, 자신이 그녀 곁을 영원히 떠날 수 없을 것 같은 예감마저 들었다. 그토록 사랑했던 왕후를 쏙 빼닮았기 때문이리라. 왕후가 살아 돌아온 게 아닌가 잠시 착각할 정도로 말이다. 그럴 리 없다는 걸 알면서도 그녀가 오래전 자신을 오라버니라 부르며 따랐던 왕후의 환생일지도 모른다는 생각마저 들었다. 모래성처럼 부서지고 흘러내릴 헛된 생각이건만, 월광은 기꺼이 이 달콤한 환상을 받아들였다.

그러나 연청기가 공주를 애태우며 기다릴 것이라는 데 생각이 미치자, 그는 주위를 빠르게 둘러보고는 고개를 숙였다.

"공주님을 모시겠습니다. 고추가께서 기다리십니다."

공주가 도착했다는 소식을 들은 연청기는 허둥지둥 내실에서 달려 나갔다. 그러나 공주가 보이지 않자 그는 어리둥절한 얼굴로 월광을 보았다. 월광의 시선이 한 병사에게로 향했다. 여느 병사와 달리 키에 비해 몸매가 둥글고 가냘팠다. 그제야 연청기는 평강이 변복했음을 알아챘다. 먼저 떠나보낸 여동생에 대한 그리움이 평강을 보자마자 되살아났다.

"네, 네가 평강이구나. 어디 보자."

평강은 푹 눌러쓴 모자를 벗고 차가운 돌바닥에서 큰절을 올렸다.

"삼가 평강이 외숙을 뵈옵니다."

"그래, 일어서거라. 어서 안으로 들어가자."

수하들 앞이라 최대한 감정을 절제했지만 공주와 탁자를 사이에 두고 마주앉자마자 연청기는 떨리는 손을 뻗어 그녀의 손을 덥석 잡았다.

"내 잘못이야. 내가 무심했어. 미안하구나, 평강아."

"아니옵니다. 고추가께서 건재하고 계심을 알았기에 소녀는 든든한 마음으로 지난날을 버틸 힘과 용기를 가질 수 있었습니다."

"얼굴뿐만 아니라 속이 깊은 것까지 왕후를 그대로 빼다 박았구나."

월광이 그랬듯이 연청기 역시 살아생전의 여동생을 떠올렸다. 평강은 어미를 닮아 보는 사람으로 하여금 자연스레 왕후를 떠올리게 했다. 곁에 있던 월광도 다시 한 번 공주의 이목구비를 찬찬히 뜯어보았다. 영락없는 왕후였다.

평강의 손에서 전해져 온 온기가 연청기의 마음을 녹였다. 그는 기분이 훨씬 나아졌다. 왜 그토록 무심했냐고 투정이라도 부렸으면 좋으련만 평강은 의연하게 기품을 잃지 않았다. 연청기는 그 점이 안타까우면서도 대견했다. 그는 호탕한 웃음으로 월광을 돌아보며 농담을 했다.

"눈초리가 찢어진 걸 보면 우리 집안 내력 그대로이지 않소?"

그 말에 평강도 환하게 대꾸했다.

"말씀을 듣고 보니 태자도 그렇습니다."

"하하하, 장군도 어서 이리 와서 앉으시오. 가져온 망아지는 보았느냐? 사육하는 북방 천리마 중에서 대장군이 고르고 고른 명마다."

평강은 고개를 끄덕였다. 월광은 평강이 한눈에 그 말이 명마임을 알아보았노라고 연청기에게 일러주었다. 연청기는 마음이 흡족했다. 명마를 알아보는 안목까지 지녔으리라고는 미처 생각지 못했기 때문이다.

평강은 외숙과 월광을 번갈아 본 뒤 말을 꺼냈다.

"고구려의 기병이 북방에서 불패의 신화를 이어가는 건 사부님의 철기군 때문이라 들었습니다."

연청기도 월광을 보았다. 산전수전 다 겪은 대장군 월광의 낯에 쑥스러워하는 기색이 떠올랐다.

"하하하, 왜 아니겠느냐. 헌데 군마를 대량 사육해달라고 했는데 그 까닭을 말해줄 수 있겠느냐?"

"나중에 용도가 정해지면 말씀드리겠습니다."

"그래, 뭔가 심중에 품은 뜻이 있겠지만…… 나에게도 감출 일이더냐?"

연청기의 말투에 서운함이 묻어 있었다. 그러나 아직은 때가 아니었다. 잠시 침묵이 이어지자 월광이 평강에게 물었다.

"공주님, 무예 수련은 꾸준히 해오셨는지요?"

"네. 호위무장인 임 장군이 가끔 상대가 되어주었습니다."

그제야 연청기는 벽 쪽에 물러서 있던 임정수를 바라보았다. 풍모가 당당했다. 저런 무장이라면 공주를 믿고 맡겨도 좋으리라는 걸 그는 오랜 경험으로 알았다. 지금까지 월광 장군을 비롯해 용맹하기 이를 데 없는 수많은 무장들을 거느리고 살아온 그가 아니던가.

"호위무장이냐?"

"네. 그렇사옵니다."

"너에게 공주는 어떤 의미냐?"

"무슨 말씀이시온지?"

위엄이 서린 북방의 패자다운 음성으로 연청기가 되물었다.

"공주를 호위하는 네 마음가짐을 묻는 것이다."

갑작스러운 질문에 적잖이 당황한 임정수가 급히 한쪽 무릎을 꿇고 아뢰었다.

"소장, 나라에 생사를 바친 무장입니다. 제게 공주님은 이 고구려와 같사옵니다."

연청기가 등 뒤에 시립해 있는 시위무장에게 눈짓을 했다. 시위무장은 임정수 앞으로 다가가서 다짜고짜 칼을 뽑아 겨누었다. 임정수가 미처 대응할 새도 없이 검을 휘둘렀다. 임정수는 몸을 굴려 옆으로 피했다. 시위무장의 칼끝이 다시 임정수를 향했다. 임정수가 도움을 청하는 듯한 눈빛으로 공주와 연청기를 바라보았다. 연청기의 눈빛은 냉혹했다. 임정수에게는 그렇게 여겨졌다.

"너도 실력을 보여보거라."

연청기는 공주의 호위무장인 임정수의 능력을 직접 눈으로 확인하고 싶었다. 임정수의 눈길이 다시 공주를 향했다. 평강은 조용히 고개를 끄덕였다.

"칼을 뽑으세요. 상대해드려야지요."

공주의 허락이 떨어지자 임정수는 망설이지 않고 칼을 빼들었다. 시위무장의 칼과 임정수의 칼이 날카로운 소리를 내며 부딪쳤다. 연청기의 시위무장은 절노부에서도 다섯 손가락 안에 드는 무장이다. 그러나 임정수는 조금도 동요하지 않고 시위무장의 칼을 침착하게 받아냈다. 그는 상대의 칼을 받아내기만 할 뿐 애써 공격하려 하지 않았다. 한 푼 정도의 실력은 숨겨둔 것처럼 보였다.

연무장이 아닌 접견실이었기에 둘 다 움직임은 크지 않았다. 그러나 두 사람 사이에는 팽팽한 긴장감이 감돌았다. 그들이 만약 연무장에서 검술 대련을 펼쳤다면 모든 이들의 이목을 사로잡을 만큼 화려하고 현란했으리라.

시위무장의 칼사위는 베는 힘이 강했다. 실전에서 단련된 칼이기 때문이다. 단칼에 상대에게 치명상을 입혀야 하는 전투에서 익힌 검술이다. 시위무장의 칼날이 호를 그리며 허공을 가를 때마다 쉭, 쉭 날카로운 바람소리가 났다. 부딪는 두 칼날 사이에서 불꽃이 번쩍번쩍 튀었다. 쟁강 쟁강. 칼끼리 부딪히는 소리가 접견실 안을 사납게 떠돌았다.

"그만! 칼솜씨는 충분히 보았다."

연청기의 말이 떨어지자 두 사람은 칼을 거두고 몇 걸음 물러섰다. 임정수는 숨을 들이마신 뒤 길게 한 번 내뱉고는 금방 고른 호흡으로 돌아갔다. 그의 이마에서 가늘게 땀방울이 흘러내렸다.

연청기가 임정수에게 물었다.

"뭐라고 부르느냐?"

"네에?"

"네 이름 말이다."

"임정수라 하옵니다."

고추가가 일개 백부장의 이름을 물은 것은 예사로운 일이 아니었다. 임정수에게는 크나큰 영광이었다.

"결혼은 했더냐?"

"아직 못 했사옵니다."

연청기는 고개를 돌려 월광을 보았다.

"대장군이 보시기에 검을 다루는 실력이 어떻소?"

두 사람의 검술 대련을 신중하게 지켜보았던 월광은 내심 임정수에게 감탄하면서도 정색을 했다.

"적이 둘, 셋이 아닌 여럿이라면 검이 흔들릴 것입니다. 실전에서는 너무 정직한 검입니다."

연청기가 고개를 끄덕였다. 월광은 임정수에게 다짐을 주듯 단호하게 말했다.

"그것으로는 안심이 안 된다. 더욱 땀을 흘리도록 해라!"

"네, 각골명심하겠습니다."

연청기가 시위무장에게 하명했다.

"내 검을 다오."

시위무장이 칼걸이에서 연청기의 보검을 들고 와 공손히 바쳤다.

"받아라. 백부장 임정수는 공주와 생사를 같이하는 인물로 알고 있겠다."

갑작스런 일이라 꼼짝도 하지 못한 채 긴장한 임정수가 겨우 입만 뻥긋거렸다.

"하오나, 이건?"

평소의 임정수가 아니었다. 바짝 얼었다. 그러자 여태 아무 말 없던 평강이 슬며시 웃으며 거들었다.

"감사드리지 않고 뭐 하세요?"

"화, 황공하옵니다."

공주의 말에 정신을 차린 그는 두 손을 높이 올려 보검을 받았다. 연청기가 하사한 칼은 칼집에 자주색 보석까지 박혀 있었다. 기와집 한 채를 주고도 사지 못할 칼이었다.

밝은 표정을 잃지 않는 평강을 만나 시간을 보내면서 연청기의 마음이 많이 녹아내렸고 그의 얼굴엔 자애로움이 넘쳤다.

"고추가."

"왜 그러느냐?"

평강이 뭔가 말하려다 입을 다물었다. 연청기는 부드럽게 물었다.

"무슨 말이냐? 뭐든 말해도 괜찮다."

평강은 입 안에 고인 침을 꿀꺽 삼키고는 외숙의 눈을 똑바로 쳐다보았다.

"고구려에서 여자는 태왕이 될 수 없습니까?"

"뭐이라? 태왕이라 했느냐?"

상상 밖의 질문을 받고 연청기는 월광을 쳐다보았다. 월광도 당황스러워했다. 연청기는 노회한 사람답게 평강의 말을 적당히 받아 넘기려 했다.

"하하하, 대장군. 우리 공주가 태왕이 되고 싶은 모양이오."

볼에 젖살도 채 빠지지 않은 공주의 당돌한 물음을 연청기는 그리 심각하게 여기지 않았다. 하지만 월광은 그 질문에 감춰진 속뜻을 파악하려 했다.

물론 고구려에서는 남녀가 평등하다. 한 집안의 가업을 남녀가 차별 없이 이을 수 있고 재산도 아들과 딸이 공평하게 상속받는다. 그렇지만 군사 강국들에 둘러싸인 고구려에서 국정을 책임져야 하는 태왕은 다르다. 평강은 예상했던 반응이기에 실망하지 않았다.

"왕후께서 말씀해주셨습니다. 이 나라가 아름다운 것은 강인하고 올바르게 살려는 백성들이 많기 때문이라고요. 저는 고구려를 사람들이 살기 편한 평화로운 나라로 만들고 싶습니다."

연청기는 백성과 나라를 위하는 공주의 마음이 기특했다. 그러나 공주가 허튼소리를 하는 성격이 아니므로 적이 걱정스럽기도 했다. 공주가 딴 마음을 품지 않도록 설득해야 했다.

"평강아, 고구려는 여러 민족이 모여 이루어진 다민족 국가다. 태왕은 조정대신과 제후국 들을 거느리고 제국의 땅과 백성을 보호해야 한다. 고구려의 남쪽에는 백제와 신라가 있고 북에서는 진나라와 북주가 호시탐탐 국경을 노리고 있다. 그러니 여차하면 군대를 지휘하고 전쟁도 치러야 한다. 여자의 몸으로 피비린내 나는 살육의 현장을 어찌 견뎌내겠느냐? 찾아보면 진정 나라를 위하는 다른 방책도 여럿 있을 것이다."

평강은 살짝 미소를 지었다.

"평양성 안에는 무력을 가진 사람들만이 고개를 들고 다닙니다. 하지만 한 나라가 강해지려면 그 백성들이 긍지를 지녀야 한다고 배웠습니다."

"그렇고말고."

"제 나라 백성도 지키지 못하는 사람들이 거드름을 피우고 호령을 해댄다면 어찌 백성들이 뒤를 따르겠습니까?"

차분한 평강의 목소리에는 어떤 결연함이 배어 있었다. 그러나 연청기는 이때만 해도 그녀의 말이 앞으로 어떤 파장을 일으킬지 깊이 생각하지 않았다.

연청기는 절노부의 관저로 숙소를 옮기고 정문 입구에 고추가의 깃발을 달게 했다. 그리고 안학궁으로 전령을 보내 자신의 입성을 공식 통보했다.

벼슬을 얻어 중앙 부처에서 일하는 절노부 대신들은 기다렸다는 듯이 연청기를 찾아와 한바탕 와자하게 떠들어댔다. 몇 년 만에 이루어진 대가의 행차에 그들은 무척 고무되어 있었다. 그들은 연청기에게 안학궁을 둘러싼 최근 정세를 설명하면서 이구동성 태왕의 굴욕적인 외교 정책을 규탄했다. 평원왕은 진과 북주에 화친을 청하고 조공을 보내야 한다는 주장을 굽히지 않고 있었다.

"진나라 문제가 태왕께 작위를 보냈답니다."

"분하지 않습니까? 정벌을 하자는 것도 아니고 작위를 받고 조공까지 보내다니 이게 말이나 되는 소립니까?"

"아무리 태왕이라도 이 일을 제가회의에서 따지고 넘어가야 합니다."

"목을 걸고서라도 상주上奏해야 합니다."

조정에 출사하고 있는 대신들은 조공 결사 저지를 외치며 태왕을 성토하는 일에 목청을 높였다.

다음 화제는 일부 세력의 관직 독점이었다. 조정의 관직은 상부 고씨와 손잡은 관노부의 진씨陳氏와 소노부의 해씨解氏가 그 반을 차지하고 있었다. 그러니 절노부에서도 더 많은 인재를 중앙에 파견해달라는 현실적인 건의가 빗발쳤다. 내용이야 익히 알고 있었지만 연청기는 웃는 얼굴로 각각 그들의 노고를 치하하고 돌려보냈다.

연청기는 그들을 배웅하면서 월광에게 넌지시 말을 던졌다.

"올해 제가회의는 꽤나 시끄러워질 모양이오. 각 부에서 특이한 동향은 없었소?"

"안학궁을 공격하거나 사절단을 습격한다는 소문이 무성하지만 말만 요란하지 별다른 움직임은 없습니다."

동맹 날짜가 가까워지면서 거리는 한층 흥청거리고 활기가 넘쳐났다. 각 부족의 민간 수행원들과 제후국의 사신들에 심지어 진과 거란에서 온 상인들까지, 사람들로 넘쳐나 온통 북새통을 이루었고 성 안팎에서는 연일 시장이 섰다.

월광, 공주의 대부가 되다

평원왕과 연청기는 지위를 떠나 처남과 매부지간이고 나이도 엇비슷한 동년배였다. 오랜만의 행차요 해후인지라 태왕은 안학궁으로 연청기를 초대했다.

사적인 인연으로 보나 태왕과 절노부 고추가의 위상으로 보나 두 사람은 서로에게 신뢰와 친밀감을 느꼈다. 그러나 왕후의 죽음 이후 관계가 서먹해졌던 것도 사실이다. 왕후의 죽음에 석연치 않은 구석이 많은데도 태왕은 그에 대한 언급을 회피하고 배후를 조사하기를 꺼렸다. 그 뒤로 연청기는 왕가에 대한 관심을 끊었다. 이전의 관계를 회복하려면 누군가 먼저 화해의 손을 내밀어야 했지만 그럴 만한 계기가 없었다. 그러던 차에 공주가 보낸 서신이 연청기의 관심을 다시 왕가로 돌려놓은 것이다.

연청기와 월광은 서각에 먼저 도착하여 태왕이 오기를 기다렸다. 서각의 책장마다 층층이 쌓여 있는 손때 묻은 장서들을 보면서 연청기는 평원왕이 학문 정진에도 심혈을 기울이는 군왕임을 실감했다.

이윽고 평원왕이 시위를 거느리고 나타났다. 연청기와 월광이 먼저 고개를 숙였다. 평원왕도 마주 답례를 하며 덥석 연청기의 팔을 잡았다.

"원로遠路에 노고가 많으셨습니다. 쓸데없는 말들로 시끄러울까 싶어 주작봉까지 영접을 나가지 못해 송구합니다."

연청기는 괜스레 시치미를 떼고 태감과 시녀들을 둘러보며 헛기침을 했다. 그러자 평원왕도 모른 척 더 크게 헛기침을 했다. 몇 년 만에 만난 두 사람이 어색해하지 않게 태감이 값싼 웃음을 연신 날리자, 왕이 괜스레 핀잔을 주었다.

"태감은 뭐가 그리 좋아 싱글거리느냐? 다들 오십 보 밖으로 사람을 물리거라."

월광이 한 아름 안고 있던 두루마리를 탁자에 내려놓고 밖으로 나가면서 둘만의 독대가 이루어졌다. 월광 장군이 문 앞에 버티고 서 있으니 누가 주위에 얼씬거리겠는가?

평원왕은 보란 듯이 의자에 비스듬히 걸터앉아 장난스럽게 손가락으로 가리키며 앞에 앉으라는 표시를 했다. 연청기도 질세라 등받이 깊숙이 몸을 묻고 뻐딱하게 자세를 잡았다. 그러자 왕은 한 손으로 턱을 괴고 머리를 치켜들며 놀리듯이 연청기의 다음 동작을 재촉했다. 연청기는 과장된 동작으로 한 발을 크게 무릎 위로 올리고 팔짱을 끼면서 서두를 꺼냈다.

"황송하게도 진나라 문제가 조서를 보내고 관작을 내렸다 들었습니다."

"그런데요?"

평원왕이 멀뚱히 쳐다보며 대수롭지 않다는 듯이 대꾸하자 연청기가 작심한 듯 힐난했다.

"영동장군이라니요? 그까짓 냄새나는 관복을 받으신 속내가 대체 뭡니까?"

예상하고 있던 터라 평원왕은 전혀 동요하는 기색을 보이지 않았다. 외려 그런 연청기가 재미있다는 듯 싱글벙글 웃으며 말했다.

"중국 비단이라 그런지 촉감이 좋고 옷 색깔도 참 곱습디다."

"머리를 조아리는 것으로도 모자라 조공 사절까지 보내신다고 들었습니다."

"으하하하, 난 또…… 고추가께선 진의를 알아주실 줄 알았는데 괜히 헛물만 켰습니다."

"아니, 헛물이라 하셨습니까? 체통은 없어도 과연 두둑한 배포는 변함이 없으십니다."

정색하며 잠시 뜸을 들인 평원왕이 목소리를 낮추었다.

"고추가, 우리가 조공 사절을 보내면 저놈들은 체면 때문에 그 답례품을 훨씬 많이 실어 보내줍니다. 사실 조공을 핑계로 교역도 하니 나라 살림에 보탬이 될 정도입니다. 한데 벌써 눈치를 채고 자주 오지 말라 했답니다."

"실속 챙기는 거야 좋지만 나라 꼴이 말이 아니지 않습니까? 군부에서 반발하고 호족들이 깔보는 건 어찌 해결하시렵니까?"

"이거, 그렇게나 과인을 염려해주시다니, 그동안 어떻게 연락도 없이 지내셨습니까?"

"아슬아슬, 누구 애를 태울 일이 있습니까?"

정색하는 연청기의 말에서 숨어 있는 진의를 느낀 평원왕이 고개를 끄덕였다.

"누가 아니랍니까? 문젯거리가 산적해 있습니다. 허나 이런 기회가 아니면 등 뒤에서 시퍼런 칼을 빼들고 덤비는 자들이 누군지 어떻게 알겠습니까. 그것만도 큰 소득입니다."

선문답 같은 몇 마디 대화로 태왕의 내심을 짐작한 연청기가 말투를 바꾸었다.

"사절을 핑계로 진나라와 북주의 내정을 살피고 정보 수집을 하는 조공 외교가 전술인 건 알겠습니다."

연청기는 한눈에 평원왕의 의도를 꿰뚫어보았다.

"하오나 무너진 병사와 백성의 사기를 되돌리는 것 또한 쉽지 않은 일입니다. 다들 내막을 모르니 수치심을 느끼고 분개하는 것이지요. 당장은 제가회의에서 시시비비를 가리고 그 책임을 물으려 들 것입니다."

평원왕이 곤란을 느끼는 큰 골칫거리가 제가회의였다. 머리를 싸매고 고민해도 제가회의의 반발을 무마할 묘안이 없었다. 그가 궁지에 몰려 난감한 상황에 처한 건 사실이었다.

"과인이 내정을 안정시키고 군대를 정비할 시간을 번다고 말하면 믿어줄 것 같습니까? 단언하건대 저들은 동쪽을 가리키면 서쪽을 쳐다볼 것입니다. 국가 대사를 일일이 다 밝히고 동의를 구할 수 없는 노릇입니다. 제가회의에 알리지 못할 나라의 기밀도 있지 않겠습니까? 학문과 식견이 있다는 대신들조차 당장 눈앞에 보이는 것으로만 왈가왈부하니 안타까움이 실로 큽니다. 저들은 한 발 걷고 나서 생각해도 되지만 군왕은 한 발을 떼기 전에 열 보 앞을 미리 걱정해야 합니다."

역시 평원왕은 녹녹한 인물이 아니다. 안목과 그릇이 또 달라졌다. 연청기는 태왕이라는 용상의 자리가 그를 더욱 큰 인간으로 만들어가고 있다는 기분이 들었다.

"하하하, 그래서 아무나 태왕이 되는 게 아니지 않습니까? 하오나 군장들이 동원한 병사들이 대성산을 까맣게 덮었고 그 중심에는 상부 고씨가 있습니다. 언제까지 저들의 월권과 도발을 두고 보실 작정입니까?"

평원왕은 전장에서 누구 못지않은 용장으로 이름을 떨쳤다. 전투와 전쟁을 두려워할 인물은 아니었다.

"허장성세에 불과합니다. 고원표를 겁냈다면 친위군을 불러들이고 성문을 닫았을 겁니다. 저들은 병사들에게 군량과 동복冬服을 지급하지 않았습니다. 만약 딴 뜻을 품었다면 만반의 준비를 갖췄겠지요."

"오호, 그래요?"

연청기는 적정을 살피고 정황 분석마저 끝내둔 평원왕의 치밀함에 탄복했다.

"아마 병사들은 겨울을 못 넘기고 철수할 것입니다."

"예측은 그러하나 대치하다 보면 우발적인 충돌이 큰 분쟁으로 번지기도 합니다."

"예의 주시하라 이르겠습니다. 내분은 선왕 때부터 진저리나도록 보았습니다. 그래서야 어떻게 나라의 기틀을 잡고 백성이 편안히 생업에 종사할 수 있겠습니까."

평원왕이 가진 고뇌의 한 단면을 읽을 수 있는 부분이었다. 연청기가 족자 뭉치를 슬그머니 내밀었다.

"머리 아픈 이야기는 그만 하고 여기 이 그림들 구경 좀 해보시렵니까?"

"병서만 보시는 줄 알았는데 언제 그림까지 취미를 넓혔단 말입니까? 아니면 나이가 들어 고상해지기라도 하신 겁니까?"

"거기 족자 중에서 하나만 골라주십시오."

의구심을 거두지 않고 두루마리를 펼쳐든 평원왕의 눈빛이 장난스럽게 변하면서 이채를 띄었다.

"아니, 하나같이 아리따운 처녀들이지 않습니까? 고추가께서 미인도를 수집하는 고상한 취미를 가지신 줄은 미처 몰랐습니다. 혹시 직접 그리셨는지요?"

"폐하께 필요해서 올리는 초상입니다."

평원왕의 눈에 짧은 순간 빛이 반짝였다 사라졌다.

"으흠, 과인은 여인에게 별 취미가 없습니다."

"3년상을 치르고 또 3년째입니다. 태왕께서 혼자 지내시는 거야 알바 아니지만, 나라에는 국모가 있어야 하질 않겠습니까?"

"몰라서 그런 말을 하십니까? 과인에게 국모는 한 사람뿐입니다."

은근히 노기마저 띠고 반발하는 평원왕을 보면서 연청기는 먼저 보낸 왕후에 대한 왕의 애정이 식지 않았음을 알 수 있었다.

"쯧쯧쯧, 태왕이야 그렇다 치고 태자와 공주는 어쩝니까?"

연청기가 길게 혀를 차며 말했다. 그제야 평원왕은 뭔가 심상치 않은 이유가 있음을 느끼고 묻는 눈빛으로 그를 바라보았다.

"꿈에 왕후가 나타났습니다. 불러도 가까이 오지 않고 불쌍하다, 불쌍하다 하며 같은 말만 되풀이하는 게 아니겠습니까."

"아니, 그래서요?"

"자기가 낳은 자식들이 마음에 걸려 죽어서도 걱정을 하는 게지요."

"공주와 태자에게 혹시 무슨 문제라도 있다고 합디까?"

"진비에게는 건무 왕자가 있습니다. 공손부인이 진비를 대적해 태자와 공주를 계속 보호할 수 있다고 여기십니까? 힘이 너무 한쪽으로 쏠렸습니다."

"그렇다고 여자를 얻어요? 진비만 해도 보통이 넘습니다."

고개를 절레절레 흔들며 말하고 보니 속마음을 들킨 것 같아 평원왕은 머쓱해졌다.

"여자 문제는 여자끼리 풀도록 하면 됩니다. 일국의 제왕이 많은 후궁을 거느리는 건 그만큼 자손을 낳아 왕실을 번창시키기 위함입니다."

내친 김에 연청기는 결론으로 몰아갔다.

"그리고 부탁 하나 올리겠습니다. 꼭 들어주셔야겠습니다."

연청기의 다짐 소리에 평원왕은 긴장의 끈을 늦추지 않았다.

"월광 대장군 말입니다."

"대장군이 왜요?"

"군대에서 빼내야겠습니다."

"고추가, 이건 절노부만의 문제가 아닙니다. 어쩌시려고요? 군부에 대장군이 미치는 영향력이 적지 않습니다."

평원왕은 이번만큼은 쉽게 물러설 수 없다는 굳은 얼굴로 연청기를 뚫어져라 쏘아보았다. 이 문제에 대해서는 연청기도 깊이 생각한 터였다. 월광 장군을 빼면 군 전력에 공백이 생기리라는 건 자신이 누구보다 잘 알았다. 그러나 과연 누구를 왕궁에 남겨 공주와 태자를 보호하고 태왕에게 힘을 보태줄 것인가?

집념이 강한 진비에게 건무 왕자가 있으니 앞으로 무슨 변수가 생길지 모른다. 비록 태자가 정해졌다 하나 아직 어리고 보살펴줄 왕후도 없는 불안한 상황이다. 누가 다음 왕위를 잇느냐는 고구려의 운명을 결정짓는 중대사다. 왕궁은 적과 싸우는 전쟁터와 다름없으니 문무를 겸비하고 지략도 갖춘 인물이 필요하다. 만약 월광이 태자와 공주의 대부가 되어 그들을 가르치면서 궁에 상주한다면 세간의 시선과 의심도 피할 수 있을 것이다.

고구려 초기에는 소노부의 유리왕계 해씨가 왕위를 계승하다가 뒤에는 계루부의 고씨 왕조로 이어졌다. 왕위는 부자간, 조손간 세습이 이루어졌고 형제나 친척으로 계승되기도 했다. 전 왕조의 양원왕만 해도 왕위 계승을 두고 군대가 분열되어 내전까지 치러야 하지 않았던가. 그런 일이 다시 발생하지 않도록 막아야 한다. 결국 연청기는 자신이 가장 필요로 하고 신임하는 월광을 보내기로 결심했다. 그가 월광을 선택한 이유를 구구절절이 설명할 필요는 없었다. 평원왕도 그 정도는 짐작할 것이므로.

"대장군에게 왕궁에 머물러달라고 이미 청을 넣었습니다."

연청기의 말이 떨어지자 돌연 태왕의 눈가가 빨갛게 변했다.

"분신이라 할 만한 사람을 보내주시겠다니…… 역시 과인을 생각해주는 건 고추가뿐이십니다. 하하하, 이거 큰 잔치라도 벌여야 할 일이 아닙니까?"

연청기는 사람의 감정이 원래 저렇게 기복이 심한가 싶었다. 그간 태왕의 마음고생이 그만큼 심했음을 뜻하는 것이리라.

벌떡 자리에서 일어난 평원왕은 크게 숨을 한 번 몰아쉬고는 본연의 위엄을 되찾았다. 그의 얼굴에는 범접할 수 없는 서기瑞氣까지 어렸다.

"돌궐은 일만 기병보다 월광 대장군이 더 두렵다 했습니다. 과연 그와 같은 맹장을 내주시다니, 대가께서는 정녕 과인을 잊지 않고 있었구려."

"어허, 조정에 출사하는 게 아니라 공주와 태자를 후견하는 것이라고 분명히 말씀드렸습니다. 대장군도 그렇게 알고 있고요."

"그게 그거 아닙니까. 태감, 어서 대장군을 안으로 모셔오너라."

이윽고 월광이 태감의 뒤를 따라 내전으로 들어왔다. 그는 평원왕과 연청기를 향해 공손히 머리를 숙였다.

월광은 어쩌면 연적이랄 수도 있는 평원왕에 대해 불만이나 저항감이 별로 생기지 않았다. 과거의 일이라 잊었기 때문이 아니다. 그는 정략이라는 단어 앞에서는 모두가 희생자라고 생각했다. 대의란 원래 그런 것인지도 모른다. 개인에게는 의가 아닐 수도 있는 것.

그의 이런 심사를 아는지 모르는지 평원왕은 월광에게 다가가 덥석 그의 어깨를 잡았다.

"정말 대장군께서 왕가의 대부가 되어주시겠습니까?"

"소장의 모자람만이 걱정될 따름이옵니다."

"으하하하, 그럼 됐습니다."

단숨에 짐을 벗어버린 듯 평원왕은 서각이 쩌렁쩌렁 울리도록 웃었다.

"괜히 노심초사했지 뭡니까. 대장군이 안학궁으로 들어온다면 편히 발 뻗고 잠들 수 있겠습니다."

진심으로 반색하며 월광을 반기는 평원왕을 지켜보는 연청기의 이마에 깊은 주름이 잡혔다. 평원왕에게 월광 장군은 천군만마와 같으리라. 하지만 너무 반색하는 게 마음에 걸렸다. 월광 장군은 문제를 해결하는 실마리가 아니라 해결을 위한 하나의 포석에 불과하다. 연청기는 한 마디 하지 않을 수 없었다.

"대장군이 왕궁에 머문다 해서 난마처럼 얽힌 정국이 절로 해결되는 건 아닙니다."

평원왕은 연청기를 돌아보았다.

"고추가는 과인이 그렇게도 미덥지 못합니까? 대장군이 곁에 있다면 하늘 높은 줄 모르고 설치던 자들이 꼬리부터 말고 숨지 않겠습니까? 하하하."

평원왕의 호탕한 웃음소리에는 자신감이 배어 있었다. 출생만으로 왕위를 이을 수 있는 건 아니다. 그만한 그릇과 기량을 갖추어야 하고 혹여 부족하다면 뼈를 깎는 노력으로 채워 넣어야 한다. 평원왕은 담력이 크고 말 타기와 활쏘기를 잘했으며 검소하고 절제된 생활을 했다. 그는 백성들의 어려움을 걱정하고 고통을 함께 나누는 성왕이었다. 가뭄이 들면 자신의 식단을 줄여 백성들과 같이 굶었고 장마에 성벽이 무너지면 손수 돌을 나르고 성을 쌓았다. 연청기는 평원왕을 믿을 수밖에 없었다. 이제 시위는 그의 손을 떠난 셈이다.

예정보다 길어진 접견이 끝나고 태감이 밖으로 나와 손뼉을 치자 물러서 있던 시종들이 서각을 향해 몰려들었다. 문설주를 넘어 가는 연청기와 월광 장군을 평원왕이 뒤에서 불러 세웠다. 두 사람이 발길을 멈추고 돌아섰다.

"내가 예전부터 궁금한 게 있어서 말이오."

연청기가 빤히 쳐다보자 평원왕이 고개를 저었다.

"아니, 고추가 말고 대장군께 하는 말입니다. 장군의 쌍검은 천하무적이라 들었습니다. 언제 직접 견식해볼 수는 없겠소이까?"

이런 시국에 무슨 뚱딴지같은 소리란 말인가? 방금까지 골머리를 앓던 사람이 한가하게 월광의 칼솜씨를 궁금해하다니. 연청기가 마뜩찮다는 듯 월광을 대신해 말했다.

"용상에 앉아 계신 것이 그리 무료해 보이진 않는데…… 칼에는 눈이 없습니다. 여차하여 옥체에 흠이라도 생기면 어쩌려고 그러십니까?"

"아, 너무 심각하게 생각지는 말고 대련 한 번 하고 툭툭 털어버립시다."

왕궁을 나와 마차를 타고 가던 연청기가 한참 골똘히 생각하다가 월광에게 불쑥 물었다.

"무슨 의미라고 생각되오? 다 털어버리자니? 그렇다면 태왕의 마음속에 그동안 꺼림칙한 게 있었다는 말이 되지 않소?"

월광은 평원왕의 의중이 뭔지 생각해보았다. 어쩌면 왕이 자신과 왕후의 관계를 알고 있을지도 모른다는 느낌이 들었다.

제가회의를 며칠 앞두고 하늘에 비구름이 낮게 깔리고 스산한 바람이 불었다.

고원표는 소노부 군장 해지월이 주둔하는 군막을 찾아가 연대를 돈독히 한다는 핑계로 바둑을 두면서 그의 군세에 빗대어 일침을 가했다.

"군병이 오천이나 되는데 넓고 아늑한 사저를 두고 바깥에서 고생을 자처하시는구려."

넌지시 떠보는 고원표의 말에 해지월은 전혀 동요하지 않고 차분히 응대했다.

"멀리 있는 물로 가까운 불은 끄지 못하니 어쩝니까. 연청기의 정병은 오백에 불과하지만 절노부 파견군이 지척에 주둔하니 두려울 게 없겠지요. 게다가 어떤 분은 내성을 지키는 자식에다 언제라도 흑풍대 병력을 보탤 수 있으니 외려 저울이 기우는 건 제 쪽입니다."

고원표는 속으로 혀를 내둘렀다. '대세를 살피고 셈하는 능력은 타의 추종을 불허한다더니…….'

해지월은 대성산 주둔지에 도착하자마자 대동했던 상단을 전국 각지로 떠나보냈다. 정국이 살얼음판이라도 할 건 다 하겠다는 심보였다. 누구보다 암중모색에 뛰어난 해지월의 다음 착점이 어디일지 고원표도 예측하기가 쉽지 않았다.

"태왕의 심기가 놀랍지 않습니까? 성문을 활짝 열어놓고 아무 일 없는 양 시치미를 뚝 떼고 있으니 과연 군왕의 그릇으로 모자람이 없습니다."

해지월은 오히려 태왕을 칭찬하는 여유까지 보이면서 고원표의 심기를 흔들어놓았다.

"허나 태왕의 친위부대와 절노부 파견군은 병사들의 외출을 금지하는 군령을 내렸고 지휘관들을 임지에 비상 대기시켰습니다."

"고추가께선 다음 돌을 어디다 내려놓으실 작정입니까?"

고원표가 묻고 싶은 걸 해지월이 먼저 선수를 치고 물어왔다. 과연 늙은 너구리다.

"조상의 강산을 태왕 한 사람 손에만 맡겨둘 수는 없지 않겠습니

까? 태왕의 실정失政을 묻고 차후 재발 방지에 대한 확답을 받아내야
합니다."

"평원왕도 대책 없이 군장들을 맞이하진 않을 겁니다."

"어디가 약한지는 부딪쳐봐야지요."

"하하하, 그래야겠지요. 모험을 해보지 않고는 이길 기회조차 없지
않겠습니까."

해지월은 역시 만만히 볼 상대가 아니었다. 고원표의 속내를 샅샅
이 읽고 있었다.

맥점을 찾았는지 해지월이 소리가 나도록 바둑판에 돌을 내려놓고
는 말을 이었다.

"서로 병력을 동원한 상황이라 한 치의 소홀함도 허용되지 않습니
다. 해서 대대로大對盧: 고구려 국정을 관리하는 최고 관직에게 제가회의는 안
학궁이 아닌 평양성 밖에서 열어야 한다는 전갈을 넣어두었습니다."

대대로 벼슬을 꿰찬 김평지는 제가회의 의장을 겸하고 있으며 소
노부 출신으로 해지월의 오른팔이나 다름없었다. 고원표는 제가회의
의 판세가 태왕에게 절대 불리하게 돌아가고 있음을 믿어 의심치 않
았다.

"무력으로 우열을 가리지 못한다면 제가회의에서 담판을 지어야
합니다. 조공 사절은 길을 떠났고 태왕은 작위를 받았으니 이미 쏟아
진 술잔입니다."

평강, 온달을 만나다

예년과 달리 제가회의의 개최 장소가 주작봉 장대폭포 부근으로 정해졌다. 수량이 풍부한 장대폭포는 물길의 낙차가 커서 한참을 머물면 귀가 멍멍해질 정도였다.

왕궁 수비대에서 일꾼들을 모아 널따란 반석 위에 오십 명은 족히 들어갈 거대한 군막 세 채를 세웠다. 그날부터 주작봉에 일반 백성의 출입이 제한되었다. 각 부족의 정탐병들이 분주히 움직여 산의 지세와 유사시 퇴로까지 답사하고 지도를 그려 갔다. 5부의 군장이 거느린 군대의 진입은 철저하게 이동이 금지되었다. 그들은 모두 대성산 인근 중턱이나 강변에 군막을 치고 머물러야 했다.

5부 중에서는 소노부가 동원한 전투 병력이 가장 많았다. 기병 1단에 보병 2단의 전투 병력과 병참 지원부대를 동원한 그들은 평시 평양성 외성 수비대 병력에 버금가는 규모였다. 기병 1단은 10대로 구성되고 1대에는 100명의 기마병이 있으니 그들은 무려 기병 1천에 보병 2천을 이끌고 온 것이다. 싸움이 예정된 건 아니지만 적당히 무력을 선보임으로써 제가회의를 더 유리한 방향으로 끌고 가려는 계산이 깔려 있었다.

제가회의가 열리는 날 아침, 주작봉 산문 아래는 구경 나온 백성들로 북적거렸다. 병사들이 바리바리 등짐을 지고 길게 열을 지어 산을 오르는 모습은 흔히 볼 수 없는 장관이었다.

평강도 제가회의를 직접 구경하고 싶었다. 남장을 한 평강은 샛별이와 임정수를 데리고 구경꾼의 대열에 끼어들었다.

오색찬란한 깃발이 펄럭이는 진입로는 생각보다 북적였다. 제가회의가 대전이 아닌 야외에서 열리다 보니 더욱 그러했다. 이미 구경꾼이 인산인해를 이룬 데다 태왕의 친위부대에 의해 산을 오르는 길이 모두 봉쇄된 탓에 엄청나게 혼잡스러웠다. 평강 일행은 구경하는 인파 속에 묻혀 오도 가도 못하는 신세가 되고 말았다. 샛별이와 임정수는 혹시라도 인파에 치여 공주가 다칠세라 앞뒤에서 그녀를 보호하느라 진땀을 흘렸다. 하지만 밀려드는 인파를 감당할 수는 없었다. 평강도 차츰 지쳐갔다.

그때였다. 사람들의 벽에 막혀 앞이 전혀 보이지 않는 평강의 귀에 왁자한 웃음소리와 함께 낯익은 이름이 들렸다. 그녀는 귀를 쫑긋 세웠다.

"이놈, 누가 바보 온달이 아니라고 할까 봐 그러냐?"

바보 온달이라니? 어릴 때부터 들어온 친숙한 이름이 아닌가? 평강은 사람들을 헤치고 목소리의 주인공을 찾아 파고들었다. 어깨가

떡 벌어진 임정수가 앞서서 사람들을 밀고 헤쳐주니 한층 나아가기
가 수월했다.

"신은 신는 거지 허리춤에 모셔두는 게 아니란 말이다."

"아, 안 그러면 누가 바보라 그러겠어?"

"이거 이놈 고집 봐라? 신은 발에 신는 거라니까."

공주가 가까이 다가가서 보니 웬 장정들이 달려들어 한 사내가 허
리춤에 차고 있는 신을 뺏으려 하고 있었다. 그 사내는 양손으로 신
을 잡고 뺏기지 않으려 애썼다. 제법 덩치 큰 장정들이 사내의 팔목
을 잡고 손을 떼어내려 용쓰는데도 꿈쩍도 안 했다.

"이놈 봐라. 너, 잘 걸렸다. 내가 누군 줄 아느냐? 왕년에 씨름으로
황소를 탄 몸이시다."

오기가 생긴 장정이 손바닥에 침을 뱉고 다시 엉겨 붙었다. 얼굴이
새빨개지고 땀을 뻘뻘 흘리며 매달려도 사내는 여전히 꿈쩍 안 했다.
보다 못한 동료 서너 명이 합세하여 사내의 팔다리를 잡고 쓰러뜨리
려고 매달렸다.

"이놈이 땅에다 쇠말뚝을 박아놓았나?"

"바보가 원래 힘은 좋지."

"헤헤, 황소 탔다면서? 그럼 아저씨도 바보네."

사내가 실실 웃으며 놀렸다. 여러 장정이 덤벼드는데도 전혀 기죽
은 얼굴이 아니었다.

"이놈이 어따 대고?"

아무리 밀치고 당겨보아도 사내는 그 자리에 붙박인 듯 태연했다.
지켜보던 사람들이 힘 하나는 좋다면서 혀를 내둘렀다. 임정수도 놀
라운 듯했다. 누군가 도저히 안 되겠다 싶었던지 사내의 한쪽 다리에

어깨를 밀어 넣고 넘어뜨리려 했다. 그러자 사내가 몸을 비틀었다.

"헤헤헤. 어딜 들어가. 간지럽잖아."

사내가 다리를 번쩍 펴자 그의 다리를 붙잡았던 장정이 붕 떠서 저만치 나가떨어졌다. 아니, 날아갔다는 것이 제대로 된 설명이리라. 사람이 모이면 구경거리가 생기는 법이다. 이쪽에서 생긴 소란을 알아채고 더 많은 사람들이 웅성거리며 모여들었다. 공주 곁에서 싱글벙글 구경하던 노인이 정색하며 나섰다.

"왜들 가만있는 애를 건드려? 힘으로 온달을 이길 장사는 없어. 이놈이 왜 신발을 안 신고 허리에 차고 다니는지 모르지?"

'아, 바로 이 남자가 온달이구나.' 공주는 속으로 중얼거렸다.

사람들의 시선이 몰리자 온달은 슬그머니 몸을 빼고 자리를 피했다. 변복을 한 임정수가 온달의 역성을 든 노인에게 물었다.

"신발을 들고 다니는 무슨 특별한 이유라도 있습니까?"

"효자라서 그렇지. 제 어미가 눈뜬장님이거든. 그런 어미가 바늘에 찔려가며 기워준 신발인데 아까워서 어찌 흙을 묻히고 다니겠나?"

"오호, 그런 사연이 있는 줄이야."

"집에 들어갈 때만 잠시 신은 척할 게야."

임정수는 공주의 얼굴에 드러난 궁금증을 대신해 질문을 계속했다.

"노인장은 어떻게 바보 온달에 대해 그리 잘 아십니까?"

"여기서 온달을 모르는 사람이 어디 있겠소. 내가 볼 땐 바보가 아니라 천하에 둘도 없는 효자지. 아무것도 모르는 것들이 입만 살아서 떠들어대는 거야. 바보는 무슨."

무심코 내뱉는 노인의 말이 평강의 가슴에 깊이 와 닿았다. 남의 일 같지 않았다. 동병상련, 자기도 울보공주라는 별명을 가지고 있지 않은가? 평강은 나지막한 목소리로 임정수를 불렀다.

"임 장군."

"네."

"저기 온달이라는 사내의 뒤를 따라가서 그가 사는 곳을 알아보고 주변 신상을 조사해주세요."

어리둥절해하는 임정수를 보고 샛별이가 간만에 끼어들었다.

"어, 어, 간다. 놓치기 전에 빨리 가보세요."

"하오나, 제가 자리를 비운 사이에 공주님께 무슨 변이라도 생기면 어쩝니까?"

평강은 손을 내저으며 임정수의 말을 가로막았다.

"이렇게 벌건 대낮에 무슨 일이 있겠어요. 제 한 몸 정도는 거뜬히 지킬 수 있답니다."

임정수는 샛별이에게 떠밀려 온달을 따라 인파 속으로 들어갔다.

제가회의는 5부의 군장과 대성의 성주인 욕살, 중앙의 고위대신, 각 지역 호족들까지 총망라해서 참여하는 고구려 최고 의결기구이며 국가의 주요 정책을 결정하는 회의체다. 각기 의견이 갈려 대화로 해결되지 않는 사안은 따로 태왕과 5부 군장이 표결로 처리한다. 5부 중에서도 세가 강한 절노부, 계루부, 소노부 3부 군장에게는 고추가라는 별도의 칭호가 주어져 있다.

주요 국정 현안을 결정하는 표결에서 계루부의 고원표와 소노부의 해지월, 관노부의 진필이 연합하는 바람에 태왕은 번번이 고배를 마셔야 했다. 5부족 중 하나인 순노부는 부족장인 사씨 일족이 와해되어 제가회의에 계속 불참하고 있었다.

제가회의가 열리는 군막 안에서는 불꽃 튀는 신경전이 펼쳐졌다.

"국론이 분열되고 나라가 이리도 시끄러운 것이 태왕의 굴욕적인 외교정책 때문임을 모르는 사람이 어디 있겠습니까?"

"지방 병졸들까지 들고 일어나는 것을 보면 그 혼란이 도를 넘었습니다."

"당장이라도 조공 사신을 불러들여야 합니다."

태왕을 비판하는 발언들 일색이었다. 태왕의 얼굴은 점점 굳어갔다. 그러자 연청기가 드디어 일어나 탁자를 주먹으로 치면서 주위의 시선을 끌어 당겼다.

"아아, 듣고 있으려니 참으로 통탄할 지경입니다. 본관은 오히려 태왕께 진나라의 관작을 받아들여야 한다고 직언했고 그 충언이 받아들여져서 적잖이 안심하고 있던 참입니다."

의외의 발언에 기다렸다는 듯 여기저기서 연청기를 성토하는 목소리가 날아왔다.

"무슨 망발을 하고 있는 겝니까?"

"변방에서 귀를 막아두고 지내셨소? 썩 물러서시오!"

"어허, 군권을 가진 절노부가 저 꼴이니 망국이 멀지 않았습니다."

그러나 연청기는 흔들리지 않는 눈빛으로 사람들의 말을 순순히 듣고만 있었다. 이윽고 그가 양손을 들어 다시 좌중을 진정시켰다.

"본관도 대세를 거스르고 싶은 마음은 추호도 없으니 잠시 자제하고 귀를 기울여주십시오!"

군권을 가진 절노부 군장이자 북방의 곰으로 불리며 종횡무진 국지전을 승리로 이끈 연청기이고 보니, 중구난방 웅성거리던 사람들의 소란이 점점 잦아들었다. 대체 무슨 말을 하고 싶은 건지 들어나

보자고 누군가 말하자 회의장이 순식간에 조용해졌다. 연청기는 턱수염을 쓰다듬고는 천천히 입을 뗐다. 전쟁터를 누비던 영웅의 풍모에서 발산되는 기운이 고스란히 사람들에게 전해졌다.

"여러 군장과 조정 대신들께서 조공 외교를 결사반대한다면 절노부는 선봉군으로 나서서 북주를 치고 진나라까지 진군을 멈추지 않겠습니다."

예상 밖의 단언에 회의장의 사람들은 대꾸할 말을 잃고 어리둥절했다. 그때 관노부 진필이 비꼬듯이 연청기에게 물었다.

"고추가, 진심으로 하는 말씀입니까?"

연청기는 진필을 곧바로 직시했다. 그의 어투는 더욱 단호해졌다.

"막중한 국사를 두고 허튼소리를 하오리까. 이왕 전쟁을 치른다면 선제공격이 유리하지 않겠습니까?"

사람들의 웅성거림이 터져 나왔다. 연청기가 선제공격 운운하는 걸 이해할 수 없었기 때문이다. 진필만이 연청기의 속내를 짐작한다는 듯 비웃음이 가시지 않은 얼굴이었다.

"고추가께서는 평소 북방 전쟁은 시기상조라 주장하지 않았습니까?"

"그랬소이다. 고구려가 북주와의 전쟁으로 전력이 소진되어 진나라에 항복하든지 백제나 신라에 뒤통수를 맞든지, 그건 본관의 책임이 아님을 밝혀두겠습니다."

일순 장내 분위기가 얼음장같이 싸늘하게 가라앉았다. 여기저기서 성토가 쏟아졌다.

"닥치시오!"

"북방의 곰도 늙었어."

여태 침묵을 지키던 고원표가 헛기침을 하며 느릿하게 일어서자 좌중의 시선이 그에게 쏠렸다.

"어험, 국법에서 전쟁터의 장수가 패전하면 그 목을 칩니다. 그런데 하물며 국왕이 적국에 조공을 보내고 작위까지 받고서 굴복을 하다니요? 영동장군이라니, 대체 이런 수치를 어찌 감당하려 하시오? 태왕은 열조列朝 앞에 무릎을 꿇고 그 죄를 빌어야 할 것입니다. 아니 그렇소이까?"

사람들이 고개를 주억거렸다. 연이어 해지월이 고원표를 편들며 나섰다.

"군심과 민심을 외면한 태왕의 굴욕적인 처사는 필히 짚고 넘어가야 할 사안입니다. 이대로라면 강국들 틈에서 고구려가 설 자리가 없어지고 맙니다. 우리가 언제 적국을 두려워한 적이 있습니까? 조공을 받았으면 받았지 치욕스럽게 조공 사절을 보내다니요?"

해지월은 득의양양한 표정으로 좌중을 둘러보았다. 그때 입술을 앙 다문 웃음소리가 터져 나왔다. 연청기였다.

"하하하. 잊으셨소이까? 선왕께서도 이미 동위와 북제에 조공하고 친선을 맺은 전례가 있지 않습니까? 왜 그때는 말문을 닫고 계셨습니까?"

연청기의 예리한 반문에 해지월은 물러섬 없이 대꾸했다.

"친선과 치욕은 엄연히 다릅니다. 천하의 고구려가 거듭된 패전으로 기상과 용맹은 사라지고 이빨 빠진 호랑이가 되었습니다. 이대로 국정을 방치하다가는 나라가 무너집니다."

사람들 마음속에 두려움과 공포심을 심어주는 것이 선동의 속성이다. 사람들은 겉으로 태연한 척해도 멸망 운운하는 소리를 거듭 듣게 되면 위기감이 생기고 사리를 판단하는 능력이 둔해지게 마련이다. 해지월은 제가회의에 참여한 사람들 마음속에 공포심을 불러일으켜 자신에게 유리한 방향으로 분위기를 이끌려고 했다. 그러나 연청기는 거듭된 충동질로 평원왕의 무능한 국정 운영을 비판하는 해지월의 노련한 수작을 속속들이 파악하고 있었다. 연청기는 능글능글 웃으며 해지월과의 설전을 계속 이어갔다.

"그러니 제가 북주를 치자고 할 밖에요. 결론은 전쟁밖에 없지 않소이까?"

"이것 보시오. 분란의 요지는 태왕의 독선과 조정의 무능에 있습니다. 이쯤 되면 국정 운영을 제가회의가 나서서 맡는 것이 낫다고 봅니다."

"오호, 이제 보니 국정 운영을 제가회의로 넘기는 게 목적이었소이까? 고추가께서는 태왕의 용상이 탐내는 게요, 아니면 백성과 이 나라 강산에 충의를 다하고 싶은 게요?"

갑자기 여기저기서 함성과 고성이 터져 나왔다.

"무엄하오."

"그런 망발이 어디 있습니까?"

"어허, 대전에서 목청들 낮추세요!"

대신들과 호족들의 흥분이 한껏 고조될수록 연청기는 더욱 침착해졌다. 이것이야말로 그가 원하던 상황이었다. 해지월은 말꼬리를 잡힐까 싶어 쉽게 반박할 말을 찾지 못했다. 그 틈을 놓칠세라 연청기는 해지월을 궁지로 몰았다.

"선대왕들의 유조를 잊었습니까? 국정 운영은 조정 대신들의 소임입니다. 군장과 호족들은 영지를 잘 다스려 국력을 키우고 나라의 기반을 굳건히 하여 태왕을 보좌하는 신성한 의무를 걸머졌습니다. 만약 호족들이 나서서 국사를 이토록 감정적으로 처리했다면 고구려는 오래전에 멸망했을 겁니다."

승산 없는 싸움을 벌일 연청기가 아님을 그 누구보다 잘 알고 있는 해지월이 한 발 물러서서 탐색전을 벌였다.

"고추가는 몇 년째 동맹 제천의식에 불참했습니다. 헌데 돌연 등장해서 화살받이를 자처하게 된 말 못 할 사연이라도 있는 겁니까?"

조롱이라는 걸 알면서도 연청기는 입가에서 미소를 거두지 않았다.

"북방 전쟁이 벌어지면 선봉은 절노부가 나섭니다. 해서 본관은 얼마간의 시간을 벌어달라고 밀지를 보냈습니다. 만약 하찮은 자존심을 내세워 작위를 받지 않으면 어쩌나 싶어 조마조마했습니다. 허나 나라와 백성들의 안녕을 위하여 폐하께서는 수모를 감내해냈던 것입니다. 뭐가 어찌 돌아가는지 알고나 떠들어대십시오. 쯧쯧……."

연청기의 조롱하는 말에 해지월과 고원표는 어이없어하는 표정으로 그를 무섭게 노려보았다.

"절노부는 단 한 차례도 전쟁에서 패퇴한 적이 없습니다. 이는 충분한 대비를 하고 싸움에 임했기 때문입니다. 북제의 고위는 돌궐과 손잡고 거란과 북주를 격퇴시켰으나 간신배의 이간질에 속아, 군사력을 지탱하던 곡률광과 난릉왕을 처형하였지요."

연청기가 눈짓을 하자 월광이 그에게 다가와 두루마리를 건넸다. 그는 두루마리를 모든 사람이 볼 수 있도록 활짝 펼쳤다.

"여기 이 문서는 북주 무제의 군령입니다. 만약 고구려가 조공을 보내온다면 전력을 북제 잔당의 소탕작전으로 돌리라는 내용입니다. 고구려는 위협이 못 되니 무시하겠다는 뜻이지요."

군막 안에서 탄성이 연이어 터져 나왔다. 연청기의 주장이 서서히 위력을 발휘하기 시작하고 있었다.

"북주가 북제로 관심을 돌리면 우리는 그사이에 시간을 벌어 병사들을 소집하고 성을 더 튼튼하게 쌓을 수 있습니다."

해지월과 연합한 고원표는 조공 사신을 보낸 일과 태왕이 작위를 받은 것을 물고 늘어져 정권 이양을 요구하려 했다. 그러나 그 계획은 연청기에 의해 물거품이 되고 있었다. 북주 무제의 작전 명령서가 위조인지 아닌지, 그 입수 경위나 진위를 따질 겨를이 없었다. 이미 대세는 연청기 쪽으로 기울고 있었다.

"좌중하신 대신들과 여러 호족들께서는 어쩌시겠습니까? 북주의 예봉을 고구려로 돌려야 옳았겠습니까?"

연청기가 좌중을 둘러보며 결정타를 날렸다. 방금 전까지 연청기를 비난했던 사람들이 눈길을 피했다. 자기도 모르게 고개를 젓는 사람도 있었다.

고원표가 정중한 태도로 되물었다.

"허허, 내 한 마디만 묻겠소. 그럼 이번 조공 사신은 고추가의 부탁에 의한 것이지 태왕의 독단이 아니라는 말입니까?"

"한 치도 틀림없소이다. 전술적 판단이 잘못되었다면 본관을 군법으로 문책하면 될 일입니다."

고원표가 고개를 돌려 평원왕을 보았다.

"폐하, 연대가의 말이 사실이오니까?"

평원왕은 얼음장같이 냉정한 목소리로 말했다.

"방금 그 답을 듣지 않았습니까."

술렁거리는 호족들을 둘러보며 노기가 치민 고원표는 후들거리는 걸음으로 연청기의 정면으로 다가가 마주 섰다.

"절노부가 이렇게 쌍수를 들고 전면에 나설 줄은 내 미처 몰랐습니다."

연청기는 고원표의 귀에다 속삭였다.

"벌써 이러시면 먼 길을 찾아온 보람이 없질 않겠소. 허나 북주가 고구려를 눈엣가시처럼 여기는 건 사실이올시다. 그마저 믿지 못한다면 고추가께서 친히 전황을 살피러 북방 순례에 나서보시지요."

미친 듯이 고원표가 박장대소를 했다.

"대체 누가 곰을 미련하다 했습니까? 몇 해 동안 굴속에 칩거하고 있기에 잠깐 맘을 놓았던 게 제 실책입니다. 으하하하."

손가락으로 연청기를 가리키며 박장대소하는 고원표의 비아냥거림에도 연청기는 표정 하나 바꾸지 않고 차분히 반격을 시도했다.

"폐하! 국법에는 군장들의 사적인 서신 교류나 호족들과의 결탁을 금하고 있습니다. 또한 절노부 군장의 직인이 없는 대규모 군사 이동은 군법에 위반된 행위입니다. 하오니 이를 가벼이 여기지 마시고 임지를 떠난 무장들을 속속 가려내어 엄중히 처벌토록 하소서."

혹을 떼려다 혹을 붙이는 꼴이었다. 연청기가 평원왕을 옹호하는 데 그치지 않고 군대 이동의 불법성을 들고 나오자, 태왕을 압박하겠다는 출병의 노림수는 온데간데없이 사라지고 거꾸로 올가미가 되어 날아왔다. 병법의 달인이라 불리는 연청기의 솜씨는 순식간에 고원표의 전열을 무력화시켰다.

국면이 전환되었다는 것을 눈치 챈 해지월이 대대로 김평지에게 지원을 요청하는 눈짓을 했다. 이미 태왕이 표적에서 비켜나 있으니 실익이 없는 공방으로 힘을 소진할 이유가 없었다.

제가회의 의장을 겸하고 있는 김평지가 몸을 돌려 먼저 평원왕을 향해 정중히 예를 표했다.

　"군병의 훈련은 5부 군장들이 자체적으로 시행할 수 있는 사안입니다. 이번 출병은 장기 원정을 염두에 둔 훈련을 겸한 것이옵니다. 소노부는 상단 보호를 목적으로 출병한 것이니 더더욱 군법을 거론할 사안이 아니라고 사료되옵니다."

　참으로 어설프고 가소로운 변명이었다. 소노부의 상단 깃발만 올려도 고구려 땅에서 그들의 짐수레를 노리고 약탈할 도적들은 아예 없다고 보아도 좋았다. 그런데도 3천 명의 무장병력을 대동한 것에는 달리 변명의 여지가 없었다.

　"고추가, 공교롭게도 상단의 목적지가 하필이면 일제히 안학궁으로 향하게 되었습니다그려?"

　해지월은 연청기와 눈을 마주치지 않으려고 고개를 외면했다. 제가회의가 한 고비를 넘기는 순간이었다.

　누구에게나 만면에 웃음을 띠고 대할 수 있는 김평지가 어색해진 상황을 수습하기 위해 나섰다. 김평지는 환한 얼굴로 지싯지싯 연청기에게 다가섰다. 겉으로는 태연했지만 속으로는 조마조마했던 연청기도 비로소 긴장을 풀었다. 우선 해지월과 고원표의 기세를 꺾는 데 성공했으므로 이쯤에서 넘어가주는 척해도 괜찮을 듯했다.

　"연대가, 상처는 긁을수록 도지는 법입니다. 이쯤에서 덮어둠이 어떻습니까. 제가 보기에는 남쪽 국경이 더욱 말썽입니다."

　첨예한 대립 분위기를 능수능란하게 무마시키는 김평지의 노련함은 수십 년간 정가에서 살아남은 그의 관록을 대변했다. 그가 중재에 나서면 설령 마땅치 않은 점이 있더라도 받아들여야 한다는 묵계가 형성될 정도였다. 김평지는 자신이 나서야 할 때가 언제인지를 잘 알았다.

"나제동맹이 깨지긴 했으나 북방을 염려하는 사이에 신라와 백제가 번갈아가며 한강 유역을 침공하고 있습니다. 특히 신라는 더 이상 제후국으로 여길 수 없으니 정벌하여 본보기로 삼아야 할 것입니다."

평원왕을 성토하던 분위기는 언제 그랬냐는 듯 말끔히 사라졌다. 이제 화제의 중심은 남쪽 국경 분쟁으로 옮아갔다. 외교 문제가 거론되자 태대사자가 나섰다.

"신라와 백제, 선비와 거란은 모두 뿌리가 같은 동이족입니다. 동족상잔은 마지막 순간까지 결정을 피해야 할 사안입니다. 신라에는 친선 사절을 보내도록 합시다. 우리가 진이나 북주에 밀리면 신라와 백제도 그 설 자리가 없어지지 않겠습니까?"

남부 국경을 책임진 관노부 진필이 신경질적으로 말했다.

"신라에 화친 사절을 한두 번 보내보았소? 그놈들이 어디 말이 통합디까?"

"그렇다고 손 놓고 있으면 죽어나는 건 백성뿐이오……."

어디서나 그렇듯이 반대를 위한 반대가 난무하고, 자신의 말재주를 뽐내고 싶어 하는 자들의 사설은 길어지게 마련이다.

고구려의 각 부족은 신라, 백제, 왜국, 북주, 진나라 등과 교역 유무에 따라 이해를 달리했다. 애초 평원왕은 공개회의 석상에서 주요 안건에 대한 바람직한 결론이 나오리라고는 기대도 안 했다. '백성들은 세 끼 밥 먹기도 어려운 실정인데 조정에서는 어찌 매일 싸울 생각만 하는가?' 간신히 한 고비를 넘긴 평원왕은 여전히 속내가 편치 않았다. 제가회의에서 생산적인 결론을 이끌어내지 못할 거라고 단정한 터라 아예 그들이 무슨 말을 하는지조차 귀에 들리지 않았다. 탁상공론은 짧을수록 좋다. 평원왕은 어서 회의가 끝났으면 하는 생각이 들었다. 그러나 회의는 그 뒤로도 지루하게 이어졌다.

"우리 관노부는 지방군의 증원을 승인해달라고 여러 차례 조정에 요청 서한을 보냈습니다. 허나 지방 군벌의 지나친 무장이 우려스럽다 하여 반대로 일관한 군부대신들의 잘못이 큽니다. 태왕께서는 이를 해량하시어 바른 중재를 해주시옵소서."

평원왕은 관노부의 진필을 물끄러미 바라보았다. 그의 눈동자에는 마치 허공을 보는 듯 아무것도 비치지 않았다. 툭하면 자신에게 비난의 화살을 날리는 고추가들과 합세하여 진비의 아비인 진필이 정권을 제가회의로 넘기라는 요구를 하리라고는 미처 생각지 못했다. 그는 속으로 탄식했다. 그럴 수 있으리라는 걸 염두에 뒀어야 했다. 연청기가 출두하지 않았다면 정말 곤란한 지경에 빠질 뻔했음을 깨달은 평원왕은 등골이 서늘해졌다. 권력의 향배를 눈앞에 두고 누구를 신뢰한단 말인가. 평원왕은 가슴속으로 한숨을 내쉬었다.

그동안 평원왕은 귀족 세력들과 큰 충돌 없이 잘 지냈다. 특별한 이유가 있었던 건 아니다. 속으로 무슨 생각을 하든, 겉으로는 말하는 사람을 쳐다보고 상대방의 이야기를 깊이 경청해주었기 때문이다. 특히 수긍하는 척 가끔 고개를 끄덕여주면 효과가 배가되었다. 이번에도 그는 알 듯 모를 듯한 눈빛으로 고개만 끄덕였을 뿐이다.

10월 동맹은 연청기의 적극 개입으로 우여곡절 끝에 무사히 끝났다. 각 부의 군사들은 다시 임지로 돌아갔다.

곧바로 닥쳐온 혹한의 겨울 동안 평강공주의 신변에는 많은 변화가 일어났다. 평원왕이 새로운 비를 맞아들이기로 결심하고 간택 절차에 들어가면서 내궁에서 진비의 독보적 위상이 은연중에 흔들거렸다. 또한 월광 장군이 공주와 태자의 대부가 되자 목련당을 보는 세간의 시선이 사뭇 달라졌다.

해가 바뀌었다. 정월은 왕후의 기일이 있는 달이다. 평원왕은 왕후의 위패가 모셔진 사당 안으로 세 사람을 불러들여 향을 사르고 절을 하게 했다. 평강공주와 태자가 왕후의 제사를 모시는 건 당연하나 그 속에 월광이 끼어 있다는 건 의외였다. 사당은 왕족이나 그 직계 가족만 출입이 가능하다. 속사정을 모르는 이들은 태왕이 월광 대부를 가족처럼 소중히 여겨서일 것이라고만 생각했다.

위패가 놓인 제단 앞에서 평원왕이 향을 사르고 제배하고 물러난 뒤 평강과 원이 함께 나가 향을 올리고 절했다. 평강은 눈을 감고 어머니를 떠올렸다. 가슴속에 깊은 회한이 회오리처럼 솟구쳤다.

'불효 여식 평강이 삼가 어마마마를 뵙습니다. 수없는 세월이 지나도 애모하는 마음은 더욱 간절해지고 그 빈자리가 커지기만 합니다. 어머니, 지켜봐주세요. 어머니가 몸소 이루고 싶으셨던 꿈을 소녀가 대신 가슴에 품고 살아갈 것이옵니다.'

커다란 눈에 그렁그렁 눈물이 맺힌 공주를 달래어 일으킨 평원왕이 월광을 손짓하여 앞으로 불렀다. 월광은 사당에 들어오긴 했지만 자신이 있을 자리가 아니라는 생각 탓에 선뜻 왕 앞으로 나설 수 없었다. 그러자 평원왕이 인자한 미소를 지었다.

"대부도 왕가의 가족입니다. 그러니 이리 나와서 향이라도 태우시지요."

수십 명의 적에게 둘러싸여 공격을 받아도 눈 하나 깜짝하지 않던 월광의 눈가가 살포시 떨렸다. 월광은 휘청거리는 다리에 힘을 준 채 향을 사르고 절을 했다. 그의 가슴이 방망이질을 했다. 머리도 어찔어찔해졌다. 마치 살아생전의 왕후를 대하듯 마음이 숙연해졌다. 손수 떠나보낸 영원한 사랑. 월광에게 왕후는 그런 의미였다.

월광은 한 발 뒤로 물러선 뒤 공주와 태자를 보았다. 이제 저들을 위해 숨 쉬고 살아야 할 것이다. 월광의 눈빛은 결연했다.

평양성 밖에 위치한 종묘 앞에서 내성 수비대장 고건은 군사들을 풀어 태왕의 어가 행렬을 경비하고 있었다. 왕궁 수비대장 이보성 장군이 종묘 안팎 근접 경호를 전담하고 고건은 외곽을 지켰다.

각 부의 군장을 부채질하여 병력을 상경시키고 태왕을 압박하려는 계략을 단번에 무산시킨 연청기의 배후에 평강공주가 있다는 소문이 이미 백성들 사이에 파다하게 퍼졌다. 고건은 병사들 사이에서 오가는 이야기에 귀를 기울였다. 평강의 남다른 수완을 칭찬하는 그들의 은밀한 이야기를 들으면서 고건은 왠지 가슴이 뛰었다. 고건은 그녀의 진면목을 자신의 눈으로 확인하고 싶었다.

평강도 고건을 익히 알았다. 고건이 거느리는 선인이 1천명을 넘으며, 성 안 처녀들 중 태반은 마음 설레며 고건과의 밀애를 꿈꾼다고 샛별이가 귀띔해준 적이 있었다. 대전에서 조정회의에 참석한 고건을 몇 차례 보기도 했다. 그러나 두 사람이 대면하여 이야기를 나눈 적은 없었다. 두 사람 모두 서로에게는 여전히 미지의 인물이었다.

종묘 앞은 엄숙했다. 왕가의 제례가 치러지고 있어 경비가 삼엄했다. 하늘은 푸르고 바람은 부드러웠다. 고건은 부하들을 단속하며 경비에 만전을 기했지만 시선이 자꾸만 종묘 입구로 향했다. 종묘를 경비하는 이보성 장군 부하들의 움직임이 기민해진다 싶더니 아니나 다를까, 제례를 마친 공주가 종묘에서 걸어 나왔다. 고건은 이제야 공주를 가까이에서 보게 되는구나 싶어 은근히 설레었다. 공주가 가볍게 목례를 하고 지나치려 했지만 고건은 성큼 다가가 고개를 숙였다.

"소장, 계루부의 고건입니다. 그간 먼발치에서 공주님을 뵈었습니다."

"네, 수고가 많으십니다."

공주는 다른 무장들을 대하는 것과 다름없이 간단히 응대했다. 고건의 입가에 보기 좋은 미소가 떠올랐다.

"공주님과 태자님이 무탈하시니 왕후마마께서도 편안히 영면하실 것입니다."

공주는 인사치레로 엷게 웃으며 그를 스쳐 지나갔다. 그때 고건이 보일 듯 말 듯 희미하게 입술을 달싹거렸다. 그의 나지막한 목소리가 공주의 귓전을 파고들었다.

"수하들의 행적이 드러난 것 같습니다. 주변을 조심하십시오."

공주는 걸음을 멈추고 돌아서서 고건을 똑바로 마주보았다. 공주는 그의 의도가 궁금했다. 고원표의 아들이라면 자신과는 대립관계임이 분명하다.

"날 도우려고 하신 말씀이겠지요? 그 연유가 무엇인지 물어도 되겠습니까?"

고건은 가슴이 울렁거리고 얼굴이 확 화끈거렸다. 상복 차림의 공주는 기품이 넘치고 성숙해 보였다. 누가 감히 그녀를 아직 어리다고 할 것인가. 슬픔을 안으로 감춘 그녀의 갸름한 얼굴은 가슴 한구석이 서늘해지도록 아름다웠다.

"깊은 생각 없이 무, 무심코 나온 말이라……."

"호의를 베풀어주신 걸로 알겠습니다. 그럼……."

이내 감정을 추스르고 돌아서 가는 공주의 자태에 고건은 눈을 뗄 수가 없었다. 얼굴에는 아직 어린 태가 가시지 않았지만 몸은 어느새 자라 풋풋한 처녀의 자태를 물씬 풍겼다. 왕후를 잃은 공주가 애처롭다는 연민에 자기도 모르게 언질을 주고 말았는데 이런 감정은 또 뭐란 말인가? 고건은 내심 당황스러웠다.

고건을 더욱 당혹스럽게 한 것은 공주의 뒤를 따르는 사람의 날카로운 눈빛이었다. 무심코 눈길이 마주쳤을 뿐인데도 고건은 그가 평범한 사람이 아님을 한눈에 알아보았다. 공주를 호위하는 무장의 눈은 순간 날카롭게 빛을 발하면서 파도처럼 엄청난 기운을 뿜어냈다. 고건의 가슴이 답답해지고 등줄기가 뻣뻣이 굳어질 정도였다. 잠시였지만 자신을 이렇게까지 긴장시키고 몰아세울 수 있는 기세를 가진 사람을 고건은 여태 만나본 적이 없었다. 그는 부관을 돌아보며 물었다.

"누구냐, 저 사람은?"

"위명은 들어보셨을 겁니다. 월광 대장군이라고 합니다. 지금은 공주와 태자의 대부로 있습니다."

"짐작은 했지만 눈빛만으로도 능히 적을 굴복시킬 인물이구나."

고건은 월광 장군과의 만남이 이대로 끝나지 않을 것임을 직감했다. 공주와의 사이에 버티고 서 있는 외면할 수 없는 거대한 장벽으로 여겨졌다.

평강공주는 연청기가 보낸 미인도 속 여인인 연비가 머물 내당에 공손부인을 보내 치장에 만전을 다하게 했다. 특히 연비가 생활할 방은 평강이 그녀의 집으로 사람을 보내 그려온 연비의 방과 똑같이 꾸며놓았다. 서책과 문방사우, 경대와 문갑, 보료, 이부자리, 벽에 걸린 풍속화까지 비슷한 물건을 구해놓았다.

왕궁에 도착한 연비는 원로에 생긴 피로보다 앞으로 겪고 적응해야 할 새로운 생활에 대한 긴장감으로 표정이 굳어 있었다. 그러나 공주와 함께 내실로 들어선 연비는 눈앞에 펼쳐진 광경에 감탄을 금치 못했다.

'혹시 내가 집으로 다시 돌아왔나?'

방의 구조와 가구까지 모든 게 익숙하고 정겨웠다. 게다가 방 안에서 다소곳이 일어나 절하는 소녀를 유심히 보니, 얼마 전까지만 해도 집에서 뒤치다꺼리를 해주던 선아라는 아이였다. 선아는 유난히 옥팔찌를 좋아해서 일하거나 잠을 잘 때도 그것을 빼지 않았다.

"먼저 와서 기다리고 있었습니다."

"선아야, 네가 여긴 웬일이냐?"

연비의 뒤에서 공손부인이 걸어 나오면서 대신 답했다.

"마마를 가장 잘 수발할 수 있는 소저를 찾다가 따로 청을 넣어 데려왔습니다."

연비는 기억을 되짚어보았다. 선아는 북방 지역에 대해선 잘 몰랐다. 또 예의범절이 바르고 가끔 안학궁에 사는 궁녀들의 화려한 생활에 대해 동경에 찬 말을 늘어놓곤 했다. 싹싹하고 눈치 빠른 아이라 가까이 두고 귀여워했지만 어쩌면 처음부터 궁에서 보낸 아이일지도 모른다는 의구심이 들었다. 연비는 자신을 가만히 지켜보고 있는 앳된 공주의 얼굴 이면에 감춰진 치밀하고 빈틈없는 일처리 능력에 새삼 감탄했다.

안학궁으로 떠나오기 전날, 절노부 대가 연청기가 직접 불러 당부했던 말이 기억났다.

"연약한 몸이지만 나라와 가문을 위해 최선을 다해주길 바란다. 왕궁 안에서는 공주가 너를 도울 것이니 너무 심려하지 말거라."

연비의 아버지 연하문은 연씨 가문 사람으로 절노부의 충성스러운 가신이다. 연비와 공주는 다섯 살 차이인데, 촌수로 따지면 8촌 정도이니 생판 남은 아니었다.

연비는 새삼 자신이 절노부가 아닌 안학궁에 있음을 실감했다. 그녀는 전신을 감싸고 누르는 중압감을 느꼈다. 왕궁에서의 삶이 녹록치 않으리라는 예감이 온몸을 싸고돌았다.

연비는 공주에게 물었다.

"공주님, 앞으로 제가 무엇을 해야 합니까?"

"그건 생활을 하면서 마마의 마음이 편해지시면 차차 말씀드리도록 하지요. 선아야, 마실 것 좀 내오너라."

선아가 원래 궁에서 보낸 아이든 아니든, 지금 연비에게는 가장 낯익고 반가운 사람이 바로 선아였다. 연비의 눈길은 저절로 선아를 좇았다. 이제 자신을 도와줄 사람이 저 아이 말고는 공주와 공손부인뿐이라는 사실을 절감했다. 연비는 자기도 모르게 공주와 공손부인을 향해 고개를 숙였다.

"왕실의 예법을 익히기는 했으나 부족한 점이 많을 테니 잘 이끌어주십시오."

연비는 태왕의 후궁이니 신분상으로는 공주와 공손부인의 아래가 아니다. 그러나 그녀는 웅장한 왕궁의 전각들과 절제된 궁인들의 움직임에 주눅이 들었고, 모르는 사람을 대할 때마다 지극히 조심하고 어려워했다.

공주는 연비의 손을 잡고 이끌어 그녀를 의자에 편히 앉혔다.

"이제는 가족이 되었으니 제가 자주 찾아뵐게요."

선아가 들고 온 소반에는 연비가 집에서 쓰던 것과 모양도 문양도 똑같은 식기가 담겨 있었다. 연비는 수정과를 한 모금 맛보았다. 그녀의 눈에 아련하게 고향을 그리워하는 빛이 떠올랐다. 어쩌면 수정과의 향과 맛조차 이토록 똑같을 수 있단 말인가.

그런 연비를 보며 공주는 빙긋이 웃었다. 그녀는 수정과를 한 모금 머금고 천천히 삼킨 뒤 설명했다.

"수정과 맛은 흉내 내기 어려워서 좀 만들어달라고 부탁해 가져온 것이랍니다."

공주는 예사롭게 말했지만 북부 지역에서 안학궁까지는 장장 천 리 길이다. 자신이 좋아하는 수정과를 미리 준비해 그 먼 곳에서 가져온 정성과 식기까지 모양을 맞추는 철두철미함에 연비는 왕궁 사람들이 여태 접해온 사람들과 얼마나 다른 부류인지 새삼 실감했다.

연비는 유난히 높아 보이는 처마 끝에 달려 대롱거리는 풍경을 바라보면서 그것이 지금 자신의 처지를 보여주는 것 같다고 생각했다.

봄이 되자 겨울부터 계속된 가뭄으로 백성들의 시름이 깊어졌다. 땅은 칼에 베인 것처럼 쩍쩍 갈라지고 기근으로 굶주리며 쓰러져가는 백성들이 늘어났다.

평원왕은 한파로 무너진 성벽을 보수하는 일마저 중단시키고 물길을 내는 공사 현장을 찾아다녔다. 평원왕은 공사 현장 옆에 군막을 치고 아예 그곳에서 침식을 하며 지냈다. 평강이 예측하기에는 대동 강 지류인 샛강의 물길을 잡아 패하 벌판으로 돌리려면 아무리 짧게 잡아도 반년은 족히 시일이 걸릴 것이다. 서두르지 않으면 올해 농사 를 망칠지도 모른다. 풍년이나 흉년이 드는 건 하늘에 달렸지만, 민심 은 항상 그 원망의 대상을 찾고 싶어 하고 남의 탓을 하게 마련이다.

평강은 간단한 기마 복장 차림으로 월광과 임정수, 몇몇 호위를 데 리고 평원왕을 찾아 위문하고 궁으로 돌아가는 길이었다. 수목 사이 로 난 좁은 오솔길에서 만난 꾀죄죄한 몰골의 유랑민들 모습이 머릿 속에서 내내 지워지지 않았다. 어린아이 몇 명은 말발굽에 차일까 봐 겁을 내면서도 손을 벌리고 한참을 따라오다가 임정수가 던져준 엽 전 몇 개를 주워 들고 돌아갔다.

미간을 찌푸린 채 골똘히 생각에 빠져 있는 공주 곁으로 월광이 말 을 몰아 다가왔다.

"공주님, 어두운 일은 마음에 담아두지 마십시오. 지난 일은 이미 사라지고 없는 것입니다."

월광의 말을 환히 반기며 공주가 반문했다.

"왕후께서도 그와 똑같은 말을 하신 적이 있습니다. 대부님이 그 말씀을 아신다는 것은 두 분이 그만큼 가까우셨단 뜻이겠지요?"

공주와 지내는 날이 늘어갈수록 월광은 그녀의 명석함에 놀랐다.

공주가 목소리를 가다듬고 청아하게 읊었다.

"바람이 불면 바람이 되고 향긋한 꽃 냄새가 나면 그것을 느껴라. 여기, 살아서 느끼는 순간, 생은 존재하나니. 오늘을 두고 어찌 어제 의 시름으로 내일을 가늠하려 하는가?"

월광은 말고삐를 단단히 쥐었다. 그건 바로 월광 자신이 왕후에게 해준 말이었다. 왕후는 떠나갔어도 그렇게 두 사람의 가슴속에 생생히 살아남아 있었던 것이다.

"이랴!"

울적한 심사를 달래려는 듯 공주가 말고삐를 채며 질주하자 월광과 호위들도 급히 그 뒤를 좇았다. 한참을 달리다 보니 그들은 어느새 왕가의 사냥터가 있는 대성산 북쪽 기슭에 다다르게 되었다. 이곳은 워낙 숲이 우거지고 곧게 뻗은 소나무가 하늘을 가려서 낮에도 햇살이 들지 않는 곳이 많았다. 월광을 수행한 별동대 십인대장 김용철이 임정수에게 넌지시 말을 붙였다.

"대성산에 귀신이 가끔 나타난다고 하던뎁쇼?"

그의 익살을 아는 임정수는 그저 웃기만 했다. 그러자 김용철의 동료 이진무가 끼어들면서 핀잔을 주었다.

"무식한 놈, 네가 귀신을 본 적 있어?"

"보진 못했지만 귀신이 있으니 제사도 지내고 저승도 간다고 하는 거지. 여하튼 호랑이를 타고 축지법도 쓰는데 힘은 장사래."

"흐흐, 귀신이 호랑이를 타고 축지법을 쓴다고?"

"응, 그렇다니까."

"쯧쯧, 넌 좋겠다. 아무 생각 없이 사니 얼마나 맘이 편하겠냐."

김용철이 머리를 긁적이며 대꾸했다.

"그래. 내가 워낙 남의 말을 잘 믿는 구석이 있지. 아무래도 착한 사람들은 귀가 좀 얇은 경향이 있지 않겠냐."

김용철은 능글맞게 둘러치며 말의 등자에서 발을 뽑아 이진무를 툭 찼다. 이진무도 질세라 발을 빼고 빈틈을 노리는데 저만큼 선두로 가던 월광이 손을 들고 정지 신호를 보냈다. 일행은 말안장에서 내려 지체 없이 월광의 뒤로 모였다.

"앞에 수상한 기척이 있다."

이진무가 덤불 너머를 둘러보았으나 아무 이상이 없었다. 월광이 몸을 낮게 숙이고 덤불을 헤쳐 나가는 걸 보고 그들도 뒤를 따랐다. 20보쯤 나갔을까. 두런거리는 목소리가 들렸다. 역시 월광의 감각은 야생동물처럼 예민했다. 꿩과 토끼를 주렁주렁 매달고 있는 것을 보니 영락없는 밀렵꾼들이다.

땅바닥에 버둥거리는 사슴을 발로 밟고 피를 빨아먹기 위해 목에 대롱을 꽂으려 하는 광경에 평강이 차마 보지 못하고 고개를 돌렸다. 또 다른 사내는 사슴의 녹용을 자르려고 망태기를 뒤져 톱을 꺼냈다.

"이놈들이 감히 태왕의 사냥터에서?"

벌떡 일어서려는 임정수를 월광이 당겨 털썩 주저앉혔다. 손목을 잡아당기는 단순한 동작에도 임정수의 몸에서 힘이 쏘옥 빠져나갔다. 그는 속으로 투덜댔다. '한 덩치 하는 건 알겠는데 무슨 아귀힘이 이리도 세지?'

월광이 손가락을 입술에 갖다 댔다.

"기다려라. 일행이 또 있다."

한참 부스럭거리며 흔들리던 덤불 뒤에서 누군가 나타났다. 임정수는 단박에 그가 누구인지 알아보았다. 공주의 명을 받아 그를 미행하고 뒷조사를 하는 중이니 그럴 수밖에 없었다. 임정수는 목소리를 낮춰 평강에게 말했다.

"공주님, 온달입니다."

"어머, 정말이네."

두 눈을 동그랗게 뜨고 반가워하는 공주를 보고 월광도 그자의 정체가 궁금해졌다.

"아는 사람입니까?"

"네, 온달을 모르는 사람은 없어요. 대부님이 보시기엔 어떻습니까?"

사람을 보는 눈이 남다른 월광이다 보니 공주는 그가 온달을 어떻게 판단할지 궁금했다. 잠시 온달을 지켜보던 월광은 자신의 눈을 의심했다. 덤불 뒤로 숨어 움직이며 밀렵꾼에게 접근하는 온달의 몸이 너무 빨라서 한눈을 팔다가는 그 움직임을 놓칠 것만 같았다.

밀렵꾼들은 온달이 불쑥 얼굴을 내밀자 화들짝 놀라 사슴에서 떨어졌다. 그러나 그들은 온달을 익히 안다는 듯 금세 표정을 바꾸고 흉기를 꺼내 들었다.

"잘 만났다. 요즘 사냥감을 털어 간다는 놈이 네 녀석이렷다?"

"사슴은 풀어줘."

"간신히 잡았는데 그렇게는 못 하지."

"짐승을 잡아도 고통스럽게 죽이는 건 안 좋은 거랬어."

"흐흐흐, 누가 그러디? 네 어미가 그러디?"

"응, 어떻게 알았지? 혹시 우리 엄마를 알아?"

"흥, 알면 뭐 하게?"

"그럼 좀 작은 돌을 던지려고. 보기보다 엄청 아파."

밀렵꾼들은 서로 마주보며 눈빛을 교환했다.

"이거 좀 이상한 놈이네."

"실성한 놈 아냐?"

온달 뒤로 돌아간 밀렵꾼이 확 덤벼들었다. 그러나 온달의 손바닥이 어느새 그자의 얼굴을 통째로 잡았다.

"잠시 기다려. 알았지?"

"놔, 이거. 숨 막혀!"

버둥거리는 밀렵꾼을 밀어버리면서 온달은 멀찍이 떨어졌다. 그러고는 밀렵꾼들의 손을 가리켰다.

"무기는 내려놔. 칼을 휘두를 일은 아니잖아. 다칠지도 몰라."

"이놈이 누굴 놀리나?"

더 이상 참지 못하고 흉기를 휘두르며 덤비는 밀렵꾼들 사이를 온달은 쉽게 빠져나갔다. 표적을 잃고 어리둥절한 건 밀렵꾼만이 아니었다. 임정수는 온달을 미행하다 몇 번 놓친 경험이 있어 온달의 몸이 제비같이 빠르다는 걸 잘 알았다.

"저래서는 못 잡습니다. 워낙 날쎄서 말을 타고 뒤를 쫓았는데도 놓친 적이 한두 번이 아닙니다."

임정수는 자신이 게을러서가 아니라고 항변이라도 하듯 온달을 가리키며 말했다. 임정수의 말이 아니더라도 그 자리에 있던 사람들 모두 온달의 재빠른 몸놀림에 내심 감탄하는 중이었다.

밀렵꾼들은 종래의 방식으로는 온달을 잡을 수 없다고 생각했는지 사냥감을 포위하듯 온달을 둘러쌌다.

"빙 둘러서 포위해. 어서!"

두목의 외침을 신호로 밀렵꾼들이 식칼과 몽둥이, 도끼를 들고 재차 온달을 공격했다.

획. 딱. 휘이익. 딱. 획. 획. 따악. 딱.

순차적으로 이런 소리가 났지만 땅바닥에 뒹굴며 내지르는 밀렵꾼의 비명 소리는 동시에 터져 나왔다.

"어이쿠, 저놈이 사람 잡네."

이제 밀렵꾼 두목만 남았다. 그는 지켜보는 부하들의 시선을 의식해서인지 두려움을 감추려고 소리 지르며 달려들었다.

"네 이놈, 야아."

두목이 두 발자국도 떼기 전에 칼을 쥔 손등에 온달이 던진 돌멩이가 정확하게 날아갔다. 두목의 입에서도 여지없이 애처롭고 날카로운 비명 소리가 났다. 그는 채신없이 손등을 입으로 불어대며 폴짝폴짝 오두방정을 떨었다.

밀렵꾼들은 정신을 차리고 일어섰지만 온달의 돌팔매질에 가까이 접근조차 할 수 없었다. 그래서 이번에는 보란 듯이 흉기를 땅바닥에 내려놓고 온달에게 맨손으로 싸우자고 제안했다. 그러자 온달은 허리춤에 손을 올리고 당연하다는 듯이 뻐기며 말했다.

"진작 그러시지."

온달이 순순히 동의하자 한꺼번에 밀렵꾼들이 달려들어 손발을 날리며 어설픈 수박도手搏道 재주를 펼쳐 보였다. 그러나 온달의 눈에는 그들의 동작이 마치 굼벵이처럼 느리기만 했다. 그는 밀렵꾼들을 단번에 때려눕히지 않았다. 놀이라도 하듯 장난스럽게 밀어 던지거나 다리를 걸어 넘어뜨렸다.

월광은 온달의 움직임에서 특이한 점을 발견했다. 그는 오른손과 왼손을 자유자재로 사용했다. 오른손으로 상대의 공격을 막으면서 왼손으로는 다른 밀렵꾼의 허리끈을 당겨 바지를 벗기는 식이었다. 온달은 공깃돌 놀이를 하듯이 밀렵꾼들을 마음대로 가지고 놀았다. 월광은 감탄을 연발했다.

"무예를 익힌 움직임은 아닌데 호흡이 끊어지질 않습니다. 게다가 양손을 자유롭게 사용하고 몸까지 날래니 정말 놀라운 자질을 가졌습니다."

임정수도 맞장구를 쳤다.

"힘도 장사입니다. 아름드리 고목을 몇 번 흔들더니 뿌리째 뽑아내더라구요."

이쪽저쪽에서 주저앉은 밀렵꾼들은 서로 눈치를 살피다가 엉거주춤 일어섰다.

"모두 튀어!"

밀렵꾼들은 사냥감이고 뭐고 다 팽개치고 후다닥 도망갔다. 그러나 방향을 잘못 잡아 공교롭게도 공주 일행이 숨어 있는 덤불 쪽으로 달려왔다. 이러다 맞부딪히겠다 싶어 임정수가 벌떡 몸을 일으키고 소리쳤다.

"멈추어라. 간도 크구나. 감히 왕가의 사냥터에서 밀렵을 하다니."

이진무와 김용철이 용수철처럼 튀쳐나가 사정없이 그들을 패대기쳤다. 별동대 십인대장인 두 사람에게 밀렵꾼은 손쉬운 상대였다.

밀렵꾼들을 포박하는 무사들을 물끄러미 보던 온달이 성큼성큼 걸어와 한 손으로 이진무를 잡았다.

"묶지 마. 이 사람들 풀어줘."

이진무는 온달이 자기 손에서 포승줄을 뺏으려고 하자 그 손을 막았다. 그런데 포승줄은 어느새 온달의 손에 넘어가 있었다. 어이가 없었다.

"네 이놈, 냉큼 머리를 조아리지 못할까? 이곳은 태왕의 사냥터다. 도둑을 풀어주고 네가 대신 벌을 받을 테냐?"

기세등등한 임정수의 호통에도 무덤덤한 온달은 눈조차 깜빡 않고 이치를 따졌다.

"사냥을 하는 건 다 마찬가지잖아."

"뭐라고? 이놈이 어느 안전이라고?"

흥분하여 칼자루에 손을 대는 임정수를 월광이 제지하고 나섰다.

"태왕께서 수렵을 하시는 건 단순한 유희가 아니라 나라를 위한 군사 훈련이기도 하다."

"이 사람들은 가족을 먹여 살리려고 그런 거야."

의외로 온달이 꿋꿋이 말대꾸하며 맞서자 공주는 재미있다는 표정을 감추지 못했다.

"연세가 든 어른 앞에서는 공경하고 경어를 써야지요."

"연세, 공경? 어렵다. 죄다 모르는 말이야. 히히."

온달의 순진무구한 말투에 김용철이 한바탕 웃음을 터뜨렸다.

"하하하. 야아, 이놈 보게. 나보다 더 무식하네."

이진무가 입을 틀어막으려 하자 김용철은 그 손을 떼려고 버둥거렸다.

"냄새나는 손으로 왜 이래? 사람이 하고 싶은 말도 못 해?"

두 사람의 실랑이에는 아랑곳없이 온달은 밀렵꾼을 풀어달라고 재촉했다. 공주는 온달의 경계심을 풀어주려는 양 눈웃음을 거두지 않고 다정한 말투로 설명했다.

"연세는 나이의 높임말이고 공경은 어른을 공손히 받들어 모시는 걸 말하는 거야."

온달은 의외로 진지하게 공주의 설명을 귀담아 듣는 태도를 보였다. 산속에 떨어져 살아 예의나 관습, 세태를 모를 뿐이지 온달은 소문처럼 머리가 덜떨어진 바보가 아니었다. 사람들은 한문을 알아듣고 어휘를 구사하는 능력이 부족한 온달을 무시하며 바보라 놀렸다. 그러나 순진한 온달은 남들이 말을 걸어주고 자기를 아는 체해주는 것만으로도 즐거워했다.

"그럼, 어른이 이 사람들을 용서해주세요. 됐지?"

월광에게 높임말로 부탁한 온달이 공주를 돌아보았다.

"잘했어. 말을 잘 듣네."

"울 엄마가 착하다고 그랬어."

월광조차 삐져나오려는 웃음을 간신히 참았다. 그는 얼굴 표정을 근엄하게 꾸민 뒤 온달에게 제안했다.

"네 말대로 이 사람들을 풀어줄 테니 대신 너는 나를 따라가 군에서 일해보지 않겠느냐?"

"싫은데요."

월광의 제안을 온달은 생각하는 시늉도 하지 않고 단번에 거절했다. 월광은 어이가 없었지만 조근조근 달래는 말투로 다시 말했다.

"대장부라면 나라를 위해 그 힘을 써도 좋지 않겠느냐?"

"대장부 같은 거 하지 말랬어요."

월광은 당황했다.

"누, 누가 그러더냐?"

"당연히 우리 엄마가 그랬죠. 하하하."

온달은 천하의 월광 대장군 면전에서 조금도 주눅이 들지 않았다. 맹랑한 대구에 오히려 말을 더듬는 쪽은 월광이었다.

"너는 사내대장부가 뭔지 알고나 대답하는 거야?"

빙그레 웃으며 되묻는 공주에게 온달은 코를 갖다 대고 끙끙거리며 냄새를 맡았다.

"야, 몸에서 좋은 냄새가 나네."

"이놈, 무엄하다!"

임정수가 냉큼 칼을 뽑는 것을 공주가 제지했다.

"예법을 몰라서 그럴 뿐입니다."

월광 장군도 고개를 끄덕여 동의를 표했다.

"엄마를 혼자 두고 집을 오래 비우면 안 돼."

공주는 혼잣말처럼 주절거리는 온달의 말을 대부분 알아들었다. 어미를 생각하는 온달의 심정이 이해되었고 동정심마저 생겼다. 어리둥절해하는 월광에게 공주가 사연을 설명했다.

"온달의 어미는 앞을 못 보는 장님이랍니다. 어머니를 위하는 효성이 애틋합니다."

"근데 꼬리는 없지? 예쁜 여자는 여우가 둔갑을 한 거래."

공주의 뒤태를 살피며 치마 속에 꼬리가 있는지 곁눈질하는 온달을 이진무가 가로막고 나섰다.

"이놈이 정말 혼이 나고 싶은 게냐?"

"하하하, 그래. 너희들이 나서보거라. 대신 칼은 뽑지 말고 굴복시켜야 한다."

호탕하게 웃으며 물러서는 월광을 공주가 의아한 눈빛으로 보았다. 월광은 걱정 말라며 나직한 목소리로 말했다.

"잠시 확인하고 싶은 게 있습니다. 이번 상대는 무예를 제대로 익힌 별동대입니다."

십인대장의 실력은 밀렵꾼들과는 차원이 달랐다. 영문도 모르고 무사들의 세찬 공격을 받자 온달은 비호처럼 피하기만 했다. 손날치기의 위력에 나뭇가지가 꺾이고 주먹에 맞은 바위에서는 돌가루가 튀었다. 밀렵꾼들과는 격을 달리하는 속도와 파괴력이었다. 그러나 한바탕 세찬 공격을 받아넘긴 온달은 서서히 여유를 찾아갔다. 아슬아슬하게 공격을 피하는 데서 더 재미를 느끼는 듯했다.

"저 움직임을 보십시오. 온달은 양손을 다르게 자유자재로 사용합니다."

애매했던 수수께끼를 풀어낸 월광이 자신도 모르게 중얼거렸다.

"만약 저놈이 쌍검을 배운다면 천하에 그 적수가 없을 것입니다."

월광의 말을 듣는 둥 마는 둥 온달에 대한 공주의 관심은 이미 단순한 호기심을 넘어서고 있었다.

그들이 잠깐 말을 나누는 사이에 김용철과 이진무가 낭패스런 얼굴로 땅에 나자빠져 있었다. 당혹스러움을 감추지 못하는 두 사람의 얼굴 표정이 가관이었다. 자신들이 누군가? 북방 국경을 평정한 최정예 별동대에서도 십인대장이 아닌가.

"요즘 놀고먹기만 해서 살이 쪄서 그래."

갑자기 월광이 두 사람에게 호통을 쳤다.

"냉큼 일어서거라. 부끄럽지도 않느냐?"

이런 망신이 있나? 그들은 실전에서 칼을 들면 말 그대로 일당백이요, 수백 명이 포위한 적진에서도 눈 하나 깜짝하지 않는 자부심으로 똘똘 뭉친 불패의 용사였다. 온달은 도망만 다니다가 단지 그들의 힘을 역이용했을 뿐이다. 보다 못해 싸움판에 뛰어들려는 임정수를 월광이 붙잡았다.

"그만둬라. 볼 건 다 봤다."

산에서 자란 온달의 움직임은 맹수의 몸놀림을 닮았다.

"네 몸짓은 짐승같이 재빠르구나. 그러나 널 해치자고 저들이 무기를 들었다면 너는 무사하지 못했을 것이다. 혹시 제대로 무예를 배우고 싶은 생각은 없느냐?"

온달은 이번에도 고개를 저었다.

"칼로 사람을 다치게 하는 걸 뭐 하러 배워요? 괜히 배만 꺼졌네."

도저히 말발이 먹혀들지 않았다. 월광이 근간에 만난 적이 없는 강적이었다.

"나라에서 녹을 받고 공을 세워 벼슬을 하면 좋지 않겠느냐?"

온달은 월광의 말을 못 들은 척 밀렵꾼들을 향해 손을 내저었다.

"멀뚱하니 뭘 보고 있어? 빨리 가."

퍼뜩 정신을 차린 밀렵꾼들은 월광과 공주의 눈치를 살피며 꾸물거렸다.

"그만 가보셔도 좋습니다."

공주의 허락이 떨어지자 밀렵꾼들은 걸음아 나 살려라 하면서 후다닥 숲 속으로 도망쳤다. 온달은 박수를 치며 아이처럼 좋아했다.

"보내줘서 고마워."

"제법 인사도 할 줄 아네."

자신의 일도 아니고 밀렵꾼들을 풀어준 것뿐인데 천진하게 웃으며 고마움을 표하는 온달의 심성이 공주의 마음에 따뜻하게 다가섰다. 온달이 볼일 다 본 사람처럼 자기도 가겠다며 등을 돌리려는 순간, 공주는 다급히 그의 옷소매를 붙잡았다.

"잠깐 기다려. 이곳은 백성들에겐 금지禁地야. 그런데 너는 어떻게 들어왔지?"

온달은 개울물이 모두 말라서 땅을 파기 위해 왔다고 대답했다. 공주는 고개를 갸웃했다.

"어째서 산에다 땅을 파?"

"에이, 동물도 목이 마르잖아."

공주를 존대하지 않는 말투가 거슬렸던 무장들이 동시에 도끼눈을 뜨고 온달을 노려보았다. 기세등등한 호위무사들의 눈총을 받은 온달은 입을 석자나 내밀었다.

"우와, 겁나서 제대로 말을 못 하겠네."

"편하게 말해도 괜찮아."

어떻게 그런 생각을 다 할까? 모두 제 앞가림하기에 급급한 세상에, 인적 없는 산중을 다니면서 산짐승이 마실 샘을 파는 사람이 있다는 사실은 공주에게 신선한 충격이었다. 공주는 신분의 차이를 떠나 온달에게서 따사롭고 넉넉한 인간의 본성을 느꼈다. 그녀는 왕궁의 비정하고 냉혹한 삶과 이곳 산중의 여유로운 삶이 얼마나 차이가 나는지 새삼 깨달았다. 왕궁에서는 사람이 적이다. 누구를 대하든 경계심을 풀 수 없다. 하지만 온달에게는 그럴 필요가 없을 것 같았다. 바보라고 놀림 받지만 정작 목마른 짐승을 걱정하여 물웅덩이를 파러 다니는 온달이야말로 인간다운 삶을 사는 사람이라 할 수 있지 않겠는가. 공주는 여태 본 적이 없는 새로운 종류의 사람을 대면한 듯한 기분이었다.

"혹시라도 다음에 만나면 피하지 마. 다들 좋은 분이야."

"치이, 웃지도 않는 사람은 위험하다고 그랬어. 눈을 봐. 웃음기가 전혀 없잖아."

공주가 호위무사들을 돌아보자 그들은 억지웃음을 내보이느라 얼굴에 주름살을 지었다. 그 모습이 어색했던지 서로의 얼굴을 보며 그들도 기어코 웃음을 터뜨리고야 말았다. 온달도 덩달아 웃었다. 그것 보라며. 웃으니까 얼마나 보기 좋으냐며.

공주는 흐뭇한 얼굴로 샘을 파기로 한 게 온달의 생각인지, 아니면 누가 시킨 건지 물었다.

"응, 샘을 파는 건 울 엄마가 시켰어. 근데 가뭄은 곧 끝날 거야."

뜻밖의 말이었다. 공주가 그걸 어떻게 아느냐고 묻자, 온달은 답답하다는 듯 가슴을 치더니 손가락으로 허공과 땅을 번갈아 가리키며 설명했다.

"봐, 산새가 낮게 날고 있지? 뱀은 산 위로 올라가고 있어. 그럼 틀림없이 큰비가 와. 늘 그랬거든. 그것도 몰라? 나, 이제 간다."

온달은 휑하니 덤불 속으로 달아났다.

대체 누가 온달을 바보라 그랬지? 그는 바보가 아니라 남들과 다를 뿐이었다.

소문은 덮어놓고 믿을 게 못 된다는 사실이 새삼 공주의 가슴에 와 닿았다.

기우제로 위상을 높이다

 수로공사 중에 잠시 틈을 내어 안학궁에 돌아온 평원왕은 떡 벌어진 수라상을 앞에 놓고 식욕을 참느라 애써야 했다. 딸 앞에서 식탐을 노골적으로 드러내기가 좀 겸연쩍었기 때문이다. 얼마 만에 받아보는 윤기 자르르 흐르는 수랏상인가?

 메마른 땅을 파 물길을 내는 공사 현장에서 이리 뛰고 저리 뛰고 생고생을 했더니 배에서는 꼬르륵 소리를 내면서 빨리 뭐라도 넣어 달라며 아우성을 쳤다. 무엇이든 잘 소화시키는 위장은 평원왕의 타고난 복 가운데 하나였다. 그는 굉장한 미식가이자 대식가이기도 했다. 음식 이름을 듣거나 먹을 게 눈앞에 보이면 마냥 기분이 좋아지고 절로 얼굴에 웃음꽃이 필 정도였다.

 공주가 할 말이 있다고 하는 바람에 평원왕은 아직 음식에 손을 대지 못하고 있었다. 그는 헛기침을 했다.

"어험, 공주도 식전이지? 자, 같이 먹자꾸나."

공주는 평원왕을 도발적인 눈빛으로 바라보았다. 왕은 가슴이 뜨끔했다. 당돌한 공주의 입에서 과연 무슨 말이 나올지 지레 걱정이 앞섰다.

"아바마마께서는 앞으로는 수라상의 반찬 가짓수를 줄이셔야 합니다."

짐작했던 말이다. 평원왕은 갈비찜을 향해 젓가락을 내밀며 짐짓 못 들은 체했다.

"또 무슨 일이 있었더냐? 어험, 오늘은 과인이 좀 출출하구나. 느긋하게 배를 채워가면서 느긋하게 부녀간에 못다 한 대화를 나눠보자꾸나."

그동안 쌓인 피로 때문에 평원왕은 어떻게든 심각한 이야기를 피하고자 했다. 그러나 공주는 한 술 더 떠 맨바닥에 무릎을 꿇더니 비장한 목소리로 탄원을 올렸다.

"아바마마, 오랜 가뭄으로 길가에는 배를 주린 아이들의 울음소리가 넘쳐나고 전국 도처에는 민란의 조짐마저 보이는 이때에, 어찌 일국의 군왕으로서 음식이 목으로 넘어갈 것이며 입맛인들 생긴다 하오리까?"

평원왕은 달리 대꾸할 말이 없었다.

"그, 그래서 요점이 무엇인고?"

"아바마마께서는 흔들리는 왕권을 강화하려면 백성들의 지지가 절실하다고 누누이 강조해오셨습니다."

평원왕은 고개만 주억거리며 평강의 말을 수긍하는 척했다. 슬그머니 숟가락으로 국물을 퍼 입 안에 한 모금 떠 넣는데 공주가 더 애절하고 높은 목청으로 그를 불렀다.

"아바마마!"

"오, 오냐?"

"선대왕을 옹립한 귀족들은 이 가뭄을 이용하여 땅을 사들이며 치부에 열중하고 있다 하옵니다. 민생을 외면하는 그들의 작태에 백성들의 공분은 쌓여만 가고 있습니다."

평강은 또박또박 한 마디도 엉기지 않고 길게 말을 이어갔다.

"더욱이 지방 호족들의 횡포와 수탈은 그 정도를 넘어선 지 오래이며 백성들의 살림은 도탄에 빠져 근심만 깊어져가고 있습니다. 하오니……."

"얘야, 힘들겠다. 숨 좀 쉬어가면서 말해라. 여기 물이라도 마시려무나."

"아바마마, 귀족과 조정 대신은 이 땅에서 사라져도 백성은 남습니다. 백성들이 가뭄에 시달리며 목말라 하는 이때에 아바마마께서 몸소 그 백성들 앞으로 나아가 기우제를 올려주십시오."

"기우제라니? 이 나라는 혹세무민을 배척하지 않느냐?"

"민심을 추스르고 백성들을 단합시킬 수 있는 절호의 기회입니다. 이참에 아바마마께서는 곡기를 끊으시고 기우제를 드려야 합니다."

공주는 평소에는 그리 말이 많지 않지만 한번 입을 열었다 하면 청산유수가 따로 없었다. 공주는 평원왕이 머뭇거리는 기색을 보이자 고삐를 죄듯 다시 말을 이었다.

"그리 하면 하늘이 그 뜻에 감복해 비를 내릴 것이고, 이는 만백성의 홍복이자 아바마마의 성덕이니 온 나라가 그 공을 칭송하며 감복할 것입니다."

"과인은 공주가 누구보다 명석하다 여겼건만…… 하늘이 하는 일을 네가 어찌 알겠느냐?"

"아바마마, 비는 반드시 옵니다."

"괜한 고집이 또 나오는구나. 그러지 마라. 이번엔 네가 틀렸다."

평원왕도 고집 세기로는 만만치 않은 인물이었다. 이런 걸 두고 부전녀전이라 할 수 있을까.

"아바마마, 만약 비가 오지 않는다면 대신 소녀를 벌하소서."

"무슨 벌?"

"목을 치소서."

"어허, 애비 앞에서 이런 못난 언동을 봤나? 어디서 그리 험한 말을 함부로 입에 담느냐?"

평원왕은 공주의 기를 죽이려고 슬쩍 노기를 내비쳤다.

"비는 오게 되어 있기에 그리 말씀드리는 것입니다."

평원왕은 공주가 이처럼 완강하게 버틸 줄은 몰랐다. 공주가 그러는 데에는 이유가 있을 것이다. 평원왕은 아무리 생각해보아도 그 이유를 알 수 없었다. 비는 하늘이 내려주는 것이 아니던가. 그런데 어찌 공주가 알 수 있단 말인가. 그러나 허튼소리를 하지 않는 공주이니 뭔가 믿는 구석이 있을 것이다. 점차 평원왕은 호기심이 생겼다. 만약 비가 정말 내려주기만 한다면야 그보다 좋은 일이 또 어디 있겠는가.

"만약에 비가 안 오면 그 뒷감당을 어찌 하려고 그러느냐?"

"비가 오지 않는다면, 비가 올 때까지 기우제를 올리면 됩니다."

"뭐라? 잠깐만. 가만있자…… 비가 올 때까지 기우제를 지낸다고?"

딴에는 옳은 말이었다. 기우제를 지내면 민심을 왕에게로 모을 수 있을 뿐만 아니라 비가 내려준다면 그동안 골머리를 썩이던 문제들이 한꺼번에 풀리게 될 것이다. 이 가뭄도 언젠가는 끝이 나고 비가 내리게 되어 있다.

여기까지 생각이 미친 평원왕은 딸의 말이 허무맹랑하지만은 않다고 수긍하게 되었다. 가장 단순한 사실, 비가 올 때까지 기우제를 지내면 된다는 생각을 왜 떠올리지 못했을까.

"하하하, 네 말이 옳다. 그래, 좋다. 해볼 만하다. 태감, 태감은 어디 있느냐?"

태감이 달려와 평원왕 앞에 시립했다. 평원왕은 언제 공주와 실랑이를 벌였느냐는 듯 근엄한 목소리로 명을 내렸다.

"울절에게 명을 내려라. 기우제를 지낼 것이다. 이번 행사는 전부 평강공주가 맡아서 할 것이다. 내궁의 모든 이들은 공주의 명을 듣고 그 지시에 따르도록 이르라."

공주는 귀가 솔깃해졌다. 스스로 요청하지 않았는데도 공식 행사를 주관하고 내궁의 지휘권까지 인정받은 셈이니 말이다. 기우제를 주장하며 공주가 노린 것이 이루어지는 순간이었다.

"아바마마, 소청이 하나 더 있습니다."

한시름 놓았다는 기분으로 태왕은 상 위에 차려진 요리를 입 안에 넣었다.

"오냐, 말해라. 귀담아 듣고 있다."

"만일 비가 제때 내려 이번 가뭄이 무사히 끝난다면……."

"끝난다면?"

"어마마마의 죽음에 대해 소녀에게 소상히 알려주소서."

"뭐, 뭐라?"

평원왕의 얼굴에 순식간에 그늘이 드리워졌다. 그는 공주의 눈빛에서 결연한 의지를 엿보았다. 그건 이미 딸이 무언가를 알고 있다는 뜻이기도 했다. 드디어 올 것이 왔구나 싶었다. 그의 입술 사이로 가느다란 한숨이 새어나왔다.

"이 장군을 통해 네가 왕후의 사건을 캐고 있다고 듣긴 하였다."

"어마마마를 습격한 자들의 품에서 나온 금덩이가 어느 광산에서 나온 것인지 그 윤곽은 밝혀냈습니다. 하오나 아바마마의 어명이라 하여 조사가 중단되었습니다."

"그래, 나부터가 가슴이 섬뜩했다."

왜 아니겠는가? 5년간 혼자 속병을 앓으며 묻어놓았던 사건이다. 태왕조차 덮어두었건만 울보공주가 은밀히 제 어미의 죽음과 관련된 사건의 전말을 파헤친다면 놀라지 않을 사람이 어디 있겠는가?

평원왕은 위험한 시도라고 생각했다.

"주시하는 눈들이 많다. 때가 되면 어련히 알려주지 않겠느냐."

국가에서 주관하는 기우제는 흔치 않은 일이었다. 기우제를 치른다는 명이 내려진 뒤 도성은 그 소식으로 들끓었다. 그러나 이런 성 밖의 소란과 달리 궁 안은 조용했다.

누구보다 심기가 불편한 사람은 진비였다. 그녀는 안학궁에 연비의 전각이 생긴 것만으로도 충분히 불쾌했다. 그녀는 누구든 꼬투리만 잡히면 요절을 내고 싶어 안달이 날 만큼 신경이 극도로 예민해져 있었다. 게다가 아무리 기우제라 해도 국가적인 공식 행사를 아직 새파란 신출내기 연비가 내궁을 지휘하여 주관한다고 하니 자존심이 구겨지는 일이 아닐 수 없었다. 그나마 다행인 점은 연비가 앞장서서 설쳐대는 성격이 아니라는 것이었다.

평원왕은 내심 이상하게 여겼다. 분명 공주가 건의했고 그래서 공주더러 주관하라 명했거늘, 공주가 연비를 앞세우고 자신은 뒤에 물러서 있겠다고 해서였다.

무슨 연유가 있겠거니 싶어 모른 척했지만 평원왕의 귀에 공주가 아무 준비도 안 하고 있다는 소리가 들려왔다.

기우제를 지낸다고 성 안팎에 포고령을 붙였고 왕명으로 공고를 한 터라 취소할 수는 없었다. 날짜가 바짝 다가왔고 장소도 정해졌다. 주작봉 남쪽, 대동강 지류인 샛강 모래밭이었다.

평원왕은 태감에게 기우제의 진척 상황을 보고받았다. 태감은 그곳이 텅 비어 있다고 전했다. 기우제에 대한 백성들의 관심은 지대해서 백 리 길을 마다 않고 찾아온 구경꾼들이 외성 주변으로 모여들었다. 기우제를 지내려면 제단을 높이 쌓아야 하고 제물도 마련해야 한다. 장막을 치고 휘장을 두르고 제관에 궁중 악사, 스님 들까지 불러야 하니 그 준비가 만만치 않다. 평원왕은 야무진 공주를 믿었지만 마음 한편으로는 불안했다. 다른 꿍꿍이가 있는 듯해서 태감을 시켜 공손부인에게 그 의중을 물어도 아는 바가 별로 없다 했다.

평원왕은 이러다 공주가 공개적으로 망신을 당하는 것은 아닐까 걱정스러웠다. 공주뿐만이 아니다. 기우제를 주관하기로 한 연비 역시 똑같은 처지가 될 것이다. 그러나 모든 일을 공주에게 위임한 이상 공주를 불러 자초지종을 듣는 건 궁색하고 모양이 나지 않는 일이었다. 평원왕은 결국 행사 당일까지 긴 밤을 뒤척이며 잠을 설쳐야 했다.

기우제를 여는 날이 밝았다. 하늘은 얄미울 정도로 구름 한 점 없이 맑았다. 과연 저 하늘이 비를 내려줄 것이라고는 아무도 장담할 수 없을 만큼 화창했다.

평원왕은 서둘러 마차를 타고 행사 장소로 행차했다. 태왕의 등장은 늦을수록 좋았다. 그것이 격식에도 맞았다. 하지만 평원왕은 조바심이 나서 견딜 수가 없었다. 공주가 처음 맡아 치르는 국가 행사인지라 일찍 현장을 둘러보고 싶었기 때문이다. 떠나기 전 연비에게 준비가 잘 되어가냐고 넌지시 물었으나 그녀조차 미소만 지으며 "가보시면 아십니다" 하고 말을 아낄 뿐이었다. 평원왕은 가뭄에 바닥을 드러낸 강바닥처럼 속이 타들어갔다.

태왕의 마차에 이어 진비의 마차가 출발했다. 진비는 병아리를 노리는 솔개처럼 매서운 눈초리로 연비의 조그마한 뒤통수를 노려보았다. 그 눈길이 어찌나 날카로운지 연비의 뒤통수에 구멍이라도 날 것만 같았다. 진비는 태왕처럼 안달하지 않았다. 오히려 앞으로 벌어질 일에 잔뜩 기대를 하고 있었다. 그녀 역시 지난밤까지도 행사장이 텅 텅 비었으며 아무런 준비가 없었다는 사실을 잘 알고 있었다. 그녀는 연비와 평강이 톡톡히 망신을 당할 것이라 확신했다. 그래서 사촌오빠 진철중을 불러 행사장으로 되도록 많은 백성을 불러 모으라 일러놓았다. 그런 민망한 사건일수록 목격자가 많아야 좋지 않겠는가.

행사장에 도착한 진비는 마차의 휘장을 걷고 밖을 내다보았다. 진비는 자신의 눈을 의심하지 않을 수 없었다. 강변에는 상서로운 기운이 넘쳤다. 비어 있다던 행사장에는 멀리서도 뚜렷하게 보이는 거대한 단이 세워져 있고 그 위에 제단과 음식도 훌륭하게 갖추어져 있는 게 아닌가.

단의 길이가 무려 50보에 가까웠다. 저토록 웅장한 단을 어떻게 밤새 감쪽같이 만들었는지 귀신이 곡할 노릇이었다. 제단은 나무랄 데 없었고 햇살 가리개와 휘장도 배치가 잘되었다. 궁중 악사와 무용수들은 가지런히 장막 아래 정렬해 있었다. 시비를 걸 빈틈을 찾아보기 어려웠다.

진비는 입술을 깨물었다. '공손부인, 그 늙은 것이 도움을 준 거야. 그년을 진즉에 없애야 했어.' 그러나 노련한 공손부인이 도움을 줬다 쳐도 저 거대한 제단은 어떻게 마련한 것인가? 밤새 어둠 속에서 저걸 만든다는 것은 불가능하다. 아무리 빨라야 일주일은 족히 잡아먹을 일감이다.

궁금하기는 평원왕도 마찬가지였다. 그는 강 주변 지형을 둘러보고서야 마침내 답을 찾아냈다. 물길이었다. 강 상류나 강 건너편에서 미리 단을 제작해두었다가 배로 실어와 조립을 한 것이다. 월광 대부가 공주 곁에 있으니 그 정도 인원과 장비를 움직이는 것은 일도 아닐 것이다. 극적 효과로는 그만이었다.

인산인해, 이런 인파는 평원왕도 처음이었다. 그 넓은 강변 모래밭에 사람들이 넘쳐났다. 둑길에는 마차와 말, 물항아리와 물지게를 진 사람들이 길게 늘어섰다. 그들이 걸을 때마다 얼굴이나 옷 위로 항아리의 물이 흘러넘쳐 보는 사람마저 시원했다. 예상 밖의 효과는 근자에 보기 드물게 사람들의 얼굴에 웃음과 활기가 되살아났다는 것이다. 임시로 열린 장에서 광대 패거리가 제공하는 구경거리는 단연 돋보였다. 기우제 하나를 준비하면서도 여러 가지 포석을 깔아놓은 공주의 세심한 능력을 엿볼 수 있는 광경이었다.

고구려를 상징하는 삼족오를 그린 거대한 깃발이 펼쳐지고 그 아래로는 5부족의 기가 바람에 펄럭이는 기세가 웅장했다. 문무백관들이 제단 위에 모여 웅성거리는 사이, 평원왕은 흰 베옷으로 의관을 갖춰 입고 등장했다. 예복을 차려입은 제관들이 향을 사르고 성화에 불을 붙여 제단으로 옮기면 고운 자태의 선녀들이 등장해 군무를 펼쳤다.

이윽고 연비와 평강공주가 제단의 중앙으로 걸어 나왔다. 두 사람은 군중을 향해 고개 숙여 절을 올렸다.

연비가 단정한 걸음새로 평원왕을 이끌고 제단 위로 향했다.

"태왕께옵서는 향을 올리고 제문을 낭독하소서."

옥구슬이 굴러가는 듯한 낭랑한 음성에 백성들이 연호했다. 연비의 주관 하에 치러지는 행사라 자연스레 연비가 부각될 수밖에 없었다. 백성들에게 연비를 공개적으로 소개하기에 이보다 좋은 기회가 어디 있겠는가? 절로 떠오르는 미소를 안으로 감추는 공주의 좌우에는 공손부인과 월광이 든든하게 버티고 섰다.

평원왕이 향을 태우고 하늘을 향해 엎드려 절한 뒤 우렁찬 목소리로 제문을 읽어나갔다.

"동서남북을 수호하는 청룡, 백호, 주작, 현무는 들어라. 하늘에 안개를 토하고 구름을 일으켜서 단비를 뿌려다오. 천신지기天神地祇여, 만백성의 간절한 염원을 들으시고 이 땅에 큰비를 내려주소서."

태왕의 제문에 맞추어 북 장단이 고조되고 수백 명의 사람들이 들고 있던 단지를 흔들어 허공에 물을 뿌렸다. 비를 기원하여 땅에 엎드린 사람들의 몸 위로 고스란히 쏟아지는 물줄기가 시원하다 못해 일대 장관을 연출했다. 아이들은 신이 났고 백성들도 모처럼 잃어버린 웃음을 되찾았다.

임정수가 사람들을 가리키며 공주에게 말했다.

"공주님, 저기 물동이로 물을 뿌리는 사람들을 보십시오. 저들은 장님 사씨의 부탁으로 기우제를 도우러 나왔습니다."

"그래요?"

"그 사씨가 바로 온달의 어미라고 합니다."

곁에서 공손부인이 설명을 보탰다.

"원래 백성들은 이웃끼리 정이 두텁고 서로 도우며 살아간답니다."

"마음씀씀이가 왕궁 사람들과는 참으로 다르네요."

씁쓸해하는 공주의 얼굴을 본 월광이 분위기를 바꾸기 위해 임정수에게 물었다.

"성이 사씨라면 순노부와 그 성씨가 같질 않느냐? 사씨 일족은 백제로 넘어가고 일가들은 뿔뿔이 흩어졌다고 들었는데?"

월광의 물음에 임정수는 대답이 궁해졌다.

"사연은 모르지만 온달과 그 어미는 사씨 집성촌 부근에 살고 있습니다. 백제로 넘어간 사씨들은 본래의 성씨를 바꾸고 출신지를 숨기고 살아간다고 들었습니다."

"으음, 안타까운 일이로고."

월광 대부의 탄식을 들은 공주는 골똘히 생각에 잠겼다.

진비의 곁에 서 있던 고건은 공주를 계속 주시하고 있었다. 그의 눈에는 공주밖에 보이지 않았다. 진비가 고건이 바라보는 쪽으로 고개를 돌렸다. 공주를 보고 있다는 걸 안 진비의 입꼬리가 말려 올라갔다.

"뭘 그렇게 넋을 잃고 쳐다보느냐? 설마 애송이 같은 공주를 마음에 두고 있는 건 아니겠지?"

"후후, 연비가 궁에 들어오니 마마는 뒷전 취급을 당하십니다."

"아서라. 저런 풋내기가 뭘 알겠느냐? 헌데 요즘 공주는 연비와 잘 어울려 지낸다 하더구나."

"설마, 벌써 위협을 느끼고 계신 건 아니겠지요?"

"호호, 그래 보이느냐?"

"공주 곁에는 대부가 있습니다. 언제까지나 어리광이나 피우는 울보공주라고 여기진 마십시오."

대부의 존재가 께름칙하지 않다면 거짓말이리라. 게다가 연비까지 안학궁에 머물게 되었으니 예전과 상황이 달라졌음은 분명하다. 그런데도 진비의 자신감은 조금도 위축되지 않았다.

"내 장담 하나 할까. 저 아이의 관심이 어디로 쏠려 있는지 밝혀진 이상, 앞으로 왕궁 생활을 견뎌내기가 어려워질 것이다."

확신에 넘치는 단정이 어디에서 연유한 것인지 모르지만 진비에겐 단단히 믿는 구석이 있어 보였다. 고건은 뭔지 모를 음모가 진행되고 있음을 감지했다.

대신들이 모여 있는 장막에서는 대대로와 어울린 관노부 족장 진필이 혀를 차며 불평을 토로했다.

"하다 하다 안 되니 우리 태왕께서 별짓을 다 하십니다."

"그러게 말입니다. 백성들은 하루 먹고살기 고단해서 아우성인데 기우제라니 가당치도 않은 일입니다."

같은 무리끼리 모였으니 평원왕의 흉을 보고 흠집을 내는 장단이 척척 맞아떨어졌다.

"군왕의 덕이 모자라니 하늘이 외면하는 게지요."

시원한 그늘 밑에서 다들 조소하는 분위기와 달리 고원표는 심각한 표정을 짓고 있었다. 그는 손부채로 탁자를 탕탕 두드렸다. 짜증이 묻어 있는 행동이었다. 다른 대신들이 모두 고원표를 바라보았다. 고원표는 그런 대신들이 한심하다는 듯 입을 열었다.

"만약 비가 진짜 오면 그 공이 다 어디로 갈지 생각해보셨습니까? 태왕은 곡기마저 끊고 물만 드신다 합니다. 그런 각오라면 심심풀이로 하는 짓이 아니라는 말입니다."

흥이 깨진 대신과 귀족들은 그만 꿀 먹은 벙어리가 되어 서로 얼굴을 보았다.

"월광 대장군이 안학궁을 들락거리면서 태왕의 행보가 눈에 띄게 달라지고 있습니다."

대신들은 제단 위를 바라보았다. 물기 없는 마른하늘에 구멍이라도 낼 것처럼 징과 큰북을 쳐대는 스님들의 이마에서 땀이 줄줄 흘렀다. 평원왕이 제문을 태워 허공에 날리면서 행사는 정점에 다다랐다. 그때 어디선가 환호성이 우뢰처럼 터져 나왔다. 대신들은 눈을 비비고 그쪽을 바라보았다. 몇몇은 신음을 흘리기도 했다. 궁에서 나온 꽃 같은 처녀들이 일제히 저고리를 풀고 가슴을 열어 하늘을 향해 내보이며 일어났다 앉기를 반복하고 있었다.

"세상에 저런 해괴망측한 일이?"

"요사스럽도다."

"대체 어린 궁녀들을 데리고 무슨 짓이야? 저러고도 비가 오지 않으면 민심마저 등을 돌릴 터. 말세로다."

탄식을 발하며 경악하는 대신들과 달리 평강공주의 입가에는 엷은 미소가 설핏 감돌았다. 궁녀들의 발칙한 군무도 평강이 의도한 것이었다. 평강은 이로써 기우제에 대한 소문이 천리만리 퍼져나갈 것임을 믿어 의심치 않았다. 과연 사람들의 반응은 기대 이상이었다. 비난이라 해도 상관없었다. 울보공주로 알려진 평강은 누구보다 소문의 생리를 잘 깨닫고 있었다. 소문이란 사실 진위 여부와는 상관없다. 오히려 사람들은 자극적인 소문일수록 더 많은 호기심을 나타내게 마련이다.

울절이 볼멘소리를 하는 대신들을 향해 혀를 찼다.

"뭘 제대로 알고들 계시는 겁니까? 여길 안 왔으면 후회할 뻔했소이다. 여성의 음기로 양기인 가뭄을 물리치는 것은 고래의 비방입니다. 전혀 근거가 없지 않다는 말이외다."

대대로 김평지가 해지월에게 귀를 기울이며 심각하게 눈동자를 굴렸다. 해지월은 남다른 안목을 가진 인물이기에 늘 주위의 시선을 끌었다. 그는 가슴을 내밀고 길게 심호흡을 한번 하고는 우려되는 바를 토로했다.

"태왕은 요즘 유난히 백성들과 몸으로 부대끼고 있소. 백성이 굶으면 같이 굶고 기우제까지 지내주는 군왕은 예를 찾아보기가 어렵습니다."

해지월의 지적에 고원표가 맞장구를 치고 거들었다.

"역시 고추가의 안목은 예리하십니다. 태왕의 행보는 백성을 등에 업고 여러분의 목에 칼을 겨눌 수 있는 힘을 가지겠다는 뜻입니다. 바로 이런 기우제를 통해 여러 호족들을 견제하고 왕권을 강화하겠다는 속셈이 아니면 뭣이겠소이까?"

"오호 과연, 그러고 보니……."

"과연, 그럴 수가……."

관노부 군장 진필을 비롯해서 모여 있던 호족들의 얼굴이 싸늘해지면서 웃는 기색이 사라졌다.

하루가 지나고 또 그 다음날이 지났다.

지쳐가는 사람들과 달리 공주는 활기찬 걸음으로 월광과 임정수가 머물고 있는 장막으로 갔다. 월광과 임정수는 이야기를 나누고 있다가 공주를 보자 입을 꾹 다물었다. 공주는 그들이 무슨 이야기를 나누었을지 듣지 않아도 알 것 같았다. 다른 사람들처럼 그들도 과연 비가 내릴지, 아니면 이 기우제가 공염불로 끝나는 건 아닐지 걱정했을 것이다.

공주가 딴청을 피우자 결국 임정수가 걱정스런 목소리로 어렵게 말을 꺼냈다.

"오늘로 이틀쨉니다. 하늘에는 구름 한 점 보이지 않습니다."

"분명 비는 옵니다. 제 눈에는 비구름이 다가오는 것이 보입니다."

샛별이가 건네주는 찬물을 시원하게 들이킨 평강은 전혀 걱정 없다는 듯 태평한 표정을 지었다.

"천문을 보는 태학박사들도 우기가 멀지 않다고 했습니다. 호호호, 만일 끝까지 비가 오지 않는다면 온달을 잡아 매를 쳐야겠지요."

임정수는 어쩔 수 없다는 듯 어깨를 으쓱했다. 이번에는 월광이 조심스레 물었다.

"그러다 비가 오면요?"

평강은 한쪽 눈을 찡긋하며 말했다.

"그렇다면 어릴 때부터 들어온 부왕의 말씀대로 온달을 지아비로

섬겨야겠지요. 호호호, 너무 뜨악한 얼굴로 보지 마세요. 설마 그럴 일은 없을 테니까요."

정색하면서도 공주는 정말 비구름이 몰려드는 것을 미리 본 듯 태연자약했다.

평원왕은 안학궁으로 먼저 돌아갔지만 태자는 자세를 전혀 흐트리지 않고 반듯이 의자에 앉아 자리를 지켰다. 공주는 그런 태자가 대견하기 그지없었다. 공주는 그에게 다가가 이마에 맺힌 땀을 닦아주었다. 태자는 천진한 미소로 화답했다.

태자는 저 멀리 언덕 위, 나뭇가지에 앉아 기우제를 구경하는 사람을 쳐다보았다. 그 사람은 다른 구경꾼과 달리 온종일 그 자리에 앉아 꼼짝도 하지 않았다. 그때 그 사람이 손을 흔들었다. 공주를 알아본 듯했다. 의아하게 여긴 태자가 공주에게 저 사람을 아느냐고 물었다. 공주가 고개를 끄덕였다.

"그래, 잘 알고 있지. 남들이 바보 온달이라 부르는 사람이다. 태자도 이름은 들어보았겠지?"

"네에. 정말 그런 사람이 있었습니까?"

"응, 근데 진짜 바보는 아니란다."

걸터앉은 나뭇가지를 출렁출렁 흔들며 그 반동을 이용해서 한가하게 노는 온달은 참으로 태평스러워 보였다.

그날 오후였다. 세찬 바람이 시커먼 먹구름을 몰고 와 천둥번개가 치더니 폭우가 쏟아지기 시작했다. 엄지손가락만 한 물방울들이 마른 땅을 때리며 퍽퍽 깨져나갔다.

메마른 대지를 적시는 빗물에 사람들은 너도 나도 두 팔을 활짝 벌려 펄쩍펄쩍 뛰며 환호했다. 그들의 메마른 손바닥 위로 차갑고 꿀맛

같은 빗물이 고이기 시작했다. 개천에는 빗물이 흘러넘치고 도롱이를 입은 사람들은 물꼬를 트며 밭작물을 챙기느라 분주했다.

공주는 목련당으로 환궁했다. 내실에 들어서자 활짝 열어젖힌 창으로 비가 들이쳤다. 바깥은 어두웠다. 샛별이가 창문을 닫으려 하자 공주는 손사래를 쳤다.

"잠시만 더 보자꾸나. 기다리던 비가 오니 반갑지 않으냐."

창턱에 맞았다가 튀어 오른 빗방울이 공주에게 날아들었지만 그녀는 몸을 도사리지 않았다. 몸에 튀는 빗방울을 고스란히 맞으며 그녀는 온달을 생각했다. 자기도 모르게 양손을 사용하여 공격하고 수비하던 온달의 동작을 흉내 냈다. 천천히 하면 어렵지 않았지만 빨리하면 팔다리가 금방 꼬이고 매끄럽게 이어지지 않았다. 생각처럼 쉬운 동작이 아니었다.

줄기차게 내리는 폭우는 그 뒤로도 닷새 동안 멈추지 않고 세상의 갈증을 해갈시켜주었다.

밝혀진 왕후의 사인

월광은 공주와 태자를 데리고 국정을 토의하는 대전 장막 뒤에 앉아 귀족들과 대신들이 벌이는 열띤 논쟁을 경청하고 있었다. 태왕의 오른쪽에는 조정 대신들이 자리를 잡았고 왼쪽으로는 군장들과 호족들이 위치했다. 공주와 태자는 직접 참석하지는 않았지만 이처럼 어전회의를 참관하는 것도 중요한 공부의 일환이었다.

근래에 발생한 조정의 최대 논쟁거리는 평양성 외성 수비대장을 누구로 임명하느냐였다. 관직의 임명에는 잡음이 많게 마련이었다. 한 명이 부각되어 추천되면 이를 반대하는 아홉 사람이 나타나기 일쑤였다.

내성을 지키는 수비대는 불과 천 명에 불과하지만, 외성 수비대장이 거느리는 병사의 수는 5천이 넘고 유사시 주변 산성 병력과 친위부대를 합류시키면 그 다섯 배까지 늘어난다. 외성 수비대장은 무예 실력보다 전략과 전술을 구사하는 병법에 밝아야 하는, 상장군에 준하는 보직이다. 수성을 해야 하니 마땅히 병참에도 조예가 깊어야 한다. 수비대장 아래에는 20만 호에 가까운 안학궁 주변 백성들의 생사가 달려 있다.

오랜 진통을 겪은 후에 소노부 대가 해지월의 사주를 받은 대대로 김평지가 고원표의 아들 고건과 진비의 사촌오빠인 진철중을 복수 추천으로 내놓았다. 그러나 진철중은 야전 지휘관 경험이 일천하다 보니 결격 사유가 많았고, 고건은 아직 대규모의 전쟁을 치러본 적이 없었다. 고원표는 자기 아들의 일이고 진필은 조카의 일이라 드러내놓고 지원하기가 어려웠다. 그래서 이참에 누가 어떤 말을 하고 어느 쪽으로 줄을 서는지 확인이라도 할 심산으로 굳게 침묵으로 일관하고 있었다.

갑론을박, 대신들과 귀족들의 설왕설래가 길어지자 대대로 김평지가 평원왕의 결단을 촉구했다.

"폐하께서 뜻을 밝히시어 성지를 내려주시면 저희들이 받들어 공론을 정할 것이옵니다."

평원왕은 선뜻 대답할 수 없었다. 그는 추천받은 두 인물 모두 마음에 들지 않았다. 그는 이미 월광 장군에게 넌지시 외성 수비대장직을 맡아줄 것을 타진해보았다. 월광이라면 믿고 맡겨도 좋으리라. 하지만 월광은 공주의 대부인 것에 만족한다며 고사했다. 평원왕은 가타부타 따지지 못하고 쓴웃음만 지을 수밖에 없었다.

"수도의 수비대장은 하시라도 비워둘 수 없으니 하루속히 임명하여 백성들이 안심하고 생업에 전념할 수 있도록 해야 할 것입니다."

김평지의 말이 끝나자 울절이 기가 막히게 장단을 맞추면서 두 후

보 모두에게 결여된 부분을 제기했다.

"그래야지요. 하지만 무엇보다 경륜과 덕을 겸비해야 하지 않겠습니까?"

그러자 조정의 수장인 김평지가 점잖게 턱수염을 쓰다듬으며 헛기침으로 반대 의견을 피력했다.

"어험. 그보다는 조정과 군부의 폭넓은 지지가 우선입니다. 해서 조의군의 절대적 지지를 받는 고건 장군이 어떨까 싶소이다. 수성 경험이 부족한 것이 염려가 된다면 노장을 곁에 두어 보좌하도록 하면 되지 않겠습니까?"

그 말에 성격이 대쪽 같아 평소에도 강경파로 분류되는 태대형 고상철이 참지 못하고 나섰다.

"이거, 지나가던 개가 웃을 지경입니다. 성벽이 아무리 철옹성이라 해도 그 대장이 공성전의 경험이 없다면 함락되는 것은 시간문제올시다. 뭐 하자는 수작들이십니까?"

"말씀이 지나치십니다. 여기 조의선인과 흑풍대가 수인한 연판장이 있습니다. 이들이 하나같이 고건 장군을 지지한다는 것은 이 나라의 젊은 동량지재棟梁之材 대부분이 그의 능력을 신뢰하고 있다는 뜻입니다. 이렇게 절대적인 지지를 받는 무장이 또 어디 있단 말이오?"

그러자 가당찮다는 표정으로 고상철이 헛웃음을 날렸다.

"허허, 흑풍대는 공식적으로 인정된 집단이 아닙니다. 평양성 수비 대장은 왕궁을 지켜야 하고 수십만 백성들의 생사를 좌우하는 중차대한 직책입니다. 하온데 대대로께서는 그 수장을 지지하는 사람들의 머리 숫자를 헤아려서 결정하자는 말이십니까? 이거야 원, 생각들이 있으신 겁니까?"

노골적인 비난을 받은 대대로의 얼굴에 벌겋게 열이 올랐다.

"태대형의 말인즉슨 결국 고건 장군은 능력이 부족해서 곤란하다는 뜻입니까? 나는 고건 장군이 승천을 기다리는 잠룡이라 보고 있습니다만."

"그렇다면 용이 되고 난 뒤에 수비대장을 맡으라 하십시오!"

어느 한쪽도 물러서지 않는 날선 대립이 계속되자 관노부 진필이 중재에 나섰다.

"허허, 특정 인물을 거부하지만 말고 다른 적합한 인물을 추천해봄은 어떠하신지요?"

"제 사람이 아니면 무조건 반대할 게 뻔하지 않습니까? 어디 제 말이 틀렸습니까?"

평양성 수비대장은 수도를 지키는 최후의 보루이므로 태왕이 가장 신임하는 직계 장수가 맡아야 한다. 평강공주는 부왕의 침묵이 이해되었다. 고건 장군이 출중한 재목이고 훌륭한 무장임은 분명하다. 그러나 그가 아무리 뛰어난 장수라 해도 태왕과 대립하고 있는 고원표의 아들인 이상 평원왕의 심복이 될 순 없었다.

어전회의 참관을 마치고 나온 공주가 월광에게 질문했다.

"대부님, 평양성 수비대장은 무엇을 갖추어야 합니까?"

"수비대장은 무엇보다 수성을 알아야 합니다. 병법에 통달해야 하고 실전 경험도 무시할 순 없습니다. 지와 용을 겸비하고 병사들의 신망이 높아야 합니다. 또한 수도를 방어하는 만큼 왕실에 충성을 다하고 조정의 정치적 파벌에 휩쓸리지 말아야 합니다."

"혹시 대부님께서는 집히는 인물이 없으신지요? 물망에 떠오르는 적합한 인사가 있다면 부왕께서 저리도 함구하고 계시진 않았을 겁니다."

월광은 조심스러웠다. 부왕을 도우려는 공주의 눈빛이 간절해 보였지만 여차하면 정국의 소용돌이에 빠질 수 있었다. 평원왕이 외성 수비대장직을 권유했을 때, 월광은 완곡하게 사양하면서 과연 누가 그 자리에 합당한 인물일지 고심했다. 마침 머릿속에 떠오른 무장이 있었지만 의견을 개진하진 않았다. 무엇보다 그는 중앙 정치의 탁류에서 벗어나 시선을 끌지 않고 대부로서 책무를 다하고 싶었다. 그러나 수도 방어를 책임진 대장이 공주와 태자의 편에서 충성을 다한다면 오누이의 입지가 보다 굳건해질 것이라는 점이 월광의 마음을 움직였다.

"북문 수문장 을지해중은 병법에 밝고 사심이 없는 강직한 인물입니다. 그는 처려근지處閭近支: 5부의 각 대성에 딸린 지방 성진의 책임자로 전방 산성에서 실전 경험을 쌓았고 수많은 승전을 일구어낸 용장입니다. 다만 뒤를 받쳐줄 정치적 배경이 약해 주목을 끌지 못하고 있을 뿐입니다."

을지해중은 평양성, 석파산 근처의 호족인 까닭에 조정에서의 기반이 약했다. 그의 아들인 을지문덕은 대를 이어 조의선인으로 뽑혀 이제 막 초급 무장의 길에 들어선 상태였다. 문덕이라는 이름은 글월 문文에 덕스러울 덕德으로 떠돌이 중인 파야가 을지해중의 부탁을 받고 작명해준 것이었다. 을지해중은 불의를 모르는 강직한 성품을 가졌고 부하를 아끼는 너그러운 덕장이기도 했다. 공주는 월광이 추천하는 사람이기에 그 사람됨을 추호도 믿어 의심치 않았다.

"대부께서 을지 장군을 만나 그의 의중을 알아봐주십시오. 만약 그분이 적임자라면 부왕께 천거를 했으면 합니다. 평양성 수비대장은 부왕의 감춰진 비수가 되어야 합니다. 대부님이 보증하신다면 부왕께선 진정 감사하실 것입니다."

공주는 최종 결단에 이르기까지는 신중하지만 일단 결심이 서면 곧바로 실행하는 사람이었다.

"임 장군은 고건 장군에게 기별을 넣어주십시오."

붉다고 해도 다 같은 붉음이 아니다. 단풍이 물든다 해도 붉은색으로만 물드는 것은 아니다. 샛노란 은행잎이 바람에 날려 허공을 빙그르르 맴돌다 떨어졌다. 공주는 고운 낙엽들을 보며 자연이 만들어낸 현란한 색의 향연에 감탄했다. 마치 그 잎사귀들이 처녀의 방심을 유혹하는 것만 같았다.

흔들리는 마차에 몸을 싣고 변해가는 계절의 정취를 만끽하면서 공주는 외성 북문 입구에 도착했다. 그녀는 고건을 만나기로 한 누각 위로 올라갔다. 오래지 않아 철거덩거리는 철갑 무구 소리를 내며 고건이 나타났다. 공주를 호위하던 임정수와 샛별이는 고개를 숙이며 멀찌감치 물러났다.

공주는 직접 고건 장군을 만나 그가 어떤 인물인지 살펴보고 싶었다. 실제로 마주한 고건은 씩씩했으며 입가에 부드러운 미소를 띠고 있었다. 공주는 그의 당당함이 부러웠다. 저 기백은 어디서 나오는 걸까? 타고난 천성일지도 모른다고 생각하면서 공주는 가쁘게 숨을 고르는 고건에게 인사말을 건넸다.

"서둘러 오셨나 봅니다."

"공주님의 부름이라면 백 리 길도 한달음에 달려올 것입니다."

고건은 대장부답긴 했지만 속내를 감추는 노련함은 아직 미숙해 보였다. 그는 자신에게 거리를 두고 간격을 좁히려 하지 않는 공주가 면담을 원한다는 전갈을 받자마자 말을 몰아 단숨에 달려왔다. 흑풍대의 지역 책임자인 그는 코앞에 닥친 흑풍대 회합까지 미뤘다. 왠지 모를 기대감 때문이었다.

"일전에 종묘에서 건네주신 충고는 잊지 않고 있습니다."

공주가 먼저 운을 뗐다.

"단지 기우에 그쳤으면 좋겠습니다. 권력이 있는 곳에 분란이 따르게 마련입니다. 소장은 공주님께서 해를 입는 일이 없기를 바랄 뿐입니다."

"오늘 우연찮게 조정에서 논의하는 걸 들었습니다. 평양성 수비대장을 누구로 정하느냐는 문제를 놓고 열띤 격론이 벌어졌습니다. 그중 많은 분들이 고 장군을 추천했지요."

"아, 그 건이라면 알고 있습니다. 며칠 전 대대로께서 제 뜻을 물어온 적이 있었습니다."

대화가 진행될수록 고건의 얼굴에 실망하는 기색이 점점 짙어졌다. 공주는 멀리 대성산 주봉으로 눈길을 돌리며 변명 아닌 변명을 해야 했다.

"소녀의 몸으로 국정에 간여하고자 함은 아니니 안심하셔도 됩니다. 단지 장군의 의중이 어떤지 궁금했습니다."

"소장을 찾은 이유가 그것뿐이오니까?"

"무슨 말씀이온지?"

질문의 요지를 짐작조차 못하는 공주의 얼굴을 보고 고건은 자신이 괜한 생각을 품었음을 알았다. 그는 혼자 실소했다. 공주는 사적인 이유로 그를 만나러 온 게 아니었다. 그제야 그도 공주의 말에 담긴 진의를 해석하기 위해 귀를 곤두세웠다.

"제가 장군을 만나고자 한 것은 장군의 의향을 알기 위해서입니다. 아시다시피 계루부는 다른 부족들보다 강한 전력을 보유하고 있습니다. 허나 그 무력을 빙자하여 국정을 농단하고 전횡을 일삼는다면 사람들이 어찌 상부 고씨를 진심으로 승복하고 따르겠습니까?"

준엄한 공주의 지적에 고건은 할 말을 잃었지만 금세 감정을 추스르고 본래의 호방하고 솔직한 면모를 드러냈다.

"하하하. 과연 사람들은 공주님을 잘못 알고 있나 봅니다. 누가 면전에서 이런 말을 하겠습니까? 우리 고추가께서 방금 공주님의 말을 들었다면 어떤 표정이 되실지 궁금해집니다. 헌데 혹시 공주님도 계루부의 피가 흐른다는 걸 잊은 건 아니시겠지요? 깊은 내막은 모르겠으나 공주님께서 특별히 궁금해하시니 이 자리에서 제 뜻을 밝혀드리겠습니다. 저는 아직 젊습니다. 모자란 능력으로 높은 지위를 탐할 만큼 아직 때가 묻진 않았습니다. 장부의 도리를 지키고 벗을 사귀며 아름다운 여인을 꿈꾸는 것이 제게는 더 큰 기쁨을 준다면 답이 되겠습니까? 평양성 성문지기보다는 오늘 공주님이 저를 찾는다는 말이 훨씬 반가웠습니다. 그럼 오늘은 이 정도로 하고…… 소장, 물러가겠습니다."

미련 없이 등을 돌리고 떠나는 고건은 그의 탄탄하고 굳건한 어깨만큼이나 멋있어 보였다. 그러나 실은 황망한 속마음을 감추려고 급히 자리를 떠나는 것이었다. 오다 가다 고건을 알아본 병사들이 인사를 해도 그의 귀에는 들리지 않았다. 말에 올라타 박차를 가해도 구겨진 그의 자존심은 좀처럼 회복되지 않았다. 오늘따라 갑옷이 배로 무거웠다. 마음이 싱숭생숭해서 한눈을 팔다 말에서 떨어질 뻔했다. 그는 가슴을 쓸어내리며 자세를 바로잡았다. 그러나 그의 머릿속에는 오로지 공주 생각뿐이었다. 방금 보았던 공주의 모습이 자꾸 떠올랐다. 그는 고개를 저었다. 내가 공주를 좋아한단 말인가? 그래도 된단 말인가? 오늘은 술이라도 진탕 마시고 취해야겠다. 그는 스스로 마음의 갈피를 잡을 수 없었다.

평원왕은 술에 약했다. 그럼에도 서각으로 주안상을 내오라 했다. 잠시 후 왕궁 수비대장인 이보성 장군이 공주와 월광을 데리고 당도할 것이다. 취하지 않고 무슨 말을 할 수 있을까. 그는 홀로 생각에 잠겼다. 벌써 여섯 해 전의 일이었다.

평원왕이 고구려 북부 지역인 절노부 국경 순시를 마치고 동부의 계루부로 향하던 중이었다. 각종 군기를 휘날리며 말을 탄 근위무장들이 좌우에서 왕의 행렬을 엄호했다. 날카로운 장창을 든 백여 명의 소수 정예 군사는 십만 정병들 사이에서 선발했다. 이들 대부분은 선인으로 고구려가 자랑하는 무사들이었다.

왕후의 마차에는 당시 열 살이었던 평강공주와 어린 왕자 원이 같이 타고 있었다. 쪼로롱, 쪼로롱. 따스한 햇살에 데워진 하늘을 종달새가 맘껏 춤추며 날아다니는 걸 보고 평강이 손가락으로 가리키면 왕자는 까르르 웃으며 좋아했다.

이번 국경 순시는 왕후가 청원을 해서 태왕과 동행하게 되었다. 긴 행로 가운데 들른 절노부 친정에서 왕후는 태왕의 배려로 3개월간 머물면서 휴식을 취할 수 있었다. 절노부에서의 생활은 왕후에게 가슴 저린 아련한 추억을 되새기게 했다. 월광 장군은 기꺼이 그녀를 반겨주었고 정성을 다해 공주와 태자를 보살펴주었다. 월광 장군과의 재회에 대한 그녀의 걱정과 부담감은 장군의 드넓은 배려로 씻은 듯이 사라졌다. 월광 장군은 공주를 친딸처럼 예뻐했다. 그리고 공주에게 말 타는 법도 가르쳐주었다. 아직 홀몸이라는 것이 신경 쓰였지만 월광 장군이 예전 모습을 그대로 간직하고 있어 더욱 좋았다.

당시 왕후는 어렵게 평원왕의 내락을 얻어 소금 전매권 해제를 추진하고 있었다. 그동안 왕후는 백성들을 위해 소금 전매권이 반드시 해제되어야 한다고 주장해왔다. 소금은 사람과 짐승에게 없어서는 안 되는 필수품이다. 그러나 흑풍대와 결탁한 상인연합회가 독점을 하면서 값이 천정부지로 치솟았다. 그들은 소금 유통을 통해 얻은 막대한 이윤을 바탕으로 거래 품목을 확대하면서 세력을 급속히 키워나갔다. 흑풍대가 챙긴 막대한 재물은 조정 대신들을 회유하거나 포섭하는 용도로 쓰였다. 국정 운영에 조직적으로 개입하고 엄청난 자금을 뿌려가며 그들은 영향력을 확대해나갔다. 가장 시급한 일은 소금 유통의 독점을 막아 가격을 낮추고 백성들의 생활을 안정시키는 일이었다. 왕후의 최우선 관심사가 바로 그것이었다.

마차 안에서 왕후가 이런저런 생각의 나래를 펴고 있는데 다급한 군사들의 외침이 들렸다. 마차가 기우뚱거렸다. 왕후는 공주와 왕자를 두 팔로 껴안았다.

"적이다."

"습격이다!"

"마차를 뒤로 물려라."

말에서 단숨에 뛰어내린 평원왕은 전투용 병차로 옮겨 타고 달려드는 적의 무리를 침착하게 살폈다. 돌궐족 복색을 갖춘 공격자들은 이백 명은 족히 되어 보였다. 공격 대형이나 진법도 없이 마구잡이로 덤비는 것을 보면 제대로 훈련된 병사들은 아닌 듯했다. 평원왕은 수하 장군들을 향해 명령을 내렸다.

"일진은 마차를 중심으로 원진을 펼쳐라. 이진은 공격 대형을 유지하고 삼진은 궁수대가 앞으로 나서서 명을 기다려라!"

태왕의 즉각적인 명령에 왕후의 마차를 중심으로 둥글게 둘러싸고 방어막을 구축하는 기병들의 말발굽 소리가 지축을 울렸다. 시동과 시녀들은 마차에 붙어 왕후의 최종 경호를 맡았다. 왕후는 창밖으로 고개를 내밀고 구경하려는 공주를 붙잡아 방석으로 앞을 가려주었다. 그러고는 동생을 맡기면서 잘 보호하라고 타일렀다.

"자, 여기 가만히 있어야 돼. 동생은 누나가 지켜줘야 하는 거야. 자, 약속해야지?"

"원이 걱정은 마시고 조심하세요."

"그래."

동생을 안은 채 또랑또랑 큰 눈을 굴리는 공주의 얼굴을 쓰다듬어 준 뒤 왕후는 옷소매를 걷어붙였다. 검을 빼들고 밖으로 나간 왕후의 시야를 부연 흙먼지가 가렸다. 창칼이 부딪치는 소리와 병사들의 함성이 요란한 가운데 간간이 화살이 날아와 마차에 꽂히거나 튕겨 날아갔다.

"마마, 위험합니다. 어서 안으로 피하소서."

"말을 가져와라."

"아니 되옵니다."

"태왕은 어디 계시느냐?"

고구려 최강 정예병과의 싸움은 병력 면에서 절대 우위에 있지 않고는 처음부터 승산 없는 공격이었다. 원거리에선 고구려의 자랑인 강궁이 적을 꿰뚫고 근접전에선 철기병의 장창이 위력을 발휘하며 적의 몸통을 산적처럼 꿰뚫었다. 병차에 올라 적진 속을 파고든 평원 왕은 창과 검을 자유자재로 사용하며 적을 물리쳤다.

돌궐족은 습격 이전에 이미 공격 목표를 정해놓은 듯했다. 일부는 기마병을 유인하고 나머지 병사들은 한꺼번에 왕후를 향해 벌 떼처럼 달려들었다. 왕후를 호위하는 기병들의 방어가 흔들렸다. 적들이 철갑을 두른 말의 배 밑을 파고들어 칼로 찔러대자 기병들이 속속 낙마하면서 대오가 무너졌다. 적들은 궁수들의 엄호를 받으며 곧장 왕후의 수레로 접근했고, 막아서는 시동과 시녀들을 단숨에 베어 넘겼다. 평원왕은 위기에 처한 왕후를 보고 적을 향해 강궁을 날렸다. 백발백중이었다. 왕후에게 덤벼들던 습격자들은 어깨와 등에 활을 맞고 쓰러졌다.

꼿꼿이 미동도 없이 활시위를 당기는 평원왕에게 돌궐 궁수들도 활을 쏘며 맞대응했다. 그런 와중에 복면 무사들이 비호처럼 왕후에게 달려들었다. 왕후는 절노부 군장의 딸로 자기 한 몸 정도는 지킬 수 있는 무예를 익혔으나 집중적인 포위 공격을 받은 터라 팔다리에 자상을 입을 수밖에 없었다.

돌궐 병사들은 평원왕의 병차 바퀴에 창대를 끼우고 그의 움직임을 저지했다. 왕후가 위험했다. 병차로 기어오르는 적을 발길질로 쳐내고 평원왕이 왕후를 향해 달려갔다. 그 위기의 순간에 뿔나팔 소리가 길게 세 번 들렸다. 고구려군 고유의 공격 신호였다.

철기병의 말발굽 소리가 천지를 진동하면서 지원군이 당도했다. 그러자 적병들은 언제 싸웠냐는 듯이 뿔뿔이 흩어져 도망갔다. 장쾌

하고 위력적인 철기병의 돌진에 돌궐족은 저항다운 저항 한번 못 해
보고 추풍낙엽같이 쓰러졌다. 철기병들은 등을 보이며 도망가는 적
들을 끝까지 추적해 장창으로 꿰뚫어 대지를 피로 물들였다. 질주하
는 기병을 상대하기란 무척 어렵다. 한 번 치고 지나간 철기병들이
일제히 말고삐를 돌려세우고 재차 적들을 쫓아서 숨통을 끊어놓았
다. 피에 젖은 철기병들의 창날이 햇빛을 받아 번들거리며 빛났다.

평원왕이 달려오자 왕후는 외려 태왕의 상처를 걱정했다.

"다친 곳은 없으십니까?"

"의관을 불러라, 어서!"

당황하여 낯빛이 변한 태왕에 비해 왕후는 아주 침착했다.

"공손부인은 어디 있느냐? 공주와 태자는 놀라지 않았느냐?"

"네에, 무사하십니다."

"전하, 저는 괜찮습니다. 어서 다친 병사들을 챙기십시오."

"상처가 깊어요. 어서 지혈을 해야 합니다."

"저기 사람들이 오고 있습니다. 제 걱정은 마시고 저들을 먼저 맞
으세요."

계루부의 고원표가 수하들을 데리고 말에서 내려 평원왕에게 다가
왔다.

"폐하, 저희가 늦었습니다. 설마 왕후께서 큰 변이라도 당하신 건
아니겠지요?"

"철기병 덕에 큰 위기는 넘겼소이다."

어떻게 들으면 귀에 거슬릴 만큼 고원표가 목소리를 높였다.

"돌궐의 행패가 갈수록 심해지고 있습니다. 툭하면 국경을 넘어와
민가를 습격하고 재물을 약탈하니 그 피해가 날로 극심합니다. 아무

리 이 나라의 기운이 쇠했기로서니 감히 태왕의 행차까지 공격하려 들다니……."

평원왕은 씁쓸한 심사를 다독이며 이보성 장군에게 부상당한 병사들을 후송할 것을 명령했다. 그러나 현장의 참상을 보고도 고원표는 시종일관 담담한 표정이었다. 아니, 오히려 얼핏 웃는 얼굴을 평원왕은 본 듯도 했다. 고원표는 손짓으로 제 아들 고건을 불러 태왕에게 인사를 시켰다. 미장부 고건이 투구를 벗고 다가와 무릎을 땅에 대고 고개 숙였다.

"고건이라 하옵니다."

고건의 첫인상은 좋았다. 제 아비 고원표와 달리 음침한 구석이 없고 근골이 반듯하여 잘 갈아놓은 한 자루 명검처럼 보기 좋았다. 태왕은 진심어린 찬사를 보냈다.

"오호, 당당한 장부로다. 고추가께선 마냥 든든하시겠소이다."

고건은 왕후의 다친 팔과 다리에서 흐르는 피를 옷고름으로 닦는 공주를 그때 처음 보았다. 의관이 달려와 왕후를 보살피자 몸을 일으킨 공주는 고원표와 고건의 얼굴을 번갈아 보고 살짝 목례를 올렸다. 울보라는 별명으로 유명했지만 왕후의 부상에도 공주는 전혀 흔들림이 없었다. 어리지만 기품이 넘쳐 감히 범접할 수 없는 어떤 기류가 주변을 감싸고 흐르는 것 같았다.

"아바마마, 돌궐과 상부 고씨는 평소 서로 물자를 교류하는 관계라 들었습니다."

"그런 걸 네가 어찌 다 아느냐?"

"헌데 무장을 한 수백의 돌궐병이 버젓이 계루부 영지 한가운데 들어와 있는 것을 어찌 부에서 모를 수 있습니까? 더욱이 저들은 태왕의 행차를 알고서 미리 매복해 있었습니다."

고원표의 얼굴이 하얗게 질렸다. 그는 매서운 눈빛으로 공주를 주시했다.

"어허, 여기 고추가도 영접을 나왔는데 무슨 말을 그렇게 하느냐?"

당황하여 말리는 부왕의 눈짓에도 공주는 말을 멈추지 않았다.

"때를 맞춘 듯 신속히 출병한 철기병도 이상하기는 마찬가지입니다."

공주는 당당한 눈빛으로 고원표를 올려다보았다. 그녀는 방금 살육을 마친 서슬 퍼런 무장들 사이에서 전혀 흔들림 없이 또박또박 할 말을 이어갔다.

"만약 아바마마를 영접하러 나왔다면 전령을 미리 보내 그 사실을 통보해야 했습니다. 단순히 태왕의 행차를 마중 나온 것치고는 무장을 갖춘 군사들이 너무 많지 않습니까?"

공주의 말에 모두가 숨을 죽였다. 고원표는 겉으로 드러내지는 않았지만 당황했다. '이럴 수가? 수백 명이 죽고 피를 흘리고 있는 난리통에 이런 맹랑한 분석을 내놓다니?'

태왕은 공주를 대신해 고원표에게 변명의 말을 늘어놓아야 했다.

"허허, 왕후가 부상을 입어 공주의 감정이 좀 격해졌습니다."

"공주님, 이 고원표는 적이 아니라 우군입니다. 너무 한쪽으로 치우쳐 보면 매사가 그렇게 보이는 법이지요. 자, 왕후를 모시고 폐하께서는 그만 부로 가시지요."

고원표의 안내를 받아 계루부로 말머리를 돌리던 평원왕은 이보성 장군이 쓰러진 돌궐병 시체를 뒤지면서 젊은 수하 무장들과 심각한 표정으로 이야기를 나누는 것을 보았다. 그러나 그때는 별다른 의구심 없이 그 자리를 떠났다.

그날 이후, 왕후는 좀처럼 나아지지 않았고 시름시름 앓다가 끝내 유명을 달리했다. 안학궁으로 돌아온 평원왕은 돌궐의 습격 사건 자체가 마치 없었던 일인 양 철저하게 함구시켰고 자신도 재론하지 않았다.

이보성 장군, 월광 그리고 공주는 침울한 얼굴로 평원왕의 이야기를 경청했다. 평원왕은 지난 일을 회상하며 자신이 아는 사건의 진상을 낱낱이 밝혔다. 공주 앞에 놓인 찻잔의 차는 이미 차갑게 식었고 거나하게 취한 태왕은 붉게 상기되어 있었다. 술병에 남은 마지막 한 방울까지 잔에 부어놓고는 평원왕이 말을 이어나갔다.

"다들 왕후의 임종을 오랜 여독 때문으로 알고 있지만 그렇지 않소. 오래전에 여기 이 장군이 사건의 전모를 밝혀냈으나 과인이 나서서 서둘러 봉합을 해야 했습니다. 그날의 암습은 내가 아니라 왕후가 목표였고, 왕후는 미리 독을 바른 칼에 살해당한 것이오."

말없이 듣고 있던 월광이 천천히 고개를 들었다. 그의 눈에는 여태 본 적이 없는 무서운 살기가 섬광처럼 줄기줄기 뻗어나왔다. 이보성 장군은 이제 자신이 입을 열 차례라는 걸 알았다. 이미 태왕은 감정이 격해져 말을 계속할 수가 없었다. 이보성 장군의 침통한 목소리가 서각을 울렸다.

"만약 그런 사실을 밝혔다면 상부 고씨와 절노부는 내전을 치러야 했을 것이고 고구려는 풍비박산이 나고 말았을 것입니다. 타계하기 직전에 왕후께서 유훈을 내렸습니다. 고구려의 앞날을 위해 진상을 밝히지 말고 묻어두라는 것이었습니다."

공주는 와들와들 온몸을 떨었다. 가슴 한구석에 품어왔던 의구심 때문에 임정수를 시켜 비밀리에 내사해온 그녀였다. 그런데 이보성 장군이 개입하여 그녀의 조사를 중지시켰다. 물론 그건 부왕의 명령이었다. 평원왕은 비통한 심정을 숨기지 않고 흐느낌으로 고스란히 쏟아냈다.

이보성 장군이 품에서 노란 보자기를 꺼내 펼쳤다. 그 안에서 묵형이 새겨진 인피 몇 장과 한 움큼의 금덩이가 나왔다.

"태왕의 행렬을 습격한 돌궐병에게서 발견한 것들입니다. 돌궐병을 빙자했으나 나라의 죄인임을 표시하는 묵형이 새겨진 자들이 여럿 섞여 있었고 그들의 품에서는 상당한 금품이 나왔습니다. 이 금은 고원표가 관리하는 북부 지역 비밀 금광에서 나온 것입니다."

월광이 분기에 찬 목소리로 부르짖듯 말했다.

"아니, 그렇다면 배후에 고원표가 있었다는 명백한 증거가 아니오?"

이보성 장군이 고개를 끄덕이더니 한숨을 내쉬었다.

"맞습니다. 하지만 당시 고원표는 흑풍대 뒤에 숨어 있었고 전면에 나서지 않았습니다. 어쨌든 왕후의 죽음은 소금 전매권 폐지가 발단이었습니다."

부르르 떨리던 월광의 수염이 하늘로 곧추섰다. 부끄럽고 참담하기 이를 데 없었다. 왕후의 죽음에 그런 사연이 감추어져 있을 줄은 꿈에도 몰랐기 때문이다.

흐르는 눈물을 닦아낸 평원왕의 목소리가 평온을 찾아갔다.

"왜 멀쩡한 공주를 울보공주라고 소문을 냈겠소? 공주는 사건 발생 당시 바로 모종의 음모가 있다는 것을 눈치 챘소. 여차하면 공주마저 위험했지요. 왕후를 닮은 공주는 나이에 비해 너무 조숙하고 영리해서 과인은 항상 그게 걱정이었소."

말을 이어가면서 평원왕은 손을 내밀어 공주의 어깨를 꼭 감싸 품어주었다.

"횡포한 자들의 눈에 공주의 총기가 비칠까 봐 그것을 감추려고 애써야 했습니다. 악적들이 공주를 노릴까 봐 두려웠소. 저들은 왕후를 침으로써 절노부와 왕가의 결속을 끊으려고 했소. 대장군도 아시겠지만 왕후는 국방과 외교에서 내치까지 어디 하나 식견이 모자라는 곳이 없었지요. 왕후는 백성들을 돌보고 나라를 위하는 일에 생을 바치고 우리 곁을 떠났던 겁니다."

공주의 눈에서 굵은 눈물이 주르륵 흘러내렸다. 월광 장군의 눈에서도 핏물이 흘렀다. 그는 가슴속으로 대성통곡했다. 슬픔이 봇물처럼 터져 밀려왔다. 평원왕은 천장을 올려다보며 또다시 솟는 눈물을 삼켰다. 인고의 세월만큼 뜨거운 고통이었다.

월광이 호소하듯 말했다.

"만일 저들이 왕후마마를 두려워하지 않았다면 어찌 그런 일이 생겼겠습니까?"

이보성의 목소리는 회한이 가득 서려 절절했다.

"대부님, 폐하께서는 지금도 사방의 적에게 포위되어 있습니다. 공신들과 호족 세력은 왕권을 견제하기 위해서라면 돈을 물 쓰듯 하며 단결합니다. 이는 나라의 백성을 위한 것이 아니라 저들이 가진 이권을 지키고 그 권세를 자손만대까지 누리기 위함이지요. 또한 명문 거족들 뒤에는 고원표와 해지월이 버티고 있습니다. 북주의 사신은 왕궁이 아니라 상부를 들락거리며 고씨와 내통하는 실정입니다. 저들은 나라에서 금지한 물품을 교역하면서 부정한 재물을 모았고 그것으로 조정 대신들을 매수했습니다. 그날의 습격을 입안하고 실행한 책임자는 현재 흑풍대 대주를 맡고 있는 자라고 하나 아무도 그가 누군지 얼굴을 아는 사람이 없습니다."

월광은 이제야 연청기가 왜 자신을 공주 곁으로 보냈으며 앞으로 무엇을 해야 하는지 선명하게 깨달았다. 눈앞을 흐리게 하던 부연 안개가 걷혀나가면서 해야 할 일이 분명해졌다.

그날 밤, 월광은 그의 휘하에 있던 북방 별동대 대장 최우영에게 밀서를 보냈다. 별동대 전원이 평양성으로 모일 모시까지 집결하라는 내용이었다. 최우영은 장창을 절기로 사용하는 무장으로 창을 들면 능히 일당백을 대적한다. 그러나 그는 장창 실력보다 더 돋보이는 능력을 가졌다. 무엇보다 그는 작전을 세우고 실행하는 뛰어난 전략가였다.

별동대와 흑풍대의 충돌

별동대는 정규군이 아니기에 병부나 절노부의 명을 따르지 않았다. 그들은 월광과 함께 수많은 전쟁을 치르면서 살아남은 낭인 부대였다. 야전에서는 정예 가운데 정예였다. 100여 명에 불과했지만 별동대의 역량과 전력은 타의 추종을 불허했으며 전과도 눈이 부실 만큼 탁월했다. 적진에 잠입해 정보전을 치르고 고립된 아군을 구하기 위해서는 결사대가 되기도 했다. 그러나 월광의 밀지를 받은 최우영이 별동대를 하루아침에 해산시킨 이후, 누구도 그들의 행방을 몰랐다.

절노부 대가 연청기조차 혹시 사고가 생겼나 싶어 가슴이 두근거릴 정도로 놀랐으나 극비 내사 결과를 보고받고는 마음을 진정시켰다. 월광 장군에게 목숨을 맡긴 자들이니 어차피 그를 찾아갈 것이라는 연청기의 예측은 그대로 들어맞았다. 후속 조치가 필요하다고 느낀 연청기는 대내외에 거짓 정보를 흘렸다. 별동대가 해산된 것은 그들이 원래 규율이 없고 통제하기 어려운 데다 불미스런 하극상까지 생겼기 때문이라는 내용이었다.

별동대 대원들은 3인 1조를 이루어 각자 흩어져서 안학궁을 찾아갔다. 그들은 인삼 장수에 녹용, 돈피, 비단, 소금 상인, 심지어는 대동강으로 구경 가는 한량으로 변장했다. 한 달 이내에 안학궁 외성 북문 저잣거리에 모이라는 것이 최우영이 별동대원들과 헤어지며 던진 말의 전부였다.

김주승은 은밀하게 고건을 만났다. 그가 흑풍대 대주라는 사실은 고원표와 고건 외에 몇몇 최고위급만 아는 극비 사항이었다. 북부 지부에서 날아온 한 장의 보고서를 놓고 두 사람은 머리를 맞대었다. 월광 대부와 연관된 정보라면 아무리 사소한 것이라도 전부 알려달라고 고건이 김주승에게 당부해놓은 터였다. 연청기에게 월광이 있다면 고원표에게는 김주승이 있었다.

첩보부대에서 분석하여 올린 내용은 이러했다. 절노부 별동대가 한 달 전에 하극상을 일으켜 해산되었고 그 행방이 묘연해졌다는 것이다. 외견상 그리 심각한 문제 같지는 않았지만 그 별동대가 월광의 사병私兵이나 다름없다는 점이 신경 쓰이는 대목이었다. 김주승은 고건의 말을 듣고 발위사자拔位使者 박부길을 불러 흑풍대의 각 조장들에게 새로운 명을 하달했다. 외성 밖 저잣거리에서 낯선 인물을 찾아내고 특히 그자가 북방 사투리를 사용한다면 이유 여하를 막론하고 일단 잡아들이라 지시했다.

흑풍대는 일반 백성을 인신 구속할 수 있는 권한이 있거나 국가에서 녹봉을 받는 행정기관이 아니었다. 그러나 고구려에서 그들의 위상과 배경은 독보적이었다. 관청에서조차 그들과는 맞서 다투려 하지 않았다.

흑풍대는 선인으로 선발된 인재들 중에서도 은밀한 친교가 있는 무리끼리 맺어진 사조직이었다. 그들은 계루부 고원표와 제가회의 의장인 대대로의 지원을 받았다. 밖으로는 친목단체로 알려져 있지만 각 성 단위에 지부가 있고 정기적으로 상부에 정보 보고를 제출하는 잘 조직된 단체였다. 그들의 정보 속에 파견 장관이나 정부 관리에 대한 평가까지 세세히 포함되어 있으니 어느 누가 그들을 함부로 건드리겠는가? 또한 각 대원들은 군부에서 요직을 차지하고 있어 평소에는 소속된 기관에서 일상 업무를 수행했고 흑풍대에서는 별도 임무를 받고 여분의 수당을 챙겼다. 진급이나 보직에서도 상부의 연줄이 작용하는 특권 집단이었다.

공주는 월광 대부를 통해 을지해중이 평양성 수비대장의 보직을 거절했다는 말을 들었다. 그녀는 자신이 직접 나서기로 결심했다.

그녀는 화창한 어느 날 임정수를 대동하고 우연인 것처럼 연무장 활터를 찾아갔다. 활터 근처에 이르자 화살이 과녁에 꽂히는 소리가 요란했다.

공주가 찾아왔다는 전갈을 받은 을지 장군은 피갑을 챙겨 입고 마중하러 나왔다.

"공주님께서 어인 일로 여기까지 왕림하셨습니까?"

"잠시 지나는 길에 명적 소리에 끌려 여기까지 와봤습니다."

"심심풀이로 활쏘기를 하고 있었습니다."

공주는 단도직입으로 물었다.

"월광 대부께서 장군님을 면담했다는 이야기를 들었습니다."

을지해중은 공주가 자신을 찾은 이유를 바로 짐작했다. 또한 이 만남이 우연이 아닐 것이라는 점도 예측할 수 있었다. 그는 머뭇거리지 않고 대답했다.

"제 능력으로는 감당하기 어려운 제안인지라 사양의 뜻을 전했습니다."

을지해중은 듣던 대로 당당한 무장이었다. 월광이 추천한 인물이니 그럴 만도 했다.

"만약 부왕께서 성지를 내리신다 해도 나라의 녹을 먹는 장군으로서 거절하실 생각입니까?"

자신에 비해서는 아주 조그마한 체구를 지녔음에도 공주가 또박또박 질문을 해오자 을지해중은 은근히 위축되는 기분이 들었다.

"그건 그때 가서 고민하겠습니다. 군문에 있으면서 내일을 걱정하는 건 무장이 가져야 할 마음가짐이 아닙니다."

"장군에게 전하는 부왕의 어의가 있었습니다."

"네? 삼가 경청하겠나이다."

을지해중이 공손하게 부복하는 것을 지켜보다가 공주는 목청을 가다듬고 부왕의 뜻을 말로 전했다.

"나라의 태왕은 고씨지만 그 뿌리는 백성들에게 있다. 만약 을지 장군이 백성과 나라에 충의가 없는 자라면 이십여 년간 전장에서 목숨 걸고 혈전을 치르며 견뎌내지 못했을 것이다. 과인은 장군이 고구려를 위해 무엇이 해가 되고 이익이 되는지 가려주기를 간절히 바란다. 신하로 다스림을 받는 자가 되기보다 힘없는 백성들을 보호하고 조정에 충의를 다하는 충신이 되어주기를 소망하노라."

한동안 을지해중은 미동도 하지 않았다. 생각을 정리하고 있는 듯했다. 조금 뒤 그가 고개를 들고 공주를 올려다보았다.

"공주님, 나라에 녹을 먹는 자치고 공명을 원치 않는 자는 없을 것입니다. 하오나 소장은 무인이라 정치는 모릅니다. 만약 조정에 출사한다면 누를 끼치게 되지 않을까 우려스럽습니다."

공주는 아직 을지해중의 진심을 알 수 없었다. 단순한 겸양의 말인지, 실제로 그런 생각을 품었는지를 판단하기다 어려웠다. 그렇다 해도 대단한 사람임에는 분명했다. 이미 월광에게 거절의 뜻을 비쳤다는 이야기를 들었을 때부터 공주는 짐작했다. 평범한 사람이라면 외성 수비대장이라는 관직을 그토록 쉽게 거절할 리 없었다. 책임이 막중한 만큼 재량권과 출세가 보장된 자리가 아닌가.

"장군께 소녀의 소견을 말씀드려도 괜찮을는지요?"

"공주님이 영민하시다는 건 대부님을 통해 들었습니다."

"소문으로는 울보공주로 더 유명하답니다."

공주의 가벼운 농담에 을지해중의 얼굴에 밝은 미소가 떠올랐다. 그 단순한 농담 하나로 두 사람 사이가 한결 가까워진 듯했다.

"장군님, 이 강산은 부왕 한 사람의 것이 아니며 혼자서 이 땅을 다스릴 수도 없는 노릇입니다. 호족들은 사사로운 이익을 쫓고 군장들은 태왕을 견제하고 위협마저 서슴지 않고 있습니다. 속임수를 쓰는 교활한 인간들이 득세하고 간신들의 술책이 조정에 난무한다면 그 피해는 고스란히 힘없는 백성에게 돌아가지 않겠습니까? 이 땅의 백성들을 지켜주십시오. 그들을 대신하여 소녀가 부탁드립니다."

공주는 자신의 간곡한 심정을 전달하면서 을지해중에게 고개 숙여 절했다. 하지만 을지해중은 고개를 외로 틀었다. 공주의 당부를 받아들일 준비가 되어 있지 않음을 드러낸 것이다.

잠시 후, 그는 조용히 자신의 속마음을 털어놓았다.

"통치의 기술인지는 모르겠으나 소장이 보기에 폐하께서는 조정의 파벌을 은근히 조장하는 것으로 보입니다. 그리 하면 다스리기 편할지 모르지만 권력자들에게 붙어사는 기회주의자들도 늘어납니다. 또 쓴 소리를 피하다 보면 자신도 모르게 오만해져 독단을 부릴 수 있는 것입니다."

을지해중의 직언이 공주를 더욱 기쁘게 했다. 불쾌하기는커녕 충신의 면모를 엿볼 수 있어 오히려 가슴이 들떴다. 비로소 을지해중의 속마음 한 자락을 엿본 것이다.

"만약 부왕께서 장군을 실망시킨다면 그때 사직을 청해도 늦질 않습니다. 곁에서 직접 확인해보십시오. 국사에 대한 자신의 본심을 말할 수 없다면 어찌 목숨 걸고 나라를 위해 충성을 다할 수 있겠습니까? 장군님, 이 나라가 사람들이 살기 좋은 땅이 되도록 힘써주시지 않겠습니까?"

을지해중의 두터운 눈썹이 꿈틀거렸다. 그는 더는 물러날 곳도 변명할 것도 없다는 걸 깨달았다.

"대부의 말씀대로 과연 공주님은 소장의 약점이 무엇인지 미리 파악하고 오신 듯합니다."

평강공주는 스스럼없는 미소를 지었다. 그러고는 임정수를 불렀다. 그의 손에는 철갑옷이 들려 있었다. 공주는 임정수가 든 철갑옷을 가리키며 말했다.

"부왕께서 이 갑옷을 전해달라 하셨습니다."

"갑주를 받기 전에 한 가지 사적인 의문에 답을 해주시겠습니까?"

"제가 대답할 수 있는 거라면 기꺼이 말씀드리겠습니다."

"무엇 때문에 공주의 몸으로 이렇게 움직이십니까? 소장에게 따로 바라는 게 있다면 이 자리에서 미리 말해주십시오."

"대답이 될지는 모르겠으나, 중국에 조공을 하면 공물로 어린 처녀들이 보내집니다. 생이별을 해야 하는 부모와 자식의 통곡 소리는 소녀가 살아가는 동안 결코 지울 수 없을 것입니다."

공주는 자기도 모르게 눈시울을 적셨다.

"소녀가 병사라면 칼을 들고 전선으로 달려갔을 겁니다. 고구려국의 공주로 태어난 것이 수치스럽고 분해서 몇 날을 울며 지새웠는지 모릅니다."

그러자 을지 장군은 황급히 바닥에 무릎을 꿇고 두 손을 올려 갑옷을 받았다.

"울보공주의 눈물이 그런 것이었습니까? 소장, 어릴 때는 기량을 길러 천하의 남자들에게 모범이 되려는 포부를 가졌습니다. 허나 이제는 공주님 앞에 부끄럽지 않은 장부가 되겠습니다."

평양성 흑풍대 3조장 이윤기의 공식 직위는 북문수비대 소속 소사자小使者였다. 병사 100인을 거느리고 지휘하는 백부장으로, 일처리가 시원하고 맺고 끊음이 분명한 반면에 귀찮은 건 딱 질색인 사람이었다. 그는 의리도 있고 정이 깊어 부하 장병 사이에서 그럭저럭 평판이 괜찮았다.

이윤기는 요즘 관록이 붙어 배가 나오고 군사 훈련이 영 싫어져서 아예 내근직으로 자리를 옮겨볼까 고민하는 중이었다. 그는 아침에 박부길이 내린 명령을 곰곰이 되새기며 이번 기회에 공을 세워 눈도

장을 잘 찍어놓아야겠다고 다짐했다.

이윤기는 평양성 신임 수비대장으로 진급한 을지 장군을 찾아가서 간략하게 보고하고 차까지 한 잔 느긋하게 얻어 마신 다음 밖으로 나왔다.

을지해중은 평소 융통성이 없는 게 단점이라고 이윤기는 생각했다. 그런 을지해중이 의외로 하급 무장인 제형諸兄 한 사람을 흑풍대에 추천했다. 이름은 이진무라 했다. 눈빛이 날카롭고 어디 내놔도 제 몫은 하고 살 놈으로 보였다. 직속상관의 추천이기도 하거니와 능력 있는 자들이 자기 수하에 모여들면 공을 세울 확률도 더 높아질 게 아닌가? 그는 흔쾌히 받아들였다.

이윤기는 북문에 배치된 흑풍대 3조 대원들을 불러 모았다. 그 수가 30여 명에 달하니 한 달에 지출되는 술값과 밥값이 적지 않았다. 이윤기는 박부길이 내준 활동비 중에서 일단 절반을 떼고 나머지를 그들 앞에 던져주었다.

"만사 제쳐두고 저잣거리를 샅샅이 뒤져라. 북부 사투리를 사용하는 놈들 중에 낯선 놈이 눈에 띄거든 망설이지 말고 이곳 조실로 잡아들여라."

조실로 잡아들이라는 말은 공무가 아닌 흑풍대의 독자 임무라는 뜻이었다. 물론 그것이 혼동되어 때로는 같은 의미로 사용되기도 하지만 이번에는 분명히 조실로 연행하라고 못을 박았다.

별동대는 이미 움직이기 시작했다. 별동대 대원 몇 명이 안학궁 외성에 배속되어 그 구역 흑풍대 조직으로 침투해 들어갔다.

흑풍대 안에서 정보를 빼줄 인물을 포섭하는 것은 어려운 일이 아니었다. 그러나 그들이 접하는 정보에는 한계가 있었고 점조직이라 조장 이상의 인물이 누군지는 알아낼 수 없었다. 상황이 그러하니 여타 지방 단위 성의 책임자나 흑풍대 대주의 정체를 밝혀내는 건 거의 불가능에 가깝다 해도 틀린 말이 아니었다.

월광은 작년 10월 동맹에 참가하면서 10명의 별동대 대원을 데려왔고, 대부가 되어 안학궁을 출입하면서 그들도 자연스럽게 잔류하게 되었다. 지난 기우제 행사를 뒤에서 지원하면서 제단을 마련하고 다른 지방에서 광대를 불러 소문을 퍼트린 자들도 바로 그들이었다. 그들 중 4명이 흑풍대로 침투했다. 그들이 받은 명령은 단 한 가지였다.

'흑풍대 대주의 정체를 밝혀내라.'

별동대 대장 최우영은 변장을 위해 최근에 기르고 다듬기 시작한 턱수염이 은근히 마음에 들었다. 그는 다른 대원들보다 앞서 평양성에 도착하여 북문 밖 정노인의 마방에 자리 잡고 기거했다. 그러면서 말 장수들과 어울려 노름을 하며 하루해가 어떻게 지나는지 모르게 살았다.

이번에 최우영이 끌고 온 북방 말은 별동대가 전쟁터를 누비면서 타던 명마들이었다. 사람들은 그 말들을 군침을 흘리며 탐냈다. 원래 군마는 인두로 도장을 찍어 군대 재산임을 표시둔다. 그러나 별동대는 정규군이 아니므로 말 역시 대원들 사유재산이나 마찬가지였다.

그런데 이번 임무는 말을 타고 적진을 누비는 것과는 거리가 멀었다. 흑풍대 대주의 정체를 밝히기 위해서는 잠입하는 것이 무엇보다 중요했다. 그래서 다른 대원들은 사람들의 이목을 끌지 않기 위해 갖은 고생 끝에 평양성으로 걸어왔다. 그러나 최우영은 100여 필의 말을 거느린 대상으로 변신하여 부하들 10여 명을 마부로 삼아 편안하게 마차를 타고 왔다. 아마 다른 대원들이 그 사실을 안다면 최우영을 아예 쳐다보려고도 하지 않을 것이 분명했다.

흑풍대는 먼저 풀어놓은 정보원들을 통해 탐문하고 다음에 관병을 시켜 뒷조사를 한 다음, 의심이 가는 대상이 있으면 그들이 마지막에 나섰다. 처음부터 최우영의 행보는 이목을 끌었다. 무려 100필이 넘는 북방 명마를 끌고 왔다. 10년에 한 번 있을까 말까 한 큰 거래여서 이미 인근 말 장수들은 물론 다른 성의 거간꾼들까지 찾아오고 있었다. 북부에서 평양성까지 군대나 거대 상단이 아닌 일개 장사꾼이 100필이 넘는 말을 몰고 약탈자들을 피해 무사히 온다는 것은 상상조차 하기 어렵다. 그 정도의 규모로 기존 상단이 움직였다면 호위대를 합쳐 천 명이 넘는 행렬이 되었을 것이다. 최우영이 가져온 말들은 북방 명마이다 보니 그 값어치 또한 엄청났다. 고구려를 달리 기마민족이라 하겠는가?

고구려에서 말의 의미는 지대했다. 전쟁터의 무장에게 말은 생명과 직결되는 수단이기에 명마의 가격은 부르는 것이 값이라 할 정도였다. 무장이나 관리들만이 아니라 부유한 사가私家에서도 대부분 마차를 교통수단으로 삼아 이용했다. 때문에 말은 재산의 척도이자 부의 상징이었다. 그런 실정인데 명마를 100여 필이나 들여왔으니 일반 객점에서조차 최우영이 화젯거리가 되고 있었다. 흑풍대는 이처럼 이목을 끌면서 꿍꿍이수작을 부릴 작자는 없다고 안심하면서도 최우영 일행의 행적을 예의 주시했다.

벌써 몇 날을 이윤기는 평복을 갈아입고 마방을 둘러보았다. 마방을 조사한 관원의 말로는 마방 책임자인 정노인이 뒷돈을 대서 말들을 끌고 온 것이라 했다. 정노인이라면 이윤기도 안면이 있었다. 만만한 상대가 아니었다. 군대에 군마를 공급하고 왕궁 군마 사육장을 관리하는 책임자로 10여 년간 지냈으니 정노인에게도 든든한 배경과 뒷줄이 있을 것이다. 섣불리 잡아 심문하다가는 더 시끄러워질지 모르는 일이다.

이윤기는 오히려 사람보다 말이 더 시선을 끌고 수상했다. 북방의 명마는 말이 아니라 용마라도 되는 듯했다. 말이 사람을 보는 눈에 살기가 돌았다. 보는 자신조차 오싹 소름이 돋았다. 이윤기는 이 말들이 전쟁터를 누빈 말들이라는 걸 직감했다. 분명 녀석들은 살인을 해봤을 것이다. 그러지 않고서는 말이 그런 눈빛을 지닐 수 없었다. 털은 윤기가 흘렀고 가슴은 떡 벌어졌으며 엉덩이는 터질 듯 팽팽했다. 소문이 날 만한 명마들이 분명했고 정말 자신도 평생에 이런 말 한 마리를 꼭 갖고 싶었다. 그러나 몇 년치 녹봉을 주고도 살까 말까 할 만큼 비싼 터라 엄두가 나지 않았다.

일단 이윤기는 계속 지켜보기로 하고 눈치가 있어 보이는 신참 이진무에게 그들을 감시하라고 시켰다. 보고할 일이 생기면 수시로 알리라고 했다. 그러자 엉뚱하게도 새파란 이진무가 말대꾸를 하며 대들었다.

"이거 명색이 십부장인데 졸개처럼 마방이나 감시하라니, 내가 어디 밉보인 겁니까? 뭐, 술값이라도 필요하면 말을 하십시오."

이윤기는 당장에 배알이 뒤틀렸다.

"너, 혹시 을지 장군하고 친척이라도 되냐?"

"아닌데요?"

"그럼 집안에 무슨 큰 벼슬이라도 하는 사람이 있냐?"

"없수다."

이진무의 대답이 점점 시큰둥해졌다.

"혹시 그럼, 크게 장사해서 돈을 엄청 많이 벌었다거나……."

"미쳤소? 내가 돈 많은데 성문 문지기나 하고 있게."

이윤기의 눈에 살의가 번쩍 떠올랐다. 이윤기는 이진무에게 아무런 배경이 없다는 걸 알게 되자 분노가 치밀었다. 그렇지 않아도 그림의 떡이나 마찬가지인 북망의 명마 때문에 속이 쓰라린 터였다. 게다가 녀석은 대고구려 수도의 북문을 수호하는 신성한 사명을 문지기 운운하며 모독하지 않았는가. 그는 이런 일을 처리하는 데 능숙하고 노련했다. 고양이처럼 먹잇감을 가지고 노는 재미가 무언지 잘 알았다.

이윤기는 입가에 미소를 띠었다. 맛있는 먹잇감이 생겼으니 요리 방법만 강구하면 한동안 즐거울 것이다. 그는 점잖게 제안했다.

"너, 병신이 되기 싫으면 차라리 그냥 군복을 벗어라."

"그렇게는 못 하겠는데요."

이윤기는 건들건들하며 이진무에게 다가갔다.

"누가 흑풍대 군기가 세다는 말은 안 해주더냐?"

"금시초문이올시다."

이진무는 꼬박꼬박 한 마디도 지지 않고 대꾸했다. 역시 사람의 운명은 한 치 앞도 알 수 없는 법이다. 이윤기의 표정이 서서히 일그러지는 걸 보면서 이진무도 슬슬 불안해졌다.

"하하, 장하다. 또박또박 한 마디도 안 지고 대꾸하는 걸 보니 참으로 똑똑하구나. 내 수비대장 얼굴을 보아서 무던히 참아보려고 노력했다. 그 점은 알아주기 바란다. 너는 아무나 흑풍대 대원이 되는 줄 알았나 보지?"

"그, 그럴 리가 있겠습니까? 왜 이리 가까이 다가옵니까? 좀 떨어지십시오."

그로부터 거의 일각 동안 이진무는 이윤기에게 매질을 당했다. 때리다 부러진 봉이 세 개로 늘어나자 구타하던 이윤기가 지쳤다. 지독한 놈이기는 했다. 아프다고 엄살이라도 부리면 봐주는 척 쉬기라도 하련만 녀석은 그냥 얻어맞기만 했다.

물에 젖은 솜처럼 늘어진 이진무는 속으로 분노를 억눌렀다. 흑풍대라고 재는 게 눈꼴시어서 개긴 건 사실이다. 만약 별동대였다면 감히 명령에 반문하고 싫은 내색을 할 생각조차 품지 못했으리라. 그랬다가는 단칼에 목이 뎅강 날아갈지 모르고 어떤 경우 정말 날아가기도 한다. 명령 하나에 부대원 전체의 생명이 왔다 갔다 하는 전쟁터에서는 당연히 군기가 엄정할 수밖에 없다. 만약 강아지 한 마리를 감시하라는 명령이 떨어진다 해도 목숨 걸고 최선을 다해 임무를 수행해야 한다. 그게 별동대다.

이진무도 자기 딴에는 잔머리를 굴렸다. 일단 엉기고 깽판 치면 그다음부터는 큰 기대를 안 하니 조금만 잘해도 칭찬받을 수 있고 처음엔 깨지더라도 나중에는 그게 편하다는 신념을 가지고 있었다. 그 철학이 맞는지 안 맞는지는 모르겠지만 말이다.

이진무는 다리를 절뚝거리며 마방 여기저기를 어슬렁거렸다. 아는 얼굴이 여럿 보였다. 아니, 사방에 동료들이었다. 아무리 변장을 했기로 생사 고비를 같이 넘긴 전우를 모르겠는가? 몇 년을 같은 막사 안에서 먹고 싸고 뒹굴며 살았다. 뒤통수만 봐도 그놈이 누군지 알았다. 걸어놓은 속옷만 봐도 누구 것인지 알 정도였다. 저놈들이라고 자기를 모르겠는가? 그런데 모른 척을 했다. 된통 걸렸다 싶었다. 벌써 이윤기란 놈이 냄새를 맡고 감시조를 붙여놓지 않았는가?

이런저런 생각으로 머리가 복잡해진 이진무는 마방 한쪽에서 골패를 하며 신나 하는 최우영을 발견하고는 순간 머리가 돌아버리는 줄 알았다.

"내가 그렇게 호구로 보여? 날 속였단 봐라. 이래뵈도 한때 별동대에서 날렸던 몸이란 말이야."

이진무는 어이가 없었다. 대장이란 작자가 흑풍대에서 두 눈이 시뻘겋게 되어 찾고 있다는 걸 알면서 자기 주둥아리로 별동대라며 떠들고 설치다니. 아예 나팔을 불어라. 이렇게 쏘아주고 싶었다.

이진무는 뒷간으로 가는 길목을 지키고 서 있다가 최우영을 낚아챘다.

"정신 제대로 박혀 있는 거요? 여기가 어디라고. 대장, 혹시 미친 거 아뇨?"

"어이, 잔머리. 넌 여기서 뭐 하려고 얼쩡거리냐? 어디서 깨졌냐? 멍든 걸 보니 너 또 사고 쳤구나?"

"잔머리든 뭐든, 죽고 싶어 환장했냐고요?"

"이놈이 잠시 못 봤다고 겁대가리를 상실했네. 나, 대장이야. 너, 나 무서워하잖아. 잊었냐?"

독이 오른 이진무는 눈이 뒤집혔다.

"지금 그딴 게 뭐가 중요하오? 흑풍대가 노리고 있다니까."

"흐흐흐, 가서 일러라. 어서 신고하고 술값이나 많이 받아내."

그렇게 말해줘도 흥분한 이진무는 눈치를 못 챘다.

"뭐? 나, 나보고 지금 배신이라도 하란 말이오?"

"이놈아. 잔머리라며? 그렇게 머리가 안 돌아가냐? 명령이다."

그제야 이진무도 깨달았다. 이건 작전이다.

"씨팔, 그럼 그렇지. 괜히 나 혼자 맘 졸이고 안달했네."

"한번 붙어보자. 흑풍대가 얼마나 센지 말이다. 올 때 많이들 끌고 오라 해라. 그래야 간만에 몸 좀 풀지."

"여기는 몇 명이나 있소?"

"열댓 명은 된다."

최우영은 일반 백성들의 머리에 각인되어 있는 흑풍대의 신화와 명성을 단번에 깨버릴 심산이었다. 백성들에게 퍼져 있는 그들의 위세가 얼마나 헛것이며 보잘것없는 것인지 보여주고 싶었다. 이것은 월광의 엄명 가운데 하나였다.

이진무에게 직보를 받은 이윤기는 눈이 번쩍 뜨였다. 이럴 줄 알았다면 그리 모질게 매질을 하지 말 걸 그랬다. 그러나 사람 일을 어떻게 미리 알겠는가? 이윤기는 잘했다고 칭찬하며 앞으로 적당히 봐주고 당직근무에서 좀 빼주어야겠다고 생각했다. 행방불명된 별동대가 무더기로 바로 턱밑에 잠입해 들어와 있다니, 이건 대어였다.

이윤기는 신이 났다. 이진무를 데리고 박부길의 곡물 창고가 있는 강가로 허겁지겁 달려가면서 그는 이런 횡재는 간밤의 꿈 덕분이라고 해몽했다. 아니면 부처님을 찾아가 불공을 드린 마누라 덕분인지도 모른다고 생각했다.

박부길은 조, 옥수수, 보리 따위를 유통하는 거상이다. 상선을 10여 척 가진 거부로 일대에서 명망이 높았다. 물론 그건 표면적으로 내세운 모습이었다. 숨이 턱에 차 헐떡이며 박부길의 책상 앞에 엎어진 이윤기가 보고했다.

"마방에…… 헉헉, 별동대 놈들이, 한 무더기로 숨어 있다 합니다."

아무 대꾸 없이 장부를 뒤적이며 붓으로 출납 기록을 모두 남긴 박부길이 이진무를 노려보았다.

"저놈은 누구냐? 처음 보는 놈을 어찌 데려왔느냐?"

"이진무라고, 쓸 만한 놈입니다. 어서 아뢰어라."

"마방에서 죽치는 자가 열댓 명은 되어 보였습니다. 모두 북방 사투리를 쓰고 무기를 숨기고 있었습니다. 말을 팔러 왔다 했으나 여태 한 마리도 팔지 않았고 아예 거래할 생각도 없어 보였습니다."

"그래? 꿍꿍이가 있는 놈들이구나."

북문 흑풍대에 비상이 걸렸다. 다음날 새벽, 지원조의 충원을 받고 무예가 뛰어난 자들로 추려 50명이 넘는 대원들이 마방을 포위했다.

검정색 바람막이 장옷을 날리며 창과 검으로 무장한 흑풍대의 기세는 저들이 긍지를 가져도 좋을 만큼 위풍당당했다. 그들은 100보 밖에서 말을 내려 각 조별로 동서남북 사방을 점거하고 공격 명령을 기다렸다. 박부길을 앞세우고 이윤기를 비롯한 각 조장들이 마방의 담을 넘어 숙소로 진입했다.

밤새 술판을 벌이다 늦게 잠에 곯아떨어졌는지 안뜰에서는 인기척이 없었다. 박부길은 마방 일꾼들 숙소를 한 바퀴 휙 둘러보고는 이윤기에게 명령했다.

"한 놈도 놓치지 말고 모조리 잡아들여라!"

뿔호각 소리를 신호로 와 하며 포위망을 좁히고 대원들이 득달같이 달려들었다. 대원 하나하나가 무과에 급제한 실력자들이다 보니 그 위세가 대단했다. 이윤기도 목청껏 고함을 내지르며 눈에 보이는 방문을 박차고 뛰어 들어갔다. 그러나 아무도 없었다. 횃불을 방 안으로 들이밀어 휙 둘러보아도 사람은 그림자조차 보이지 않았다. 하필이면 빈방이라니.

이윤기가 재빨리 몸을 돌려 밖으로 뛰쳐나오는 순간, 허공에서 불화살이 날아오고 마방에 불길이 치솟으면서 함성이 울려 퍼졌다.

"도둑이야."

"말도둑이다."

"도둑놈 잡아라."

천하의 흑풍대가 느닷없이 도둑놈 취급을 받자 대원들은 당황했다. 박부길이 침착하게 다시 명령을 내렸다.

"저항하는 놈들은 죽여도 좋다!"

검과 창이 부딪치는 날카로운 금속음이 새벽 공기를 가르며 울려 퍼졌다. 박부길은 심드렁했다. 기껏해야 열댓 명일 것이다. 제 아무리 별동대라 해도 뜨거운 차 한 잔 마실 시간이면 전부 제압하리라 여겼다. 하지만 조금 뒤 그는 자신의 생각을 수정해야 했다. 그의 가슴속에서 의혹이 뭉글뭉글 피어올랐다.

마방 일꾼이나 잡부 들은 마당 한가운데 끌려나와 벌벌 떨고 있는데 싸우는 소리와 비명 소리는 그치지 않고 여전했다. 중문을 쿵쾅 소리를 내며 밀치고 들어온 이윤기의 어깨에서 피가 철철 흘렀다. 박부길은 사태가 심상치 않게 돌아가고 있음을 알았다.

"부장님, 몸을 피하셔야겠습니다."

"무슨 소리냐?"

"보통 놈들이 아닙니다."

"적의 숫자가 더 많단 말이냐?"

"그게 아니라 이놈들은 살인 도구지 사람이 아닙니다."

마방 일꾼으로 변장한 별동대원 한 명에 흑풍대원 서너 명이 덤벼도 밀리고 쫓기며 깨지는 건 흑풍대였다. 박부길은 어디서 이런 착오가 생긴 건지 재빨리 짚어보았다. 별동대는 칼바람이 부는 전쟁터에서 몇 날 며칠 밥 한 끼, 잠 한 숨 안 자고도 싸우는 독종들이다. 단순히 무예를 학습하고 겨루기를 배운 선인 출신과는 차원이 다르다. 박부길도 젊은 나이에는 여러 차례 참전했다. 그곳에서 목격한 별동대는 한마디로 굶주린 야수들 같았다. 일말의 망설임이나 양보가 없는 짐승들이었다.

번쩍번쩍 독기를 뿜어내는 짐승의 눈빛으로 포효하는 살인마들이 이리저리 날뛰면서 흑풍대를 짓밟고 짚단처럼 베어 넘겼다. 새벽 공기에 실려 오는 지독한 혈향血香에 박부길은 울컥 숨이 막히고 구역질이 났다. 그가 빤히 보는 앞에서 장창에 찔린 이윤기가 허연 눈을 까뒤집고 댓돌에 엎어져 죽었다. 박부길은 자신이 꿈을 꾸는 거라고 여겼다. 이건 아니다. 흑풍대라면 뭇 사람은 그 이름만 들어도 오금조차 펴지 못한다. 그런데 흑풍대 50여 명이 겨우 별동대 열댓 명에게 무참히 박살나다니…….

박부길의 시선은 한 사내에게 고정되었다. '저놈 이름이 뭐라 했더라?' 보통 독종이 아니다. 팔, 다리, 등판. 대충 눈으로 헤아려도 대여섯 군데 자상을 입고 피를 철철 흘리면서도 고래고래 악에 받친 소리를 내지르며 저항하고 있었다. 그 사내는 박부길을 보호하기 위해 그 앞을 막아선 채 악전고투하고 있었다.

검을 다루는 솜씨도 상당해서 별동대 한 녀석의 어깨를 가르고 다른 녀석의 복부에 상처를 입혔다. 박부길은 그 사내의 이름을 간신히 떠올렸다. 그래, 이진무라 했던가? 정말 탐나는 놈이 아닌가. 자기 상관을 지키려고 생명을 돌보지 않고 싸우는 부하를 어디서 쉽게 구하겠는가.

벅찬 감동에 박부길도 용기를 내어 검을 뽑아들고 싸움판으로 뛰어들었다. 최우영은 기다렸다는 듯이 박부길에게 성큼 다가섰다. 최우영이 눈앞에 어른거리는 것을 본 박부길은 거리를 재고 상단에서 하단으로 빗겨치기를 했다. 손안의 감촉은 분명 뭔가를 베었을 때의 것이었다. 그러나 그렇게 느끼는 순간 눈앞이 깜깜해졌다. 촛불이 꺼지는 양 그는 그만 정신을 잃고 말았다.

왕후의 원수를 갚다

고구려 율법은 살인자는 사형에 처하고 그 가족은 노비로 삼는다고 규정하고 있다. 하지만 흑풍대가 개입한 사건이나 무사들끼리 대결을 벌인 경우에는 관부에서 조사하기를 꺼렸다. 이번에는 사건이 워낙 커서 예외적으로 흑풍대원들이 투옥되었다.

'흑풍대 50여 명 중 사망자가 6명에 중상자가 30명이 넘었고 부상자들은 강도로 몰려 전원 포박되어 감옥에 투옥되었다.'

흑풍대 대주 김주승에게 올라온 비문秘文의 내용이었다. 비문을 읽는 그의 눈가가 푸르르 떨렸다.

"박부길은 어쩌고 있느냐?"

"다행히 경상인지라 며칠 몸조리하면 쾌차한다 하옵니다."

김주승은 안도의 한숨을 내쉬었다. 박부길은 그의 사제 금고나 마찬가지였다. 그의 재물뿐 아니라 흑풍대 운영 예산의 상당 부분이 박부길에게서 나왔다.

조정과 민가로 이내 발 빠르게 퍼진 소문은 눈덩어리처럼 살이 붙어갔다.

'흑풍대 100명이 전역한 별동대 출신 몇 명에게 작살이 났다더라.'

'죽은 놈이 열 명이 넘고 나머지는 전부 반병신이 됐다더라.'

'흑풍대가 먼저 시비를 걸다 칼부림이 났다.'

'말을 강탈하려다 들켜서 그리 됐다던데.'

'별것도 아닌 것들이 그동안 너무 설친다 했어. 흑풍대가 아니라 허풍대다.'

'흑풍대의 전횡이 극심하다.'

'흑풍대가 이권에 개입해 뇌물도 챙긴다더라.'

'흑풍대의 뒤를 고원표가 봐주고 있다.'

의도적으로 말을 퍼트리는 작자들이 있는 게 분명했다. 근거가 있거나 없거나 소문은 걷잡을 수 없이 불어났다. 결국 이대로는 그만둘 수 없게 되어버렸다. 김주승은 평양성 수비대 소속 흑풍대원 200명을 마방으로 보냈으나 이미 별동대는 모조리 잠적해버린 뒤였다.

이제 명예 회복은 불가능했다. 흑풍대가 먼저 시비를 걸고 공격했으니 공개적인 살인 사건으로 확대시킬 수도 없고 파헤칠수록 전역 병사들의 반발이 커질 게 명확했다. 고구려는 여자와 복속민을 제외한 거의 대부분의 남자가 군역에 참가한다. 별동대 병사들이 군문에서 벗어나 말장수로 밥벌이를 하려는 걸 흑풍대가 훼방하고 말까지 강탈하려 했다고 하니, 어디 가서 고개를 들 수 없을 정도로 흑풍대의 위상이 실추되고 말았다.

김주승은 고원표에게 불려가 추궁을 당해야 했다. 고원표는 김주승을 보자 노기등등한 목소리로 호통을 쳤다.

"당장 사건을 무마하고 사람들 눈길을 딴 곳으로 돌려라."

김주승은 고원표 앞에 고개를 조아린 채 변명했다.

"하오나 별동대가 계획적으로 흑풍대를 유인한 것으로 보입니다."

고원표는 혀를 찼다.

"열에 오십이 깨졌다. 유구무언이다."

"여기서 밀리면 내부 사기에도 지대한 영향을 끼칩니다."

"일없다. 그만 하고 애들이나 챙겨라. 그동안 너무 해이해졌어. 입에 단내가 나고 목에서 피를 토하도록 훈련을 강화해라. 조만간 독기가 오르면 다시 일을 맡길 것이니 애들 채비나 잘 시켜라."

자리를 털고 나가면서도 끝까지 못마땅해하며 혀를 차는 고원표에게 김주승은 한 번도 고개를 들지 못했다. 이번 사안은 실책을 넘어 패전이라 규정해도 변명의 여지가 없었다. 처벌은 없었지만 고원표의 격노와 실망감은 대단했다. 김주승은 처음으로 수하들 면전에서 모멸감을 느꼈다.

이진무는 화려하고 정갈하게 꾸며진 박부길의 저택 침실에 누워 있었다. 이처럼 치명적인 부상을 처음 겪는 건 아니었지만 이번만은 억울했다.

'나쁜 놈들. 이런 놈들을 여태 전우라고 믿고 살았다니…… 숫제 죽이려고 작정한 게 아니라면 몸꼴이 이게 뭔가?'

그를 치료한 의원은 피를 너무 많이 흘려 까딱하면 죽었을 목숨이라고 했다. 겨우 숨만 붙어 있는 상태였다. 머릿속 정신은 말짱한데 손가락 하나 꿈쩍할 수 없었다.

전쟁터에서 적과 생사를 걸고 싸우다 보면 다친 걸 돌보고 치료할 여유도 없었다. 싸우다 지치고 기진맥진해서 정신을 잃었다가 시체들 틈에서 눈을 뜬 뒤 아직 숨이 붙어 있는 걸 확인하곤 내가 살았나 했던 적도 여러 번이었다.

그런데 오늘은 비단 금침을 깔고 누웠다. 간호하는 앳된 처녀는 노비로 보이진 않았고 하호민의 딸 같았다. 처녀는 병구완을 위해 밤새 약을 달이고 곁에서 새우잠을 잤다. 자신을 극진히 모시며 쩔쩔매는 모양새를 보아하니 아마 단단히 엄명을 받은 것 같았다. 끼니때가 되면 처녀는 물컹한 가슴을 이진무의 어깨에 부비면서 몸을 일으켜주고 죽을 떠먹였다. 처녀의 입술은 도톰하고 잘 익은 사과처럼 빨갰다. 곁에서 내쉬는 숨결이 어찌 그리 단내가 나고 향기로운지, 한마디로 탐스러웠다. 몸은 골고루 망가졌지만 가슴이 울렁거리고 하체에서는 불끈불끈 힘찬 기운이 솟아올랐다.

'내가 위독한 게 맞나? 아랫도리가 뻐근한 걸 보니 이대로 죽지는 않겠네.'

만약 이진무의 속마음을 그녀가 알았다면 아연실색 질겁했을 것이다. 그는 이 처녀가 남자를 모를 거라고 확신했다. 남자를 아는 여자라면 부끄럼 없이 이렇게 젖가슴을 접촉하면서도 아무렇지 않을 리 없을 것이다. 이진무는 그렇게 매일 꿈꾸는 상태로 보름 동안 무위도식하며 지냈다.

보름째 되는 날, 박부길이 그를 방문했다. 이진무는 박부길의 의심을 피하려고 일부러 간호하는 처녀에게 잔뜩 관심을 드러내 보였다.

"저를 돌봐주는 처녀 말입니다. 너무 고생시키는 것 같습니다. 착하고 인물도 곱고 정성이 지극해서 몸이 더 빨리 회복되고 있습니다."

"혹시 처녀가 맘에 드는가? 말만 하면 내가 자리를 주선해줌세. 자넨 내 생명의 은인이야. 이번에 몸이 완쾌하면 직위도 오를 것이고 소속 부대에는 파견 근무로 처리했으니 곁에 있으면서 내 지시만 따르면 되네."

원래 별동대는 계급을 별로 의식하지 않는다. 전방에서는 살아남는 것만이 관심사다. 만약 북방 전쟁터에서 이 정도의 수고로 진급을 시켜주었다면 이진무는 지금쯤 대형이나 대사자 정도의 위치에 있을 것이다.

몸이 조금씩 나아지자 이진무는 침상을 벗어나 여기저기 기웃거리며 돌아다녔다. 이진무가 연무장에서 검을 휘두르며 몸을 추스르는 것을 본 박부길이 흑풍대 본부에 갈 일이 있다며 동행하자고 청했다. 바로 그가 기다리고 기다리던 기회였다.

박부길은 거상답게 화려하게 치장한 쌍두마차를 타고 다녔다. 고구려의 상류 계급은 마차를 치장하고 꾸미는 일에 돈을 아끼지 않았다. 마차와 말 장식에 금박을 입히고 조각 문양이나 색칠을 하여 모양내기를 좋아했다. 박부길의 집 안에는 마차를 보관하는 전용 공간이 있어 그곳에 용도별로 몇 대의 마차를 넣어두었다. 박부길은 이진무에게 아까운 것이 없어 보였다. 그에게 명마를 두말없이 내주었다. 이 정도 말이면 대여섯 칸짜리 기와집 한 채 값은 족히 나가리라.

평양성 대로에는 마차가 다니는 궤도가 따로 있었다. 그 궤도를 따라 이진무는 놓칠세라 박부길의 뒤를 바짝 쫓아갔다. 만약 박부길 덕분에 흑풍대 대주의 정체를 밝혀낸다면 별동대 놈들이 두 번 다시 자신을 잔머리라 놀리지 못할 것이다. 생각만으로도 흐뭇해졌다. 몸이 완전히 회복되지 않아서 움직이면 곳곳에서 통증이 느껴졌지만 새삼

스레 정말 운이 좋아 살았구나 싶었다.

박부길의 마차는 관공서가 밀집한 내성이 아니라 외성 동문을 빠져나와 대성산 을지봉으로 향했다. 을지봉 자락에서는 유명한 약령시藥令市가 상시로 열렸다. 대성산 인근에서 나오는 약초와 인삼은 품질이 뛰어나기로 첫손 꼽히고, 전국 각지에서 모인 약초까지 대량으로 거래되는 약령시는 상인들로 늘 붐볐다. 때로는 관의 허가를 받은 중국과 일본 상단까지 들어와 교역을 할 정도였다.

인삼 거래는 밀무역이 엄격하게 금지되어 있어 약령시 관리청의 허가를 받아 거래해야 하고 거래세도 꼬박꼬박 빠짐없이 내야 한다. 그러나 약령시 관리청 상주 인원은 두 명뿐이었다. 그들이 전국 약초의 반 정도가 거래되는 이곳에서 밀거래나 가짜 인삼 유통을 막고 거래세를 수금한다는 것은 애당초 불가능한 일이었다. 그래서 상인연합회가 꾸려졌는데, 그 조직은 장백약초점張白藥草店의 지령을 받았다. 말하자면 약령시는 장백약초점이 관을 대신하여 운영 관리하는 곳이나 마찬가지였다.

이진무는 흑풍회 대주가 신분을 위장하여 약령시에 숨어 있을 것이라 추측했다. 그래서 여태 그 신분이 탄로 나지 않았던 것이리라. 그는 말 위에서 고개를 길게 빼고 휙 주변을 둘러보았다. 아니나 다를까, 지게를 멘 김용철이 멀리 고목나무 뒤로 숨는 게 보였다. 안 그래도 왜 안 나타나나 싶던 차였다.

약령시 장터는 전국에서 몰려든 도매상들로 북적였다. 그중에서도 장백약초점은 그야말로 문전성시를 이루고 있었다. 장백약초점 앞의 공터가 바로 시장인 셈이었다. 마차와 수레가 뒤엉켜 혼잡스럽기 그지없는 창고는 광문을 활짝 열어놓은 채 물건을 실어내고 넣느라 분주했다. 길을 따라 양쪽으로 같은 크기와 모양의 창고가 십여 채 늘어서 있었다. 공터에서 짐을 부리는 일꾼이 수백 명은 족해 보이니 그 규모가 가히 엄청났다.

박부길이 마차에서 내려서기도 전에 쥐를 닮은 얼굴의 중년 남자가 달려와 정중히 고개 숙이고 그를 맞이했다. 약초점 총관의 손에는 까만 장부첩이 들려 있었다.

"아이고, 어서 오십시오. 주인님이 한참을 기다리고 계십니다."

이진무는 '주인'이라는 말을 흘려듣지 않았다. 박부길이 이진무를 돌아보며 말했다.

"너는 예서 기다려라. 대주님은 낯선 자를 꺼리신다."

박부길은 이진무의 대답을 듣지도 않고 안채로 휑하니 사라졌다. 말구유 옆의 지지대에 말고삐를 묶어두고 이진무는 슬그머니 김용철을 찾았다. 김용철은 돌담 구석에서 장사꾼과 말다툼을 하고 있었다.

"이게 도라지지 인삼이오?"

"이 사람이? 인삼이라니까. 얼쩡거리지 말고 저리 비켜요."

"무슨 인삼이 이래? 냄새가 전혀 없잖아."

이진무가 보기에 김용철은 염탐하려는 것이 아니라 남의 주목을 끌려는 것 같았다. 이진무는 혀를 차며 둘 사이로 비집고 들어갔다. 그러고는 김용철을 생판 처음 보는 사람처럼 대했다.

"어디 와서 억지야? 산도적같이 생겨가지고."

끼어든 사람이 이진무임을 알아본 김용철의 얼굴에 생기가 돌았다. 이진무의 부상을 걱정하고 있던 차였다. 김용철도 슬쩍 눙쳤다.

"멀쩡한 사람이 초면지간에 뭔 객쩍은 소리요?"

"초면은 개뿔, 어울리지도 않는 수작질이라니."

이진무가 버티고 떼를 쓰는 김용철을 우악스럽게 끌고 갔다. 그 꼴을 보며 장사꾼과 일꾼 들이 박장대소를 터뜨렸다.

"이놈이 미쳤냐? 놔라. 난 공무 중이란 말이다."

"입 닥치고 꺼져."

이진무는 사람들이 들으라고 버럭 소리치고는 낮은 음성으로 재빨리 내뱉었다.

"여기 주인이란다."

"뭐라고?"

"아니, 젊은 놈이 귀가 먹었나? 대주 말이다."

김용철은 실제로 한쪽 귀가 좀 어두웠다. 가까이 대고 다시 말하자니 이진무는 속이 탈 지경이었다.

"이 집 주인이라고, 이놈아."

"정말이냐?"

"에라 멍청한 놈, 눈깔이 짝짝이니 인삼도 못 알아보지. 어딜 와서 행패를 부리긴 부려. 저리 꺼져라."

겨우 말귀를 알아들은 김용철이 얄미워서 이진무는 좀 심하다 싶을 만큼 발을 걸어 맨땅에 그를 휙 처박고 돌아섰다.

찻물을 끓여 마실 정도의 시간이 지나자 박부길이 약초점 주인, 총관과 같이 나와 광으로 가서 물건을 둘러보았다. 이진무는 슬그머니 박부길에게 다가가 몇 걸음 뒤에서 서성댔다. 주인이라 불리는 자의 신상을 자세히 살펴보기 위해서였다.

"이번에 저놈 덕에 살았습니다. 몸도 날래고 앞으로 쓰임이 많을 것 같습니다."

박부길의 말에 약초점 주인이 아래위로 훑어보고 마뜩찮은 표정을 보이자 이진무는 딴청을 부렸다. 그러면서도 약초점 주인을 곁눈질로 살폈다. 흑풍대 대주라고 하기에는 나약해 보였다.

근처 사람들을 의식한 듯 박부길이 크게 떠들었다.

"자 그럼, 행사는 차질 없이 진행하는 걸로 하겠습니다. 일등상으로 조와 콩이 서른 섬이면 새까맣게 몰려들 겁니다. 하하하."

약초점 주인 곁에서 장부를 끼고 연신 굽실거리는 총관이 박부길의 등에 묻은 먼지를 손바닥으로 툭툭 털어주면서 눈웃음을 지었다.

"씨름에 수박치기까지 곁들이면 좋은 구경거리가 될 겁니다."

백성들의 관심을 다른 곳으로 돌리라는 김주승의 명령을 받은 박부길은 무예 시합을 열기로 했다. 약령시 상인들과 성 밖 장사꾼들이 갹출하여 일등상으로 조와 콩 서른 섬이라는 파격적인 부상을 내놓기로 약조했다.

여인네 손톱 같은 초승달이 장백약초점 대문 위로 비스듬히 걸렸다. 공터에 모닥불을 피워놓고 그 주위 돗자리에 앉은 장정 예닐곱 명이 술병을 돌리고 있었다.

김용철의 보고를 받은 최우영은 별동대 전 대원을 소집했다. 대원들은 저녁 해가 떨어지기 전에 약령시로 숨어 들어와 대기했다.

절노부를 떠나 안학궁으로 향할 때부터 줄곧 최우영은 흑풍대 대주를 찾아 제거하는 작전을 짜왔다. 흑풍대 대주를 반드시 색출하라는 월광의 엄명에 따라 개시된 작전은 거의 세 달이 걸려 이제 종착점을 향해 치닫고 있었다.

얼굴 없는 흑풍대 대주를 찾는 일이 결코 쉬울 리 없었다. 100여 필의 말을 끌고 오면서 최우영은 지나는 마을마다 사소한 말썽을 일으키며 시선을 끌었다. 평양성에 도착해서는 전 대원을 풀어 흑풍대의 흔적을 찾아 헤맸다. 대원들의 활동자금은 끌고 온 말들을 팔아 충당했다. 결국 을지 장군의 도움을 받아 일부 대원들을 흑풍대로 잠입시켰고 이진무의 칼질에 아군 두 명을 희생시키고서야 흑풍대 대주의 그림자를 잡을 수 있었다.

별동대는 절대 상대를 얕보지 않고 늘 전력투구한다. 실수는 바로 죽음과 직결된다. 살아남기 위해서는 최선을 다해야 한다. 목표는 흑풍대 대주의 목이고 아군의 피해는 최소한으로 줄여야 한다. 최우영은 먼저 공터에서 술을 마시는 자들을 제압하라고 지시했다. 그들은 하나같이 품이 불룩하게 솟아 있는 것이 소도小刀를 숨겨두고 있음을 최우영은 한눈에 알아보았다. 예사 장사꾼이 아니라는 뜻이다.

거의 오천 평에 달하는 장백약초점을 물샐틈없이 포위했다는 전갈을 받고 최우영은 명적이 달린 불화살을 쏘아 올려 부하들을 투입시켰다. 공터의 장정들은 어둠 속에서 시꺼먼 그림자 여럿이 빠르게 다가오자 어리둥절 갸웃거리다 급소를 공격당해 비명 한 번 못 지르고 쓰러졌다. 여기저기 담을 넘어가는 별동대원들의 그림자가 보였다. 장백약초점은 순식간에 난장판이 되었다. 연이은 비명이 밤하늘을 갈랐고 약초점 안에서 야밤까지 상주하던 자들은 별동대에 붙잡혀 줄줄이 끌려나왔다. 일꾼으로 가장하고 무장한 흑풍대원들은 30명이 채 넘지 않았다. 나머지 장정들은 무기를 사용함 없이 간단한 손짓으로도 제압할 수 있었다. 별동대는 그들을 여자와 남자로 나누어 약초를 넣어두는 광에 가두었다.

밤에 잠을 자며 머물던 남녀가 100여 명에 달하니 장백약초점의 크기와 거래 규모가 가히 짐작되었다. 약초점 주인을 지키려는 무사들은 유달리 저항이 심했고 별동대원 몇 명이 부상을 당했다. 그러나 최우영까지 나서서 창을 휘두를 필요는 없었다. 득달같이 달려들며 저항하던 흑풍대 무사들은 몇 합 겨뤄보지 못하고 별동대의 검 끝이 목젖에 와 닿자 순순히 무기를 버리고 항복했다.

예정보다 빠르게 적을 제압했지만 최우영은 뭔지 모를 미진한 느낌이 가시질 않았다. 최우영은 약초점 주인을 포박하고 입에 재갈을 채워 마차에 실었다. 그는 별동대원들이 무사히 철수하는 동안 광을 지킬 최소한의 인원만 남겨두었다. 진입 명령을 내린 후 상황이 종료되어 약령시를 빠져나오기까지 식사 한 끼 먹는 시간밖에 걸리지 않았다.

최우영이 을지봉 초입을 벗어날 무렵에 10여 필의 말이 질풍같이 관도를 달려 그들 앞으로 접근해 왔다. 최우영은 즉각 전투 대형을 갖추었다. 최우영이 장창을 들고 길 중앙을 가로막고 서니 상대도 말을 세우고 횃불을 들어 이쪽을 살폈다.

"최우영이냐?"

어둠을 가르며 나지막이 파고드는 목소리에 최우영은 풀쩍 말에서 뛰어내려 횃불 앞으로 나아가 얼굴을 내밀었다.

"대장군께 문안드립니다."

최우영은 감정이 벅차올랐다. 하마터면 울 뻔했다. 그는 땅에 한 무릎을 세우고 부복했다. 꿈에라도 잊을 수 없는 월광 장군이었다.

"일어나라. 대주는 어디 있느냐? 잡았느냐?"

"네, 지금 마차에 실려 있습니다."

"놈을 끌어내고 주변에 불을 환히 밝혀라."

월광의 명을 받은 대원들이 신속하게 움직였다. 사지를 포박당한 약초점 주인은 월광과 공주 앞에 끌려나오면서 겁에 질려 떨고 있었다.

"이놈이냐?"

월광의 목소리는 노기가 가득 담겨 있었다. 평강공주의 눈동자에도 횃불이 비쳐 불그림자가 일렁거렸다. 왕궁에 남아 있으라는 대부의 말을 듣지 않고 기어코 원수를 직접 눈으로 확인하겠다며 따라 나선 것이다.

"네가 흑풍대 대주냐?"

천둥이 하늘에서 내리치듯 격분에 찬 월광의 음성에 약초점 주인은 새파랗게 사색이 되어 고개를 좌우로 흔들었다. 공주가 보기에 뭔가 이상했다. 흑풍대 대주라는 사람이 오금이 저려 서 있지도 못하니 자연스레 의심이 생겼다. 공주가 속삭이듯 말했다.

"전혀 위엄이 없고 심약한 것이 이상해 보입니다."

최우영도 얼핏 그런 짐작이 들어 부하들에게 명했다.

"저놈 재갈을 풀어라."

최우영은 부하가 재갈을 푸는 잠시도 참지 못하고 달려들어 약초점 주인의 멱살을 움켜잡았다.

"네가 장백약초점 주인이 맞느냐?"

"마, 맞습니다. 살려주십시오."

최우영은 약초점 주인의 손목을 움켜잡고 손바닥을 펴보았다. 오른쪽 왼쪽 손바닥을 번갈아 문질러보아도 굳은살이 전혀 만져지지 않았다.

"검을 잡아본 흔적이 없습니다."

얼굴 가득 놀라움을 담고 최우영이 월광을 올려보며 말했다.

"네놈은 누구냐? 흑풍대 대주가 아니란 말이냐?"

"제, 제가 약초점 주인은 맞지만 흑풍대 대주는 아닙니다."

월광이 단호하게 말했다.

"잘못 짚었다. 저놈의 목을 쳐라."

"자, 잠깐만요. 바른대로 말할 테니 목숨만 살려주십시오."

"말해라. 흑풍대 대주는 어디 있느냐?"

"초, 총관이 진짜 대줍니다. 약초점 총관 말입니다."

"서둘러 말을 돌려라."

최우영은 약초점 주인을 논바닥에 내팽개치고 부리나케 말에 올라 고삐를 낚아챘다.

장백약초점 공터가 가까워오니 벌써 칼 부딪치는 소리가 밤공기를 날카롭게 찢었다. 언제 풀려났는지 흑풍대원들이 검과 창을 들고 몰려나왔다. 최우영은 말을 세우지도 않고 안장을 박차고 뛰어내려 그들 속으로 파고들었다. 그의 창이 매섭게 허공을 갈랐다. 김용철도 곧바로 뒤를 따랐다. 김용철은 자기 탓에 일이 꼬인 것 같아 깊은 죄책감을 느꼈다. 그는 흑풍대의 무리 속으로 뛰어들었다. 육중한 도刀를 빙빙 돌리며 눈에 띄는 족족 적을 베어나갔다.

김용철의 도는 상대가 검으로 막으면 검을 동강내고 힘으로 밀고 들어가 상대를 베어버렸다. 지옥에서 살아 돌아온 별동대를 누가 상대하겠는가? 별동대는 막아서는 흑풍대를 사정없이 쓰러뜨리며 집안으로 진입했다. 철수하는 동안 광을 지키라고 남겨놓았던 대원들은 이미 형체를 알아볼 수 없는 시신으로 변해 앞마당에 뒹굴고 있었다.

"무기를 버린 사람은 전부 밖으로 내보내라. 남아 있는 자는 남김

없이 벤다!"

서슬 퍼런 월광의 말에 집 안 곳곳에 숨어 구경하던 일꾼들이 부리나케 밖으로 도망쳤다. 십여 명의 경호원을 거느리고 월광 일행을 줄곧 노려보던 총관이 턱짓으로 신호를 보냈다. 그러자 불화살을 시위에 먹인 채 대기하던 흑풍대원 하나가 하늘을 향해 화살을 쏘아 올리려 했다. 그 찰나 이진무가 쏜 화살에 궁수가 가슴을 맞고 쓰러졌다.

불빛이 닿지 않는 어두운 기둥 곁에 서서 공주는 눈도 깜짝하지 않고 그 광경을 묵묵히 지켜보았다. 별동대를 막으려다 저항다운 저항마저 못 해본 채 피를 뿜고 쓰러지는 부하들을 보면서 김주승이 분노하여 소리쳤다.

"누가 대장이냐? 우두머리가 직접 나와라."

승부를 벌일 태세로 김주승이 장검을 들고 나서자 서슴없이 월광이 앞마당으로 내려서서 몸을 드러냈다.

"네가 흑풍대 대주로구나."

"역시 예측대로 대장군이셨군요. 오랜만입니다."

김주승이 월광 장군을 알아보고 희죽거리며 인사를 건넸다.

"난 네놈을 모른다."

"대단하십니다. 끝내 나를 찾아내다니. 허나 내 얼굴을 보고서 여태 살아남은 자는 한 명도 없었습니다."

이 자리에 월광이 없었다면 공주가 칼을 들고 달려들었을 것이다.

"맘껏 떠들어라. 분명한 건 오늘이 네 제삿날이라는 거다."

"내가 그리 만만해 보이시오?"

"내가 널 어찌 보든 무슨 상관이냐."

"아무리 대장군이라 해도 나 또한 흑풍대 대주이니 무시당할 위치는 아니라고 여겨지오만…….”

“그딴 건 지옥에 가서나 따져라. 죄 없는 부하들을 희생시킬 게 아니라면 어서 무기를 꺼내라.”

“무사끼리의 싸움은 전쟁터에서와 다르다는 걸 보여드리지요.”

“그래, 나도 그걸 알려주려는 거다.”

김주승은 다른 칼보다 한 자는 길어 보이는 검을 칼집에서 꺼냈다.

“말로만 듣던 쌍검이 얼마나 무서운지 식견 한번 해봅시다.”

월광은 허리와 등 뒤에서 검을 뽑아 크게 원을 그렸다. 평생 처음이자 마지막으로 사랑했던 여인을 위해 그는 쌍검을 양손에 불끈 잡았다.

월광은 상단과 중단 어림에 검을 놓고 김주승을 보며 자세를 취했다. 김주승은 빈틈을 찾아 장검을 정면으로 겨누고 기회를 엿보았다. 이리저리 살피며 호흡을 상체에 싣고 움직이는 몸놀림이 새털처럼 가벼워 보였다. 김주승이 일순 걸음을 멈추고 짧은 기합 소리를 뱉으며 월광의 허리께로 비스듬히 베어왔다. 월광은 김주승의 팔꿈치가 움직이는 것을 보고 미리 방어 위치에 검을 갖다 댔다. 쨍강. 날카로운 소리와 함께 불꽃이 튀었다.

다시 김주승의 팔꿈치가 빙글 돌면서 월광의 목을 베고 들어왔다. 간결한 동작으로 월광은 어렵지 않게 또 상단을 막았다. 그 다음 연속으로 휘두르는 김주승의 난도질은 칼이 눈에 제대로 보이지 않을 만큼 빨랐다. 공기를 가르는 바람 소리와 칼끼리 충돌하는 소리만 요란했다.

눈 깜박하는 사이에 쌍방이 십여 합을 겨루고 물러섰다. 김주승의 칼질이 힘이 넘치고 직선적이라면 월광의 쌍검은 마치 춤을 추는 것

같이 부드러운 곡선을 그렸다. 두 사람의 승부는 호흡의 깊이로 정해졌다. 김주승의 동작은 움직임이 커서 순간적인 폭발력을 필요로 하기에 호흡이 거칠어지기 쉬웠고, 월광은 동작의 변화와 힘의 안배에 상관없이 들숨과 날숨이 고르게 이어지면서 잔잔했다. 김주승은 시간이 흐를수록 초조해졌고 손발이 엉켰다. 잡아먹을 듯이 칼로 찌르고 그어대면서 힘으로 밀어붙여도 월광은 잔잔하고 깊은 호수처럼 동요가 없었다.

"그만 됐다."

월광이 어깨의 각도를 낮추고 파고들면서 팔을 길게 뻗자 김주승의 옆구리에서 선혈이 벌컥벌컥 쏟아졌다. 출혈이 심해지니 김주승의 움직임이 둔해졌다. 김주승은 흑풍대 대주라는 자리에 있는 동안 명령을 내리는 데 익숙해졌고, 현장을 멀리한 탓에 수련을 게을리 했다. 다시 목을 파고드는 월광의 검을 막는 사이에 또 허벅지를 베였다. 그 자리의 살이 벌어지고 움직일 때마다 줄줄 피가 흘러내렸다. 옆구리와 다리 부상으로 절룩거리며 몸이 부자연스러워지니 허점이 군데군데 드러났다.

김주승은 이 상태로는 얼마 견디지 못할 것임을 알았다. 그는 장검을 치켜들고 빈틈을 보이면서 필살의 일검을 노렸다. 정상적인 방법으로는 승패를 뒤집기 불가능하기 때문이었다. 그는 회심의 미소를 지었다. 월광이 달려드는 순간을 노려 수비하지 않고 동귀어진同歸於塵한다는 각오로 혼신의 힘을 다해 검을 내려쳤다. 그러나 눈앞에서 그림자가 사라지더니 그의 쇄골 뼈가 빠직 소리를 냈다. 그는 극심한 통증을 느꼈다. 월광이 몸을 반쯤 빙글 비틀면서 파고들어 그 원심력을 이용해 칼자루로 김주승의 어깨를 부숴버린 것이다. 바짝 붙어 있으면 상대도 공격할 거리를 확보하지 못할 거란 계산은 여지없이 깨졌다. 월광의 검은 실전 검이었다.

주저앉는 김주승을 도우려고 뛰어들던 흑풍대원 몇 명이 최우영의 창끝에 찔려 땅바닥에 나가떨어졌다. 월광은 초승달이 구름에 가려 희미해지는 하늘을 쳐다보았다. 원수를 갚는다 해서 그녀가 돌아오진 않을 것이다. 그러나 얽힌 매듭은 풀어야 한다. 아니면 저들의 노림에 공주가 위험해질 것이기에.

월광의 쌍검이 하늘로 쭉 뻗어 올라가는가 싶더니 번쩍 용트림을 하면서 회전하며 김주승의 목을 갈랐다. 부슬부슬 내리는 밤비를 맞으며 걸어 나온 공주가 발밑에 누워 있는 김주승의 최후를 확인했다. '어머니, 보이십니까? 원수가 쓰러졌습니다.' 격정 탓인지 추위 탓인지 공주는 온몸을 떨었다.

대주의 죽음에 충격을 받은 흑풍대원들은 망연자실하며 그대로 얼어붙었다. 최우영이 그들 앞에 나서서 외쳤다.

"개죽음을 당하고 싶지 않으면 무기를 버려라. 너희들까지 해치고 싶진 않다. 이건 사적인 원한이다. 대주의 시신이나 잘 수습해라."

얼어붙은 사람들 틈에서 창백하고 마른 체형을 가진 문사가 공손하게 나서더니 최우영에게 예를 올리고 김주승의 시신을 챙겼다. 그는 약초점에서 총관을 보조해 장부 정리를 도맡아 하면서 전국 약초 도매상을 관리하는 김성집이었다. 김주승은 정부인이 아닌 첩에게서 태어난 그의 재능을 높이 평가해서 항시 곁에 두고 데리고 다녔다.

30대 초반의 나이로 어디선가 본 듯 낯이 익고 호감을 주는 인상을 가진 김성집은 장백약초점의 운영과 숨겨진 돈의 흐름을 파악하고 있는 유일한 인물이었다. 그동안 김주승이 모아둔 재물은 5부 군장들의 재산보다 많으면 많았지 적지 않았다. 김주승은 약초, 인삼 거래만이 아니라 심복을 풀어서 소금, 광산, 비단, 곡물 거래 등 돈이 되는 일이라면 문어발처럼 발을 뻗어 이권을 챙기고 재물을 끌어 모았다. 물론 흑풍대의 운영자금 확보라는 명목을 달았지만 돈이라면 죽은 사람도 살린다고 하지 않던가. 금권이라는 말이 있다. 권력은 돈에서 나온다는 것을 누구보다 잘 파악한 인물이 김주승이고, 그 밑에서 그것을 착실히 배운 사람이 박부길과 김성집이었다.

고구려 상권의 반은 김주승, 박부길과 연관이 있거나 그들의 관리 아래에 있다고 보면 가히 틀리지 않았다. 그들의 재력이라면 1군의 병력을 무장하고 수년간 전쟁을 치러도 재산이 다 소진되지 않을 정도였다.

공주와 월광이 구원舊怨을 푸는 자리에서 김성집은 새로운 원한을 가슴 깊이 새겼다.

'칼이 전부가 아님을 내 반드시 보여주마. 힘은 너희들만 가진 것이 아니다.'

김성집이 시신을 정성들여 챙기는 것을 보고 뭔가 미심쩍은 최우영이 다가갔다.

"고개를 들어라."

조금도 거리낌 없이 김성집이 말간 눈으로 최우영을 쳐다보았다.

"너는 이자와 어떻게 되느냐?"

"제 주인입니다. 어릴 때부터 키우고 길러주신 은인이기도 합니다."

김성집은 고개를 깊이 숙여 보이고 다소곳이 물러섰다. 최우영은 그가 장사꾼 같지 않다고 생각했다.

칼에 묻은 피를 허공에 털어내고 월광 장군이 돌아서면서 말했다.

"그만 철수해라."

흉수를 찾아내고 왕후의 원한을 갚았지만 월광의 음성은 메마르게 갈라져 나왔다.

"공주님, 이걸로 위험이 사라진 건 아닙니다. 흑풍대 대주는 죽었지만 그 주인이 버젓이 살아 있고 지금도 같은 하늘 아래에서 숨을 쉬고 있습니다."

별동대를 구한 온달

고구려는 계층간 신분을 크게 차별하지 않는 나라였다. 평민도 노력하면 어떤 분야에서든 인정을 받고 벼슬을 얻을 수 있었다.

고구려 최상층부에는 왕족들이 있고 그 다음으로는 귀족 세력이라 불리는 5부 군장과 조정 대신, 지방 호족 들이 지배 계급을 형성했다. 장사를 크게 해서 돈을 번 상층민이나 일반 호민은 모두 평민 집단이었다. 물론 제후국과 점령 지역에서 데리고 온 노비들이 있긴 했지만 그들조차 일신에 지닌 능력이 뛰어나면 신분 상승의 기회가 골고루 주어졌다. 포로로 끌려온 복속민 중에서 자신이나 그 후손이 고구려에 큰 공을 세우고 높은 관직에 오른 예는 많았다.

온달의 어미 사씨는 앞을 볼 수 없지만 평소 말투나 행동거지가 단정하고 예의 바른 사람이었다. 온달은 몸이 불편한 어머니를 위해 몇 번이나 산을 내려가 마을 사람과 어울려 살자는 말을 꺼내보았지만 사씨는 꿈쩍도 안 했다. 그때마다 사씨는 이렇게 말했다.

"이제 다 잊었다."

온달이 뭘 잊었냐고 물으면 사씨는 슬며시 웃고는 대답을 피했다.

"마음을 비우니 여기가 천국이란다. 예전에는 몰랐는데 눈을 잃고 나니 더욱 또렷이 보이는구나."

호기심이 많은 온달의 질문은 중간에 그치지 않았다. 눈도 멀었는데 뭐가 보이냐고 물으면 사씨는 "사람들은 같은 사물을 보고도 서로 다르게 말을 하지 않느냐?"고 반문했다. 이쯤 되면 온달은 머릿속이 어지러워졌다. 무슨 말인지 이해하기가 쉽지 않았다. 그런 아들의 표정을 보고 사씨는 조근조근 설명을 해줬다.

"바람 소리를 들어봐라. 그 종류가 열 가지는 넘고 비 오는 소리도 천차만별이다. 철철이 산에서 피는 꽃도 그 모양과 향기가 모두 다르지 않느냐. 참으로 오묘한 세상이다. 지천에 깔린 산나물로 찬을 만들면 입에 착 달라붙는데 어느 왕후장상의 밥상이 부럽겠느냐? 이제 너도 다 자랐으니 이렇게 맘 편하고 행복한 적이 없었느니라."

어쨌든 어머니가 행복하다니 온달로서는 그걸로 충분했다. 그는 가끔 나무를 해서 장터에 나가 팔아 생필품을 구해 왔다. 어릴 적부터 사람들과 떨어져 살아온 그가 세상 물정에 어두운 건 어쩌면 당연했다. 그렇지만 온달은 사람은 서로 돕고 살아야 하며 불쌍한 사람을 보살펴주어야 한다고 사씨로부터 배웠다. 남을 괴롭히고 다치게 해서는 안 된다는 어머니의 훈계를 온달은 늘 명심했다.

임정수는 공주의 엄중한 명 때문에 여전히 온달의 행적을 캐고 다녔다. 온달을 아는 사람이라면 누구나 붙잡고 물었다. 어느 날은 장터에서 짚신을 파는 노인에게 약주를 사주면서 온달에 관한 이야기를 듣게 되었다. 온달은 산에서 장작을 마련해서 장터에 내다 팔았다. 온달이 가져온 장작은 말이 한 짐이지 그 크기와 부피가 다른 사람이 해 온 다섯 짐보다 더 많아서 인기가 있었다. 거의 우마차 수레에 싣고 올 양을 온달은 등짐에 메고 가볍게 걸어왔다. 어렸을 때 바보라며 온달을 놀렸던 사람들도 그가 짊어지고 나타난 장작의 양에 질려서 그후로는 온달을 얕잡아보고 시비를 거는 사람들이 없어졌다고 한다.

장작 한 짐은 두 냥이지만 온달이 해 온 장작 한 짐은 열 냥 값어치는 충분히 되었다. 그런데 온달은 세 냥도 좋고 다섯 냥도 좋다고 했다. 필요한 사람에게 주면 그만이라는 식이었다. 그래서 온달이 장작을 해서 산을 내려가면 먼저 보는 사람이 임자였다. 서로 장작을 사려고 달려드는 통에 온달의 나뭇짐은 내려놓기가 무섭게 팔렸다.

그날도 온달이 장터에 나타나자 마침 집안 잔치가 있어 장작이 모자랐던 중년 남자가 온달에게 여덟 냥을 선뜻 내주고 장작을 팔라 했다. 그런데 온달은 그 사람을 본 척 만 척 지나쳐 가끔 자신에게 장작을 사 가던 노부부에게 넘겨주었다. 그러자 남자가 온달의 팔을 잡고 열 냥을 주면서 자기에게 장작을 팔라고 했다.

"그래서 어떻게 된 줄 아시오?"

장터 노인이 빙글빙글 웃으며 임정수를 쳐다보았다.

"온달은 노부부가 손바닥에 쥐고 있는 세 냥을 받고 돌아섰습니다. 자기가 먼저 노부부를 보았으니 자기 장작은 그들 것이라는 게지요. 남자에겐 장작이 꼭 필요하면 그 노부부에게 다시 사 가라고 합디다. 그런 바보가 세상에 어디 또 있겠습니까?"

울컥 뜨거운 감정이 차오른 장터 노인의 눈가에 물기가 비쳤다.

'자기가 겪은 일인가? 눈물을 다 글썽이네?'

임정수는 틈만 나면 온달의 뒷조사를 하고 다녔다. 공주의 명령 때문이라기보다 이제 스스로 궁금해서 그러고 다녔다.

'우愚온달이라고 하던데 우직하고 고집이 세서 그런가?'

임정수는 나름대로 온달에 대한 인물 평가를 마무리지어갔다.

고원표가 평양성에 계속 머문다는 것은 몸을 뺄 수 없을 정도로 정치적 풍향이 빠르게 돌아간다는 반증이기도 했다.

상부 고씨도 엄연한 왕족이었다. 고원표는 선조들의 위패 앞에서 향을 태웠다. 고구려 초기에 나라를 세우고 기틀을 닦은 전대 태왕들이다. 그는 가슴 깊숙이 꿈틀대는 울화를 삭이며 선조들의 초상화 두루마리 족자를 작은 티끌도 그냥 지나치지 않고 비단 천으로 세심하게 닦아냈다. 동명왕, 유리왕, 대무신왕이 그의 직계 선조였다. 그는 으슬으슬 한기를 느끼면서 화로에 숯불을 내오라고 명했다.

그는 최근 정세를 속으로 되뇌었다. 김주승이 살해당했다. 그러나 따지고 보면 그에게 치명적인 타격은 아니다. 이미 흑풍대 대주는 대사자 진철중으로 하여금 김주승의 뒤를 이어 맡게 하고 흑풍대 조직을 재정비하라는 엄명을 내려놓았다. 조만간 조직 개편 방안이 나오면 심기일전하게 될 테고, 진철중은 관노부 대가 진필의 조카이자 진비의 사촌이라 두 부족의 관계는 더욱 돈독해질 것이다.

고원표는 오랜 시간 자신에게 충성을 다했던 김주승이 죽었다는 사실이 쉽사리 실감되지 않았다. 흑풍대 대주가 별동대에 당했다는 소문을 자신이 직접 나서서 철저히 차단하고 진화해야 했다. 그 사건

배후에 누가 있는지 추론하면 알 만한 사람들은 다 알 것이다. 자기 얼굴에 먹칠을 하는 소문을 그대로 방치해둘 수는 없었다.

고원표의 상념이 깊어가는 동안 화로의 숯불은 저 혼자 딱딱 소리를 내며 세차게 타올랐다.

아들 고건이 찾아왔다.

"아버님, 무슨 생각을 그리 골똘히 하고 계십니까?"

고원표는 고개를 들고 아들을 쳐다보았다. 아직 수심이 가시지 않은 얼굴에 엷은 미소가 번졌다.

"다들 만나보았느냐?"

"네, 대대로와 진 장군이 같이 숙의했습니다. 흑풍대 조직을 군 조직에 편입시키자는 말까지 나왔습니다."

"네 생각은 어떠냐?"

"소속이 어디냐보다 실력이 우선 아니겠습니까."

"흑풍대의 쓰임은 네가 거느리고 있는 8영影과는 다르다. 만약 실력 좋은 칼잡이가 필요하다면 돈을 풀어 사들이면 된다."

"흑풍대가 일반 군사들보다 강할지는 모르나 실전 경험이 부족하고 조직에 대한 충성심과 결속력이 떨어진다는 건 명백합니다."

흑풍대에 대한 애정이 누구보다 남달랐던 고건 역시 실망감이 컸다. 특권의식과 뿌리 깊은 전통을 갖춘 조직이라는 자부심이 대단했지만 별동대의 등장으로 흑풍대의 위상은 나락으로 떨어지고 말았다.

"흑풍대를 해산하고 싶으냐?"

아비의 물음에 고건은 미간을 찌푸리고 눈썹을 치켜 올렸다.

"지금으로서는 그리 보탬이 안 됩니다."

"과연 그렇겠느냐? 급할 것 없다. 때로는 멀리 봐야 한다."

흑풍대의 효용은 고원표가 더 정확하게 꿰뚫어보고 있었다. 흑풍대 조직을 만든 장본인이 아니던가. 고건은 결연한 얼굴로 말했다.

"아버님, 별동대는 반드시 제거해야 합니다."

"그래? 그렇다면 어디 꼭 그래야 할 이유를 대보거라."

"저도 흑풍대의 일원이지만 어디서 흑풍대라고 밝히는 것이 수치스럽습니다."

고원표는 아직 고건이 젊고 혈기가 넘친다고 여겼다.

"쯧쯧, 하나만 알고 둘은 모르느냐? 우리가 가진 패가 어디 흑풍대 하나뿐이더냐?"

고원표는 가벼운 질책으로 아들의 시야가 보다 넓게 트이기를 바랐다.

"네게 흑풍대는 절대 내려놓아서는 안 될 패와 같다. 흑풍대는 선인 출신으로 무과에 급제한 자들이다. 그들은 세월이 흐르면 자연스럽게 각 군의 지휘관이 될 것이고 나아가 군권을 좌우할 요직을 차지하게 된다. 그들이 네게 충성을 다하고 있다고 생각해보거라. 나중에 네가 가질 힘을 가로막을 자는 아무도 없을 것이다."

고건은 아버지에게 절대 복종했으며 깊은 존경심을 가졌다. 그러나 매사에 이해 타산적인 모습은 별로 탐탁하게 생각지 않았다.

"아버님께서 흑풍대를 정비하는 동안 저는 별동대 소탕에 주력하겠습니다."

자상한 목소리로 고원표는 아들을 타일렀다.

"요란하게 성내 경비를 강화하지는 말고 야간 순찰 병력이나 늘려라. 별동대를 일거에 섬멸하기보다 그들을 역이용해 혼란과 불안감을 가중시키는 것이 상책이다. 우리 흔적은 감추고 저들이 저지른 사건은 부각시켜라. 세간에 연일 큰 사건이 터지고 백성들이 두려움에 떤다면 우리가 개입할 빈틈이 생기지 않겠느냐."

나이를 허투루 먹는 건 아니었다. 고건은 오랜 경륜에서 우러나오는 아버지의 안배에 전율을 느낀 적이 많았다. 이번에도 마찬가지였다. 아비는 한결 자상한 얼굴로 아들에게 물었다. 마치 스승이 제자에게 비기를 전수하기 위해 에둘러 말하듯이.

"건아, 너는 별동대가 단독으로 움직였을 거라 여기느냐?"

"월광 대장군이 나섰다면 절노부의 고추가가 그 배후일 것입니다."

"지금 월광의 신분이 무엇이더냐?"

"공주와 태자의 대부로 있습니다. ……그럼 혹시 태왕이?"

"잘못 짚었다. 평원왕은 지난 몇 년간 움직이지 않았다. 그러니 앞으로도 움직이기 어려울 것이다. 태왕은 국정을 안정시켜야 할 책무가 있다. 그것은 언제나 그의 발목을 잡는 약점이 아닐 수 없다. 근자에 월광 대부가 충성을 다해 모시는 사람은 평강공주다."

"그럴 리가요? 설마하니?"

"내게도 의외였다. 이 아비는 공주가 어떤 이불을 덮고 자는지, 아침에 무슨 반찬을 먹고 심지어 달거리를 언제 하는지조차 소상히 듣고 있다."

"공주는 목련당의 시녀들을 모조리 내보냈습니다."

"하하하, 그럼 뭐 하느냐. 마음만 먹는다면 공주는 당장 이부자리 속에서 제 어미를 만나게 될 것이다."

고건은 순간 아버지의 심계와 보이지 않는 힘이 어디까지 뻗어 있는지 소름이 끼쳤다. 고원표의 직속 첩보부대는 흑풍대보다 정보가 빠르고 정확했다.

"월광 장군의 꼬리가 드러났다. 아무리 어둠 속으로 숨어 다녀도 햇살이 나면 안개는 걷히게 마련이니라."

고원표는 태사의太師倚로 가서 털썩 소리 나게 앉았다.

"별관 손님을 안으로 들라 해라."

대기하고 있던 총관이 명을 받고 종종걸음으로 물러갔다.

"멀리 돌궐에서 온 자들이니 밀정이라 해도 무방하다. 어디 우리를 위해서 그 먼 길을 왔겠느냐. 내력이 어느 정돈지 눈여겨보거라. 저들 역시 월광의 수급을 원하고 있다. 건아, 절대 네 손에 월광 대부의 피를 묻혀서는 안 된다. 군부의 무장들은 절대적으로 그를 신임한다. 그러니 네가 대부를 친다면 누구도 너를 따르지 않을 것이다."

"아버님, 이번 일은 제게 맡겨주십시오. 약령시는 제 관할이고 사상자들도 직속 수하들입니다."

"어허, 네가 할 일은 따로 있다. 네가 바라보아야 할 상대는 태자다. 네 자리는 고추가가 아니라 용상이다. 잊지 마라. 끊어진 선조의 맥을 잇고 그 유지를 받드는 것이 네 사명이다."

고건의 표정이 경직되어갔다. 늘 아버지에게 듣던 소리지만 예상치 못했던 사건을 겪은 뒤라 그 말이 더욱 의미심장하고 무겁게 들렸다. 그때 총관의 목소리가 두 사람 사이를 파고들었다.

"고추가, 손님들을 모셨습니다."

"안으로 들라 해라."

장기주를 포함한 다섯 명의 사내가 공손히 들어와 고원표에게 절했다. 옷차림만 본다면 그들은 평범한 상인이었다. 코가 크고 눈동자도 푸른 것이 외모는 특이했지만 걷는 보폭이 일정하고 허리를 세우고 서 있는 빈틈없는 자세와 눈매는 범상치 않은 무사의 그것이었다.

고원표는 그들을 반갑게 맞이했다.

"우리 산천은 잘 구경하시었소?"

"뱃길로 오다 보니 평생 할 뱃놀이를 다 한 것 같습니다."

발음이나 말투도 전혀 어색함이 없었다.

"인사들 나누시오, 내 장자라오."

"고 장군의 명성은 익히 들었습니다. 검을 들면 천하에 그 적수를 찾기 어렵다 하더군요."

고건은 가볍게 목례를 한 뒤 고원표에게 고했다.

"아버님, 소자는 이만 물러가겠습니다."

돌궐에서 왔다면 고구려의 적이다. 부친과 무슨 밀약을 나누었든 간에 한자리에서 저들과 마주한다는 것이 고건은 불편했다. 돌아서 나가려는 그를 장기주가 불러 세웠다.

"잠깐만, 이건 저희 칸께서 장군께 징표로 보내신 것입니다."

장기주는 금빛 찬란한 금갑을 풀어 한 자루의 검을 고건에게 내놓았다. 고건은 물끄러미 검을 바라보았다. 달갑지 않은 경멸의 빛이 그의 눈동자에 떠올랐다.

"나는 얼굴을 가리고 정체를 감추는 자들은 별로 상대하고 싶지 않소이다."

고건은 상대를 쳐다보지도 않고 냉랭하게 거절의 뜻을 밝혔다.

"하하하, 싸늘한 눈매만으로도 칼에 찔린 듯 심장이 얼어붙습니다그려."

고원표가 어색한 분위기를 바꾸려는 듯 돌궐인 장기주의 말을 받았다.

"그 눈빛조차 잘 갈무리되어야 진정한 무사로 거듭나지 않겠소?"

"우리 주인께서 말씀하시길, 세상 만물은 미리 그 임자가 정해져 있으며 동북 지방의 참다운 패자는 바로 계루부의 고추가뿐이라 하셨습니다."

아버지 앞이라 불편한 심기를 누르고 있던 고건의 눈초리가 더욱 가늘어졌다.

"지금 지방이라 했소이까? 이 고구려가 그대들 눈에는 한낱 지방으로 보이시오?"

말투에 싸늘한 냉기가 풀풀 묻어났다. 밀정들의 표정이 일그러졌다. 그들로서는 서로 손을 잡자고 온 것인데 이처럼 홀대당할 줄은 몰랐다.

고원표가 아들 대신 칼을 받아 칼집에서 뽑았다. 잘 벼려진 칼날이 화롯불에 반사되어 섬뜩했다. 고원표는 크게 휘젓고 덩실덩실 검무를 추면서 아들을 타일렀다.

"건아, 절노부의 연청기는 국경에 발이 묶여 당분간 평양성에 얼씬도 못 한다. 이는 변방을 침범하는 돌궐의 도움 덕분이다. 적의 적은 친구가 될 수 있음이다. 곧고 바른 것이 좋다만 어디 세상의 길이 곧은길만 있더냐? 굽이굽이 휘어지고 끊어져 있기도 하다. 높이 올라가려다 보면 부득불 남을 밟을 수도 있고 내가 살아남기 위해 칼에 피를 묻힐 수도 있다. 그것이 네가 살아가야 할 세상의 길이니라. 명심하도록 해라."

고원표는 한바탕 허공에 대고 칼바람을 일으켰다가 검을 칼집에 갈무리했다. 장기주는 목덜미가 섬뜩해지는 차가운 한기를 느꼈다. 고원표는 만족한 얼굴로 검을 다시 건네주었다.

"과연, 마물魔物이로다. 칼이 알아서 피를 부르고 피 맛을 보고 싶어 하니 먼저 그대들이 이놈을 흠뻑 적셔주시지 않겠소? 그래준다면 내 그대 칸의 징표를 받아들이리다."

"소인, 고추가의 명을 따르겠습니다."

밀정들은 공손하게 예를 표한 뒤 검을 받고서 물러갔다.

요즘 평강은 하늘을 날아다니는 기분이었다.

월광 대부 덕분에 뒤가 든든해졌고 풍전등화 같았던 남매의 위상이 반석처럼 단단해졌다. 또한 월광이 가르치는 문무文武 전반에 걸친 지식을 배우는 기쁨도 상당했다. 서책 속에 죽어 있는 학문이 아니라 생생히 살아 있는 현장 수업이기에 평강은 종이가 물을 빨아들이듯이 그것을 온전히 습득하고 익혔다. 가끔은 수업 과제의 선택을 그녀 스스로 요청하기도 했다.

월광 대부도 혼신의 힘을 다해 평강을 가르쳤다. 대규모 전투에서의 병법, 민심을 교란하고 장기전에 대비하는 정보전, 성을 지키는 수성법, 강과 바다에서 싸우는 수상전, 전쟁을 지원하는 병참의 중요성에 이르기까지 담으면 담는 대로 쑥쑥 성장하는 모습을 보이니 공주와 태자를 가르치는 월광도 보람과 재미를 느꼈다.

평강은 권모술수 편에서 더욱 강한 호기심과 흥미를 보였다. 피를 흘림 없이 책략을 세우고 음모를 꾸며 적을 이기는 병법이다. 간계를 짜야 하고 모략도 필요하다면 해야 한다. 싸움을 검이나 창으로 하기보다 희생을 줄이고 계략으로 이기는 것이 여자에게는 더욱 적합한 공부이리라. 적의 흉계에 빠지지 않으려면 경계를 늦추지 말아야 한다. 이기지 않으면 죽는다. 이기는 것이 강한 것이고 강한 것만이 살아남는다. 그것은 자연의 법칙이다.

오전에는 주로 학문과 이론을 배우고, 오후에는 무예 수업을 하며 실전을 체득했다. 평강은 병법 수업이 있는 오후에는 마차를 타고 궁 밖으로 나가 월광의 사저에 머물면서 비밀 수련을 했다. 그러는 동안 임정수는 혹 있을지 모를 위해에 대비하여 철통같은 경호를 펼쳤다. 그러나 평강이 자주 평복 차림으로 샛별이나 공손부인과 함께 걸어서 월광의 집을 찾아가는 까닭에 다른 호위들을 떼어놓고서 몇 걸음 떨어져 경호하느라 애를 먹어야 했다. 그녀가 굳이 변장을 하고 십 리 길을 멀다 않고 걸어 다니는 것은 평민의 생활을 살피고 그들을 이해하고자 하는 마음이 깊기 때문이었다.

월광의 집은 야산을 끼고 있고 그 앞으로 개울이 흘렀다. 여느 집과 좀 다른 것이 있다면 후원에 넓은 연무장이 있다는 정도였다.

평강이 수련을 위해 옷을 갈아입고 연무장에서 목검으로 연습하는 시각에 월광은 최우영을 만나 시정 동태를 보고받았다. 최우영은 최근에 별동대원 일부의 행적이 묘연해졌다고 아뢰었다. 그들이 탈영하거나 임의로 평양성을 벗어날 리는 없었다. 그들이 떠나려 했다면 북방에서 별동대를 해산했을 때 이탈했을 것이다. 천 리 길을 마다않고 어렵게 평양성에 잠입하여 임무 수행 중인데 실종자 수가 한두 명이 아니라 열 명이 넘어섰다면 이는 사고가 생겼다는 뜻이다.

고원표가 움직이고 있다는 증거일지 몰랐다. 김주승을 잃은 고원표가 손 놓고 가만히 있지 않으리라는 것은 이미 짐작했다. 그렇다 해도 쉽게 심증을 굳히지 못한 것은 별동대원 개개인의 능력이 탁월하여 쉽게 당하지 않을 것이란 확신 때문이었다.

별동대원 한 명의 무위武威는 철기병 세 명을 상대해도 밀리지 않는다. 전신을 철갑으로 무장한 기병 서너 명과 싸워 이긴다는 것이 납득하기 어려울지 모르지만, 그들은 수십 차례의 전투에서 살아남았고 적진에 낙오되어 포위당해도 거의 한 달을 산속에서 나무뿌리를 씹고 물만 마시면서 결국 본진으로 복귀했다. 그런 그들이 행방불명되었다면 이미 잡혔거나 살해당했을 가능성이 농후했다. 만약 잡혔다 해도 그들은 분명 탈옥했을 것이다. 시체가 없고 흔적도 남기지 않았으니 이건 전문가 집단의 소행이다.

월광은 최우영에게 일급 경계령을 발동하라고 명했다. 일급 경계령이 내려지면 별동대원들은 개별 행동이 금지되고 10인 1조로 연락망을 갖추어 잠적에 들어간다. 별도의 비표秘標가 뜨기 전까지 신분을 바꾸고 겨울잠을 자는 곰처럼 동면하는 것이다.

내성 수비대장 고건의 직위는 태사자로 중국의 종4품, 장군에 해당하는 무장이다. 나이에 비추어보면 말도 안 되는 고위 직급이다.

고건에게는 그림자로 불리는 8명의 무사가 따라다녔다. 선인들 중에서 고르고 고른 무예의 달인들이었다. 그들은 오직 고건의 명을 받고 고건을 위해 움직였다. 고건은 이 8영影을 데리고 평양성 곳곳에 잠적해 있는 별동대원을 찾아내 지워나갔다. 흑풍대 대주까지 당한 것은 상대를 너무 얕보고 몰랐다는 것에 기인한다. 지피지기면 백전백승이라 했는데 적을 몰랐고 얕잡아보기까지 했으니 그간의 패배는 너무나 당연한 일이었다.

고건은 근자에 나타나 북방 사투리를 사용하는 인물 중에서 나이가 20~40세쯤에 부양하는 가족이 없는 사람들을 찾아냈고, 체격이나 행동거지를 보고 무예를 익혔을 것 같은 인물로 감시 대상의 폭을 좁혔다. 그 결과 이에 부합하는 인물들이 속속 발견되었다. 별동대원이든 아니든 불문하고 고건은 8영을 보내어 그들을 제거했다. 아버지 고원표가 물의를 일으키고 사람들을 불안에 떨게 하라 했으니 거칠 것이 없었다. 8영과 별동대원의 무예 실력이 엇비슷하다 해도 갑자기 습격해 오는 8영의 포위 공격을 당해낼 별동대원은 없었다. 흑풍대에 잠입한 대원들을 통해 고건의 동정을 확인한 최우영은 즉각 전 대원에게 활동 중지 명령을 하달했다.

이진무는 박부길에게 부친상을 핑계로 장기 휴가를 얻었다. 최우영과 김용철, 이진무는 합류하여 은퇴한 절노부 가신이 운영하는 주루酒樓를 겸한 비류객잔의 주방 요리사로 들어갔다. 말이 요리사지 그냥 장작을 패고 쌀을 씻고 야채를 다듬는 잡일꾼에 불과했다. 다른 사람들과 접촉하는 일이 없고 외부로 나다니지 않으면 당분간 안전한 은신처로 삼을 만했다. 그들은 그곳에 숨어 지내면서 틈틈이 행방불명된 대원들을 탐문하고 실종 원인을 조사했다. 그러던 중에 저잣거리 대장장이로 숨어 지내던 별동대 조장의 행방이 묘연해졌다. 그 행적을 쫓으면서 최우영은 8영의 흔적을 잡게 되었다. 그러나 그것은 고건이 대장간 부근 싸움이 있었던 장소를 그대로 남겨두었기에 가능한 일이었다.

실종된 별동대 조장의 애병기愛兵器가 대장간 근처, 야산에서 발견되었다. 그 주변은 풀이 밟히고 나뭇가지가 잘려 있어 격렬한 싸움의 자취가 뚜렷했다. 최우영은 발자국과 무기, 혈흔 등을 살펴보고 공격한 자들이 네 명이 넘을 것으로 추정했다.

대동강은 물길만 해도 2천 리가 넘는다. 낭림산맥에서 발원하여 서해로 흘러든다. 상류 지역에서 마탄강, 금천강, 장선강, 비류강 등의 지류가 합쳐지고 이후 유량이 급증하여 대하천을 이룬다. 주변에 평야를 끼고 흐르다가 다시 평양성을 관류한 뒤에는 보통강, 곤양천, 재령강 등의 지류와 만난다.

평양성 남문 근처의 번화가는 대동강을 통해 물길로 올라오는 물품이 모이는 집하장과 도선장이 모여 있는 관계로 고급 객잔이나 주루가 많았다. 타지에서 온 외인들로 번잡한 곳이니 최우영과 이진무, 김용철을 이상하게 볼 사람은 없었다. 그런데 유독 비류객잔을 관병들이 아침부터 포위하고 기찰을 나왔다.

"꼬리가 밟혔어."

최우영과 이진무, 김용철은 서로 물어볼 것도 없이 각자 병기를 챙겨 들고 뒷담을 넘어 도망갔다. 앞을 막아서던 병사들은 고래고래 소리를 지르다 닭 쫓던 개 지붕 쳐다보듯이 뻔히 볼 뿐 최우영 일행의 달음박질을 따라잡을 생각은 못 했다. 말을 탄 무장 서너 명이 뒤를 쫓아오다 야산 언덕을 평지처럼 달려 올라가는 그들 뒷모습을 보고 화살 몇 대를 날린 것이 전부였다. 산속에서는 기마병들이 제 위력을 발휘하지 못한다.

최우영은 추격대가 더 이상 따라오지 않는 것을 확인하고도 속도를 줄이지 않았다. 험한 산길로 방향을 잡아 한참을 뛰었다. 그들은 다시 협류를 타고 대성산 계곡 깊숙이 들어갔다.

"아, 그만 갑시다. 누가 따라오는 것도 아닌데?"

"따라오라고 일부러 흔적을 남기고 있다, 짝눈아."

이진무의 말에 단순한 김용철이 날카롭게 반응했다.

"까짓 거 쓸어버리면 그만이지. 우리가 도망은 왜 가?"

"관병이 우리 적이냐?"

"적이 따로 있어? 우리에게 칼을 겨누면 다 적이지."

"그런 말을 다 생각해내다니, 말은 멋지지만 네가 하니 별로다."

이진무는 잔머리라는 별명답게 쫓기면서도 김용철을 놀렸다.

"우릴 잡으러 온 놈들이 맞긴 맞아?"

"네 눈깔엔 단순히 잡범을 잡으려고 그렇게 많은 병사를 동원한 것 같으냐?"

"맞네, 그러고 보니 이중 삼중 포위를 했더라."

"끼니라도 때우고 난 뒤에 오지. 인정머리들하고는. 뭐 좀 챙겨 온 거 없냐?"

김용철이 단순한 건 사실이다. 상대의 말을 들어보고 맞다 싶으면 고집 부리지 않고 금방 인정하는 모습이 어린아이 같아 좋아 보이다가도 억지를 쓰면서 꼴통 짓을 하면 아무도 못 말리니 별동대원들 중에서 단연 손꼽히는 골칫덩어리였다.

"다 먹고 살려고 하는 짓인데 뭐 좀 먹자. 배고파 돌아가시겠다."

"겨우 한 끼 굶었다."

"혼자 아침밥을 처먹었으니 그렇지."

"누가 드시지 말래?"

나이가 동갑인 이진무와 김용철은 자주 티격태격 말다툼을 하지만 둘도 없이 절친한 사이였다. 그러다 누군가 상대방에게 정말로 화가 나면 두 사람은 한참 동안 말도 하지 않았다. 그렇게 토라져 며칠간 얼굴도 쳐다보지 않고 지내지만 혹여 한 명이 눈에 보이지 않으면 금방 어디 갔냐고 찾아다니며 소란을 피웠다. 잠을 자도 같이 자고 밥을 먹어도 수저를 같이 들었다. 그런 만큼 전쟁터에서 두 사람이 펼치는 협공은 위력이 대단해 의외의 전과를 올리기도 했다.

"자, 이 정도 왔으면 됐다. 여기쯤에서 기다리자."

최우영이 걸음을 멈추자 따르던 두 사람도 멈춰 섰다. 이진무는 개울 건너편에 물을 마시려고 나타난 노루를 보고 옳다구나 싶어 전통에서 화살을 뽑아 연달아 쏘았다. 화살 2대를 겨누고 날리는 속사 능력이 놀랍고 그 정확도는 더욱 대단했다. 그가 날린 두 대의 화살 모두 밤톨 크기의 노루 급소에 정확히 꽂혔다.

요리 담당은 김용철이다. 비류객잔 주방 요리사들조차 김용철을 진짜 요리사로 믿을 만큼 그의 음식 솜씨는 남다른 구석이 있었다. 그들은 물가 바윗돌 곁에서 불을 피워 노루를 구웠다.

고기가 한창 익어가길 기다리며 침을 삼키고 있을 때, 8영 중에 무려 여섯 명이 몸을 드러냈다. 숫자로는 두 명에 한 명 꼴이었다.

그림자 무리 중 첫째인 일영은 자신의 이름을 감추고 살았다. 군대에서 말썽이 없었다면 최소한 1단을 이끄는 장군에 올랐을 위인이었다. 일신에 지닌 무예와 전공이 높아 주위의 부러움을 한 몸에 받던 장래가 촉망되는 무장이었으나 직속상관의 딸에게 반해 그녀를 범하고 투옥되었는데 고원표가 그의 재질이 아까워 방면해주었다고 한다. 그러나 일영은 아직도 자기가 상관 딸을 겁탈한 게 아니라 그녀가 유혹한 것이라고 항변했다.

최우영 일행을 찾아낸 일영이 비웃으며 말했다.

"겨우 여기까지밖에 못 왔느냐?"

그들이 가까이 왔을 때 이미 기다리고 있던 최우영은 태연하게 말했다.

"어서 와라. 개들이 따라올 걸 아는데 굳이 멀리 갈 거 뭐 있나?"

"네가 최우영이냐? 개인지 사냥꾼인지는 두고 봐야지?"

"고기 냄새까지 풍겼는데 늦었다."

이진무가 활에 시위를 거는 것을 보고 김용철이 볼멘소리를 했다.

"이왕 죽고 살기로 싸울 거 좀 먹고 하자. 쥐새끼도 궁지에 몰리면 문다더라."

김용철은 자신의 도刀로 고기를 잘라 급히 한 입 베어 물다가 씹지도 못하고 뜨거워서 호호거리며 연신 입김을 불어댔다. 그 꼴을 보다 참지 못한 그림자 하나가 개울의 바위를 디딤돌로 삼아 훌쩍 타고 날아와 가로베기로 공격했다. 이진무가 미동도 않고 그림자를 코앞까지 불러들여 가볍게 왼손가락에 힘을 빼고 시위를 놓으니 팅, 경쾌한 울림과 동시에 섬전같이 화살이 날아갔다. 달려들던 그림자가 기겁을 하며 등을 돌려 배를 하늘로 회전시켰다.

간신히 화살을 피한 그림자가 곧바로 이진무의 목을 노리고 검으로 찔러 왔다. 분명 그림자의 검이 목에 닿는 시간이 자신이 활에 시위를 거는 시간보다 빠를진대 이진무는 그에 괘념치 않았다. 두 사람이 한 몸처럼 척척 손발을 맞추는 협공을 믿기 때문이었다. 김용철이 고기 잘라 먹던 도를 휘둘러 그림자의 검을 쳐내는 사이에 시위를 건 이진무가 자세를 흐트러뜨린 그림자의 복부에 화살을 연달아 박아 넣었다. 얼마나 강궁인지 등까지 화살촉이 뚫고 나갔다. 이진무는 돌아보지 않고 다른 상대를 찾았다.

최우영과 일영의 싸움은 장창과 검의 대결이었다. 허공을 빙글빙글 도는 장창이 예측도 못 한 순간 곡선에서 직선으로 변하며 적을 향했다. 원심력을 싣고 휘두르며 치는 봉의 위력은 돌을 깨고 거목

껍질을 산산조각 파열시킨다. 그림자들은 이진무의 화살 공격에 신경 쓰여 숫자의 이점을 살리지 못하고 승부를 질질 끌고 있었다. 또한 최우영의 장창 길이는 적의 근접을 허용하지 않았다. 이에 그림자들은 품속에서 비도飛刀를 꺼내 기회를 노리다 한꺼번에 날렸다. 가까운 거리에서 일제히 던지는 비도를 최우영이 혼자 막기는 어려웠다. 서너 개는 비켜 흘리고 몇 개는 창으로 쳐냈다. 그러나 미처 막아내지 못한 비도가 그의 허벅지와 어깨에 하나씩 박혔다. 그의 눈에 불꽃이 튀었다. 그는 비도를 손으로 뽑아냈다. 상처는 별거 아니겠지만 출혈이 심했다. 시간을 끈다면 생사를 장담할 수 없었다. 최우영이 휘청거리는 걸 본 일영이 다른 그림자들에게 명령을 내렸다.

"한 명만 남고 둘은 저놈들을 죽여라."

그림자들이 이진무와 김용철을 향해 덮쳐갔다. 위기를 느낀 이진무가 활에 화살 두 대를 걸고 쏘니 그림자들도 세 방향에서 비도를 날렸다. 이진무의 화살은 어김없이 그림자 한 명의 복부와 목을 꿰뚫었다. 그림자들이 날린 여섯 개의 비도 가운데 두 개를 김용철이 쳐내어 막았다. 다른 두 방향에서 던진 비도는 이진무가 얼떨결에 활로 쳐냈다. 그러나 나머지 비도가 이진무의 복부와 어깨에 퍽퍽 둔탁한 소리를 내며 파고들었다.

최우영과 이진무마저 부상을 입었는데 아직 적은 넷이나 건재했다. 기진해서 죽기 전까지 한두 명의 목숨을 더 앗을 수 있을지 모르지만 이대로 가면 전원 몰살이다. 최우영은 자신도 모르게 중얼거렸다.

"지독한 놈들이야."

검을 휘두르는 솜씨가 능히 일가를 이룰 만했다. 김용철이 그림자 두 명을 상대로 힘겹게 버티고 있지만 얼마 견디지 못할 것 같았다.

일영은 최우영의 몸짓이 느려지기를 기다리며 서두르지 않았다. 고수에게는 숨겨진 비장의 한 수가 있어 섣불리 덤비다가는 외려 위험해진다는 걸 알기 때문이었다.

이진무는 더 심각한 상황이었다. 비도를 맞고 칼질도 여러 차례 당한지라 일어서지 못한 채 고목나무에 등을 기대어 최후를 기다렸다. 그는 남은 화살 몇 개를 손아귀에 쥐고 그림자가 접근하면 그 화살로 적의 심장에 쑤셔 넣을 작정이었다. 끝이 가까워졌다고 생각하니 오히려 마음이 편해졌다. 솔직히 사는 게 더 힘든 세상이었다. 살벌한 전쟁터에서 별로 희망도 보이지 않는 생을 이어가기 위해 아등바등 발버둥 쳤다. 난전을 치르다 피를 많이 흘려 의식이 가물가물해지면 아, 이제 죽는 건가 했다가 다시 눈을 뜨면 왜 다시 살아났는지 슬퍼했던 적도 있었다. 이렇게 만신창이가 되었다가 다시 살아나봐야 다시 그를 기다리는 건 목숨을 걸어야 하는 전투뿐이었다.

"빨리 끝내자. 와라!"

무사는 적이라도 그 마지막 가는 길을 모욕하거나 수치스럽게 만들어서는 안 된다. 그림자들은 이진무의 눈에서 체념의 빛을 느꼈는지 칼을 내리고 한발 한발 신중하게 다가왔다. 화살을 움켜쥐고 있어봐야 그 길이가 검의 길이보다 짧으니 이대로 휙 그으면 승부는 끝난다. 그런 생각을 하는 찰나에 이진무가 몸을 쭉 빼고 그림자의 발등을 화살로 푹 찍었다. 발등을 찍힌 그림자가 괴성을 질렀다.

"악. 비겁한 놈."

화살은 가죽신을 뚫고 발등을 관통해 꽂혔다.

"맛이 어떠냐? 그 흉터를 볼 때마다 날 잊지 말거라. 하하하."

이진무는 허공에 대고 통쾌하게 웃었다. 그러고는 더 바랄 게 없다는 듯이 눈을 감았다. 그림자는 분노했다. 절룩이는 발을 끌면서 다가가 칼을 내리치려고 팔을 들었다. 그때 뼈가 부러지는 타격음과 함께 그림자의 눈에 눈물이 핑 돌고 코가 찡하면서 코피가 주르륵 흘렀다. 아무래도 콧등이 깨졌나 보다.

누군가 덤불 사이에서 나타났다.

"온달이다!"

체념하고 눈을 감은 이진무를 보고도 몸을 빼지 못하고 발만 동동 구르던 김용철이 환호성을 질렀다. 최우영은 온달을 잘 몰랐지만 그 이름만은 낯설지 않았다. 온달이면 그 바보 온달을 말하는 겐가? 이런 생각도 잠시뿐이었다. 그의 앞에는 일영이 있었다. 그는 정신을 가다듬고 다가오는 일영을 노려보았다.

일영은 별동대와의 싸움이 곧 끝나리라 여겼다. 별동대장 최우영을 잡으면 나머지 잔당을 소탕하기가 더욱 쉬워질 것이다. 그런데 난데없이 훼방꾼이 나타난 것이다.

일영은 신경질적으로 온달에게 정체가 뭐냐고 물었다. 그러자 온달도 일영의 목소리를 흉내 내어 신경질적으로 일영의 정체를 물었다. 일영은 피식 웃음을 흘렸다. 살기 싫어하는 녀석이 하나 더 나타났구나 싶었다.

"네가 바보 온달이냐? 정말 소문처럼 바보가 틀림없구나. 살기가 싫어졌다면야……."

"우리 엄마는 내가 아주 오래 살 거라고 하시던걸."

일영은 무기가 없는 온달 정도는 손쉽게 없앨 수 있으리라 여기며 한발 한발 접근했다.

"더 가까이 다가오면 던진다. 돌에 맞아본 적 없지? 정통으로 맞으면 무지 아프다."

일영은 부상당한 최우영을 내버려두고 몸을 웅크렸다 튕기면서 제비가 물살을 차고 오르듯이 온달의 품을 향해 날아갔다. 단칼에 베어 버릴 작정이었다. 이번에도 어김없이 둔탁한 소리가 났다. 빡. 팔꿈치가 찌릿해지면서 일영은 검을 놓쳤다. 생전 처음 당해보는 상황이었다. 팔꿈치 통증보다 놀라움이 더 컸다. 무사가 검을 놓치다니! 일영은 몸을 데굴데굴 굴려 검을 주워들었다. 그런데 손아귀에 힘이 들어가지 않았다. 그래도 끝장은 봐야 하기에 그는 다른 손으로 검을 잡았다.

그때 숲에서 왁자한 말소리가 들리면서 아줌마와 처녀 들이 떼를 지어 나왔다. 그녀들은 피를 흘리는 사람들을 보고 비명을 지르며 호들갑을 떨었다.

"으악, 저 피 좀 봐."

"어머, 사람이 죽었어."

산나물을 캐러 나온 아낙들이었다. 일영은 곤혹스러워졌다. 이 상태로 싸우는 건 곤란하다. 여자들까지 다 죽일 수는 없지 않은가.

"괜찮아. 놀라지 마요. 지들끼리 싸웠어."

온달이 여자들을 아는 체하며 진정시켰다.

"저쪽 비탈을 넘어가면 냉이랑 달래, 고들빼기, 여하튼 산나물이 많아요. 자, 눈은 감고 저리로 돌아가세요."

얼굴을 가리고 여자들이 우르르 피해 갔다. 그녀들에게 들으란 듯이 온달이 침착한 목소리로 소리쳤다.

"신고부터 해요. 애도 아니고 어른들이 왜 싸워? 말로 하면 되지, 꼭 피를 봐야 하나?"

일영의 얼굴이 구겨졌다. 망신도 이런 망신이 또 있을까. 그로서는 처음 당해보는 곤혹스러운 상황이었다. 그러거나 말거나 온달은 동네 꼬마들의 싸움을 말리기라도 하듯 넉살 좋게 말했다

"곧 부락 사람들이 몰려올 거야. 그만 돌아들 가지?"

일영은 입술을 깨물었다. 얼굴이 노출되었고 훼방꾼도 있으니 더 이상의 싸움은 무의미하다.

"철수해라."

일영이 명을 내리자 그림자 두 명이 부상당한 동료들을 부축했다. 최우영과 온달을 향해 일영이 두 눈 부릅뜨고 협박조로 내뱉었다.

"살고 싶다면 공주 곁을 떠나라. 다음에 눈에 띄면 반드시 죽인다."

일영이 돌아서자 그의 등 뒤로 온달의 날선 목소리가 날아왔다.

"아저씨, 그냥 가면 어떡해? 죽은 사람은 묻어주고 가야지. 하긴 나쁜 놈들이 의리가 있겠어?"

일영은 분노가 치밀어 입술이 파르르 떨렸다. 그는 욱신거리는 팔꿈치를 감싸고 의연하게 걸으려 노력했다.

온달이 그의 팔꿈치를 보면서 혀를 찼다.

"그 팔꿈치 말이야. 며칠 찬물로 찜질해주면 나을 거야."

병 주고 약까지 처방해주다니. 일영은 온달이 바보라는 사실을 결코 인정할 수 없었다. 누구보다 능청스럽고 잔망스러운 녀석처럼 여겨졌다. 그는 아예 대꾸도 안 하고 서둘러 자리를 떴다. 온달을 더 이상 상대하고 있어봐야 일진만 사나워질 것 같았다.

그림자들이 멀어지자 김용철이 이진무에게 다가가 상처를 살폈다.

"에라, 그냥 놔두지. 이제 죽어서 좀 편해지나 했다."

이진무는 온달에게 목숨을 구원받고도 오히려 심통을 부렸다.

"우릴 살렸으니 이제 네가 우릴 책임져라."

김용철도 애꿎은 온달에게 책임을 떠넘겼다. 과묵한 최우영은 정식으로 온달에게 사의를 표했다.

"네 덕에 모진 목숨을 구했다."

"쩝, 죄다 몸들이 왜 그래요? 그러게 평소에 좀 착하게 살지."

혀를 차는 말짱한 온달의 얼굴을 보면서 최우영도 오늘의 운수가 별로라고 생각했다.

최우영과 김용철은 죄다 망가진 몸을 끌고 간신히 사씨촌으로 향했다. 실신한 이진무는 온달의 등에 업혀 갔다.

사씨촌에는 화전민, 숯막, 약초꾼 들이 모여 그들만의 세상을 이루고 살았다. 생계가 어려운 하층민, 전쟁에서 포로로 끌려왔던 사람 등 평범하지 않은 사연을 간직한 사람들도 있었다. 집성촌 촌장인 사노인은 최우영 등의 부상이 중함을 보고 온달을 조용히 불러냈다.

"네가 데려온 사람들은 칼을 쓰는 무사들이다. 얼마나 원한이 깊은지 모르지만 저렇게까지 사람을 상하게 했다면 죽이려고 한 짓인데 혹시 다른 말썽은 없겠느냐?"

"산짐승도 다치면 치료해주는데 사람부터 살리고 봐야지요."

"차라리 짐승이면 걱정을 안 한다. 마을로 들어오는 길에 난 핏자국을 지워라. 여자와 아이 들부터 함구를 시켜야겠다."

최우영 일행은 사씨촌에서 민간요법으로 상처를 치료하면서 근 한 달을 요양해야 했다.

월광, 암습당하다

　온달의 연락을 받고 사씨촌을 찾아간 월광은 최우영과 이진무, 김용철의 부상을 살피고 실로 꿰맨 자국을 일일이 살폈다. 월광의 눈길과 상처를 쓰다듬는 손길에는 애정이 듬뿍 묻어 있었다.

　"신통하구나. 이러고도 사람이 안 죽는 걸 보면."

　월광은 상처에 독한 술을 부어 소독하고 손수 약초를 붙여주었다. 그가 보기에는 이진무의 부상이 가장 중한데 피둥피둥 살이 올라 얼굴에 화색이 도는 것이 꾀병인지 엄살인지 모를 지경이었다.

　"너는 요즘 자주 다치는구나. 성한 곳이 없어. 칼도 자주 맞으면 버릇된다더라."

　세 사람은 산 좋고 물 맑은 곳에서 월광이 준 보약을 달여 먹고 끼니때마다 보양식까지 챙겨 먹었다. 비록 환자 신세이긴 하지만 전장에서는 누려보지 못한 호강이었다.

집으로 돌아가는 길에 월광 장군은 주변 낌새가 이상하다는 눈치를 챘다. 방물장수와 점쟁이가 지나가고 엿장수가 쇠가위를 치며 나무 그늘에 앉아 쉬는 것이 예사롭지 않았다. 월광의 집은 민가와 떨어져 있고 언덕 위에 있어 그들이 진짜 장사꾼이라면 이쪽으로 발길을 돌리지 않았을 것이다.

집 대문 앞에 공주의 마차가 있었다. 임정수가 나와 그를 맞았다. 월광은 본능적으로 위험을 직감했다. 그의 몸이 팽팽하게 긴장되었다. 그러나 임정수는 전혀 낌새를 눈치 채지 못한 듯 평소와 다름없이 빙글빙글 웃으며 그에게 다가왔다.

"안색이 핼쑥하신데 어디 몸이 편찮으십니까?"

월광은 고개를 저었다.

"긴요한 일이 있으니 오늘은 일찍들 궁으로 돌아가게."

"태자님도 함께 나와 계시옵니다."

"뭐라고? 서둘러야겠다. 뒤를 밟혔어."

임정수가 놀라 칼을 잡으며 주변을 둘러보았다. 월광은 임정수의 손목을 붙잡았다.

"어허, 표시는 내지 마라. 마차는 여기 두고 뒷문으로 빠져나가. 두 분을 태워 십 리만 가면 절노부 주둔지가 있어. 그곳에서 철기병을 호위로 세우고 왕궁으로 돌아가면 무사할 것이야."

"대부님은요?"

"나를 노리고 온 놈들이 아니야. 도중에 멈추면 안 돼. 두 분께는 아무 말도 하지 말게나. 지금으로서는 무사히 안학궁으로 두 분을 모셔 가는 것이 자네 소임이야."

임정수는 마지못한 듯 고개를 끄덕였다. 월광은 임정수의 손목을 놓아주었다. 그는 주위를 둘러보거나 서두르지 않았다. 눈치 챘다는 걸 적이 알게 해서는 안 되었다.

"자넬 믿겠어. 공주님과 태자님을 부탁하네."

월광은 임정수를 집 안으로 들여보냈다. 그는 공주와 태자가 타고 온 마차를 살피는 척하며 그 안으로 들어가 앉았다. 감시자들의 시선을 묶어두려는 것이었다.

월광은 일심一心으로 살았다. 남이 뭐라 하든 고구려보다 사랑이 먼저였다. 왕후, 그녀가 있었기에 고구려를 생각했고 그녀를 잃었기에 생사를 도외시하며 전쟁터를 누볐다. 그는 자신을 영웅이라 생각해본 적이 없었다. 영웅은커녕 저잣거리의 망나니보다 못하다고 여겼다. 실연에 빠진 것조차 평생 숨기고 살아야 했던 못난 남자이니 말이다.

고즈넉하게 물들어가는 석양을 보며 월광은 그녀와의 어린 시절을 떠올렸다.

"오라버니, 나 좋아하지?"

그녀가 눈을 빛내며 묻자 월광은 어눌하게 대답했다.

"어? 응."

"난 오라버니한테 시집갈 거야. 그래서 미리 보여주는 거야."

그녀가 가만히 저고리를 풀어 부풀어 오른 봉긋한 젖가슴을 드러내 보였다. 분홍빛 유두와 뽀얀 피부에 눈이 시렸다.

"눈 뜨고 자세히 봐. 나중에 후회하지 말고⋯⋯."

그만큼 그녀는 확신을 가지고 월광을 대했다. 그녀가 자신의 운명이 타인의 손에 의해 결정되었다는 것을 알았을 때 소도를 꺼내 자기 목을 찌르려 한 것은 순간적인 감정 때문이 아니었다. 그때 월광이 달려들어 간신히 막았다. 제발 살아만 있어달라고, 그래야 같은 하늘을 쳐다볼 수 있다고, 그럼 그나마 이 세상이 지옥으로 느껴지지 않을 거라고 설득했다. 허나 그녀가 왕궁으로 떠나고 난 뒤 월광은 진짜 지옥이 뭔지 실감했다. 그동안 감정의 허영과 사치 속에 살았다고 해도 좋을 정도였다.

전쟁터란 그런 곳이었다. 북방은 기아와 공포, 살육으로 얼룩진 곳이었다. 살기 위해 뺏고 죽이는 비정과 눈물이 넘치는 땅이었다. 월광은 그녀를 떠나보낸 뒤 전쟁터를 헤매던 자신의 모습을 씁쓸하게 떠올렸다. 사랑을 잃고 마음이 죽은 어리석은 사내. 그는 신음처럼 한숨을 내쉬었다.

감시자들이 움직이기 시작했다. 그들은 기다리다 지쳤는지 숲 속에서 부스럭거리는 소리를 냈다. 월광은 전신을 조여드는 살기를 느꼈다. 그는 목소리에 내력을 실었다.

"그만 나오너라. 공주님과 태자님은 이미 궁으로 돌아가셨다."

복면을 한 밀정들이 묵묵히 장승처럼 나와 섰다. 월광도 마차에서 내려 쌍검을 뽑았다. 그는 그들을 한 눈으로 살핀 뒤 말했다.

"멀리서 왔구나."

"대명大名은 익히 들었습니다. 허나 우리가 멀리서 왔는지는 어찌 아십니까?"

"병기를 봤다. 체형을 보아하니 돌궐이구나."

벌써 담을 넘어간 살수들이 집 안 곳곳을 뒤지는지 비명 소리가 들렸다.

"죄 없는 사람을 다치게 해서 무엇 하겠느냐? 너희 족장이 보냈느냐, 아니면 이쪽에서 불러들였느냐?"

"죽을 사람이 그런 건 알아서 뭐 하겠소?"

"그 말도 맞다. 어디 하고 싶은 대로 해보거라."

싸움에서는 선공이 유리하다. 장기주와 밀정들이 무기를 빼들고 월광을 향해 달려왔다. 월광은 쌍검을 힘껏 내뻗는가 싶더니 어느새 양팔을 벌리고 너울거리며 춤을 추었다.

밀정들은 협공을 펼쳤다. 그들은 갑옷을 입지 않은 평상복 차림이라 몸이 가볍지만 칼질을 주고받을 때마다 아차 실수하면 치명상을 입는다. 월광은 적이 찌르고 들어오면 검 하나로는 수비를 서고 다른 하나로는 공격을 했다. 앞뒤로 동시에 두 명이 달려들면 두 손을 사용하여 쌍검무를 펼쳤다.

아무리 적의 숫자가 많아도 한 번에 네 방향에서 동시에 공격해 오기는 어려웠다. 정면에서 맞붙은 밀정은 가슴 부위가 길게 찢겼고 어깨 부위도 뼈가 드러난 상태였다. 부상이 녹록치 않아 보였다. 밀정 하나는 아래에서 치고 올라오는 월광의 검을 시야에서 놓쳐 즉사했고 다른 한 명은 허벅지의 뼈가 드러날 정도로 깊은 부상을 입고 다리를 질질 끌었다.

합공을 펼친 상대가 이 정도 피해를 입는 동안 월광이라고 해서 무사한 건 아니었다. 그 역시 여러 군데 칼질을 당했고 흘러내린 피가 옷을 적셔 마치 혈인血人을 연상케 했다. 고통쯤이야 별것 아니었지만 월광은 서서히 지쳐갔다.

밀정들이 이번에는 세 방향에서 달려왔다. 두 명의 공격은 쌍검으로 연달아 막아냈고 나머지 공격은 몸을 돌려 피했다. 그 순간 밀정이 입에 대롱을 물고 독침을 쏘았다. 평소의 월광이라면 옷소매로 얼굴을 막아 보호했을 것이다. 그러나 상처가 많다 보니 동작이 느려진 그는 독침을 막지 못했다. 얼굴이 따끔거렸다. 이내 화끈거리는 얼굴로 피가 몰리면서 머리가 어찔해지고 하늘이 빙빙 돌았다.

균형을 잡는 머리가 마비되니 제대로 몸을 가누기가 어려워져 월광은 한쪽 무릎을 바닥에 꿇었다. 극독을 발랐는지 눈이 감겨왔다. 이렇게 끝나는 건가. 그는 몽롱한 정신으로 지난 생을 반추했다. 시야도 희미했고 귀도 윙윙거렸다. 땅을 차며 달려드는 적들의 발짝 소리가 깊은 우물 속에서 들려오는 것처럼 울렸다.

월광의 손에서 검이 스르르 풀렸다. 그는 젖 먹던 힘까지 짜내어 손에서 빠져나가는 칼을 다시 쥐었다. 그러고는 있는 힘껏 던졌다. 최후의 수단이었다. 밀정 하나가 그의 검에 맞았다. 외마디 비명이 났고 동시에 털썩 사람 몸이 쓰러지는 소리가 났다. 그 순간 예리하고 차가운 뭔가가 월광의 등을 쓸고 지났다. 등 뒤로 한 줄기 시원한 바람이 분다 싶었다. 그는 얼굴을 바닥에 처박았다. 바닥에 길게 누운 그는 정신이 가물가물 꺼져갔다.

"기다려라!"

방향이 감지되지 않는 곳에서 다급한 외침과 말발굽 소리가 들렸다. 월광은 얼굴에 감각이 서서히 사라지는 것을 아득히 느꼈다.

말에서 내린 사람은 고건이었다. 그의 뒤로는 그림자들이 따랐다. 고건은 쓰러진 월광의 목덜미 맥에 손을 갖다 댔다. 아무런 박동이 전해 오지 않았다.

"늦었다. 월광 장군은 운명하셨다."

고건은 월광의 죽음을 확인하고 일어섰다. 그는 예의 경멸이 담긴 눈빛으로 밀정들을 보았다.

"독침을 사용했소?"

살아남은 밀정이 고건을 마주 노려보았다.

"우린 무예를 겨누려고 온 게 아니라 죽이러 왔소."

"그렇다면 무사가 아니라 자객이겠군."

고건은 칼자루를 잡자마자 앞에 있는 밀정의 목을 쳤다. 이어 파랗게 질려 주저앉은 다른 밀정의 부상당한 허벅지를 보았다.

"어차피 그 몸으로는 집에 돌아가지 못한다."

뒤를 보지도 않고 등을 진 채 고건이 칼로 찔렀다.

"으아악."

"자객이 비명 소리를 내다니…… 월광 장군은 우리에게 살아 있는 전설이다. 너희들 손으로 그걸 지우게 둘 순 없다."

고건은 그림자들에게 밀정들의 시신도 함께 불태워 흔적을 없애라고 명령했다. 그림자들은 월광을 집 안에 들여놓고 불을 질렀다. 활활 거세게 타오르는 불길이 바람에 맞서 울부짖는 광경을 고건은 말안장에 앉아 지켜보았다. 어차피 싸움에는 승패가 따르고 이긴 자만이 살아남는다. 월광 대부의 죽음으로 별동대와의 일전은 막을 내린 셈이다. 그러나 고건의 기분은 전혀 나아지지 않았다.

안학궁 안팎에서는 평소보다 무구를 갖춘 군사들의 왕래가 잦아졌다. 태왕은 직접 울절을 대동하고 월광 대부의 조문을 하고 돌아갔다. 월광의 빈소는 불길 속에서 전소를 면하고 남아 있던 서재에 차려졌다. 장군은 후사가 없어 공주가 대신 손님을 맞이하고 상주로서 장례를 치렀다. 월광도 그걸 원하고 기뻐할 것이었다.

최우영과 이진무, 김용철이 공주의 곁에서 그녀를 도왔다. 아무도 시키거나 부른 사람은 없었다. 숨어 있던 별동대원들이 갑옷을 차려 입고 그들의 영웅을 찾아와 마지막 떠나는 대장군에게 예와 정성을 다했다. 흑풍대의 감시 따위는 아랑곳하지 않았다. 전쟁터에서 악착같이 살아남으라고 한 것이 월광 대장군의 군령이었다. 그러나 그가 그것을 지키지 못하고 먼저 떠난 지금, 최우영은 자신이 살아 있다는 사실에 비통해했다.

월광은 그들이 살아온 삶의 흔적이자 존재를 증명해주는 상징이었다. 죽음의 땅에서 침식을 같이하고 생사를 나눈 부자간이나 다름없는 관계였다. 별동대원들은 월광의 시신을 겹겹이 둘러싸고 밤새 관을 지켰다. 소문을 듣고 찾아온 소속이 다른 수많은 병사들도 대문 밖으로 길게 늘어서서 대장군의 위패에 조의를 표했다.

"참으로 원통한지고, 나라의 기둥을 잃었으니……."

"어찌 된 건지 하인들도 불에 타 죽었답니다."

"얼마나 불길이 거셌으면 아무도 빠져나오지 못했을까?"

조문객들은 이런 이야기들을 낮은 목소리로 나누었다. 김용철은 울화가 치밀었다. 월광 대장군은 만취해 곯아떨어져도 피부로 살기를 느끼고 그 위험을 감지하는 사람이다. 그런 월광이 집이 통째로 불길에 휩싸였는데도 잠들어 있었을 리 만무했다. 원통하고 분했지만 지금은 울분을 속으로 삼키는 수밖에 없었다.

월광의 빈소를 방문한 인물들 중에 유독 다른 조문객들의 눈길을 끄는 무리가 있었다. 화전민, 나무꾼, 숯막 일꾼, 목수, 부녀자를 대동한 온달 일행이었다. 온달이 소식을 듣고 데려온 산촌 부락 사람들은 빈소에 절을 하자마자 곧장 팔을 걷어붙이고 청소를 하고 음식을 만들고 문상객을 치르는 잡일꾼으로 변신했다.

최우영과 이진무, 김용철도 부상을 당했을 때 생활 형편이 좋지 않은 그들에게 신세를 졌다. 부락 사람들은 단지 얼굴을 안다는 이유로

도우러 온 것이다. 그들은 불에 타 재가 된 쓰레기와 목재를 치우고 고칠 건 고쳐서 최우영과 별동대원들이 머물 수 있도록 해주었다. 온달과 사씨촌 사람들이 평소 별로 말이 없는 최우영과도 가깝게 지내는 것을 보고 공주가 신기해하며 임정수에게 물었다.

"임 장군, 저 사람들은 누굽니까?"

"일전에 기우제를 도와준 사씨촌 사람들입니다. 별동대원들이 습격을 당했을 때도 온달이 그들을 구해주고 사씨촌에 숨겨 부상을 치료해주었다고 합니다."

"그렇군요. 그럼 온달은 순노부 사람입니까?"

"그건 알 수 없으나 제 어미가 사씨인지라……."

고개를 끄덕인 공주가 온달에게 다가갔다. 온달을 보는 공주의 눈빛은 오랜 친구를 만난 듯 친밀감이 잔뜩 담겨 있었다.

"이렇게 와줘서 고마워."

"내가 좋아서 하는 일이야."

"뭐가 좋은데?"

짓궂은 공주의 질문에 온달은 코를 킁킁거렸다.

"냄새도 좋고. 그냥 기분이 좋아."

"호호호. 고마운 말이네."

공주는 온달에게 전혀 거부감을 느끼지 않았다. 오히려 그가 점점 친근하게 여겨졌다. 아마 워낙 어릴 때부터 바보 온달에게 시집갈 거라는 놀림을 받아서 익숙해져 있는지도 몰랐다.

온달이 짚에 재를 묻혀 그릇 설거지를 도맡아 하는 걸 보고 슬그머니 임정수가 접근해 말을 붙였다.

"뭐 좀 물어보자. 너, 정말 호랑이를 타본 적 있냐?"

온달이 그를 빤히 바라보았다. 마치 "이 사람이 밥 잘 먹고 왜 이러나?" 하고 묻는 듯한 눈빛이었다. 그러거나 말거나 임정수는 얼굴을 온달의 코앞에 갖다 대고 기색을 살폈다. 온달은 대꾸를 안 하고 등을 돌렸다. 임정수는 계속 집요하게 물었다. 네가 바로 왕가 사냥터에 나타난다는 귀신이 맞지 않느냐, 혹시 축지법 같은 걸 쓸 줄 아느냐 하면서 허무맹랑한 질문만 던져대자 온달도 더는 견딜 수가 없었다. 온달은 이러다 무슨 날벼락을 당할지 몰라 엉덩이를 들고 일어나 잰걸음으로 그를 피해 도망갔다.

온달은 집 모퉁이를 돌아서자마자 고개를 내밀고 임정수를 훔쳐보았다. 임정수는 혼자서 고개를 갸우뚱거리며 계속 중얼거리고 있었다. 최우영이 온달에게 다가가 왜 그러느냐고 물었다. 온달은 저만큼 떨어져 서 있는 임정수를 가리켰다.

"저기 저 사람, 좀 이상해. 나보고 호랑이를 타고 다니냐? 축지법을 쓰냐? 그렇게 묻더라구. 아무래도 좀 모자라는 사람 같아. 툭하면 뒤를 졸졸 따라다니고, 날 쳐다보는 눈빛이 이상해."

"에이, 설마?"

최우영은 웃으며 온달의 말을 받아넘겼다.

그날 밤, 별동대원들이 모여 월광 장군의 시신을 검안했다.

임정수는 공주가 대장군의 시신을 보지 못하도록 말렸으나 그녀는 한사코 마지막으로 가는 대장군의 모습을 보려고 했다. 공주는 자기 때문에 대부가 죽은 거라고 여겼다. 그녀는 입술을 깨물고 불에 탄 월광의 시신을 눈이 아리게 새기며 복수를 다짐했다.

'대부님, 이 모습을 뼛속에 담고 오늘의 원한을 잊지 않겠습니다.'

월광의 시신을 빙 둘러싸고 있는 별동대 조장들 뒤에서 온달이 까맣게 그을린 길쭉한 것을 주워 와서 모두에게 보였다. 그들은 온달의 손에 들린 것이 월광의 검이라는 걸 한눈에 알아보았다.

"오, 대장군의 쌍검이다."

칭찬받고 싶은 마음에 온달은 잿더미 속에서 찾아냈노라고 의기양양하게 말했다. 최우영은 온달에게 건네받은 검을 이리저리 살펴보고 냄새를 맡아보았다.

온달은 월광의 시신을 진지하게 내려다보았다. 그의 눈빛이 잠깐 어둠 속에서 발광하는 짐승의 눈처럼 빛났다. 온달은 손을 뻗어 월광의 뺨을 만졌다. 별동대 조장 가운데 한 사람이 온달을 제지했다.

"물러서라. 감히 어디에 손을 대느냐?"

온달의 표정은 심각했다. 공주는 필시 무슨 사정이 있으리라 여기고 조장을 말리며 온달에게 물었다.

"뭐 이상한 게 있어?"

온달은 고개를 갸웃하며 혼잣말로 중얼거렸다.

"숯막에서 일해봐서 아는데……."

온달은 퍼뜩 정신이 들어 주위 사람들을 둘러보았다. 낯선 별동대원들의 살기등등한 얼굴이 그를 둘러싸고 있었다. 하나같이 덩치가 엄청나고 팔뚝이 보통 사람 허벅지만 한 무쇠 인간들이다. 온달이 말하기를 주저하자 최우영이 뭐든 말해도 된다고 일러주었다. 최우영의 말에 용기를 얻은 온달이 천천히 입을 열었다.

"이 아저씨는……."

"아저씨가 아니라 대장군님이시다!"

별동대원들은 신경이 날카로워진 상태라 무슨 말만 꺼내면 울컥 흥분부터 했다. 온달은 괜히 나섰다 싶었다. 김용철이 눈치 채고 그의 역성을 들었다.

"이놈들아, 감히 공주님 앞에서 어딜 큰 소리로 끼어들어? 한 마디만 더 하면 그냥 확 아가리를 찢어버린다."

이번에는 이진무가 김용철의 옆구리를 쿡 찔렀다.

"시끄럽다. 너나 입 닥쳐라."

최우영이 인자한 얼굴로 온달을 재촉했다.

"호칭은 장군님이라 부르면 된다."

"그래, 알았어. 장군님을 살펴봤는데…… 콧구멍이나 목 안에 재가 전혀 없어."

다들 의아한 표정으로 대체 무슨 말을 하려나 싶어 온달의 입만 뚫어져라 바라보았다.

"숯막에서 일하다 보면 다들 새까매지거든. 숨을 쉬어야 하니까 재도 같이 마시게 되고…… 그러니까 장군님은 불에 타 죽은 게 아니라 죽고 난 뒤에 불에 태워졌다는 거야."

검시를 하면 밝혀질 일이다. 그래도 공주는 새삼 온달이 감탄스러웠다. 학문을 쌓아 지식이 많은 것도 아니고 세상 물정도 잘 모르는 온달이 아니던가.

누더기 옷에 어수룩한 말투하며 겉모양은 영락없이 바보지만 그는 남들이 모르는 지혜와 다정한 마음을 갖고 있다. 또한 그에게는 순박한 사씨촌 이웃들이 있다.

감정이 격해진 별동대원들보다 임정수가 먼저 냉정하게 사태를 분석했다.

"집 안의 하인들도 화기를 피해 빠져나온 사람이 없고 시신이 한 장소에 모여 있었습니다."

최우영의 음성이 갈라져 나왔다.

"화재는 증거 인멸을 위해서 필요했을 거다."

"그러니까 씨팔, 대장군을 살해한 놈들이 누구냐고?"

펄쩍 뛰며 나서는 김용철의 입을 이진무가 막았다.

"입 닥치고 들어. 한 마디만 더 떠들면 바늘로 기워놓는다."

김용철은 불같이 흥분하다가도 신기하게 이진무의 말에는 고분고분했다.

"대부님은 저와 태자를 살리기 위해 홀로 남아서 자객들을 유인한 겁니다."

공주가 흐느끼며 주저앉았다. 그런 그녀를 부축하며 최우영이 비통하게 말했다.

"고원표의 짓입니다. 그가 아니라면 누가 감히 장군님께 칼을 겨누겠습니까."

그날 밤 안학궁 서각의 불빛도 밤늦도록 꺼지지 않았다. 취하고 싶어 술을 마셔도 평원왕은 정신이 말짱하기만 했다.

월광 대부를 잃은 슬픔보다 앞으로의 추이와 변수를 먼저 생각해야 하는 자신의 처지가 한탄스러웠다. 대부의 죽음 앞에서도 시국의 동향을 가늠하고 그 향배를 저울질해야 하는 자신이 못 견디게 싫어졌다. 이러고도 사람인가 싶었다. 할 수만 있다면 모든 짐을 벗어던지고 평범한 사람으로 살아가고 싶었다.

장례가 끝난 뒤 임정수는 공주의 마차를 호위하며 궁으로 돌아갔다. 별동대원들은 공주 일행이 환궁하기를 기다렸다는 듯 그들의 마차가 시야에서 사라지자 한군데 모여 고원표를 칠 논의를 했다. 이런 상황을 예견한 임정수가 자중할 것을 신신당부했건만 소용없었다.

주동자는 김용철이었다. 각 조장들을 충동질하고 바람을 잡을 사람은 김용철 말고는 없다. 아무리 생각해도 최우영은 이해하기 힘들었다. 분명 김용철은 머리가 별로 좋지 않다. 그런 사람이 동료를 꾀고 충동질하는 건 최고였다. 그런 것도 재능이라고 해야 할지. 평소에는 김용철보다 똑똑하고 약삭빠른 자들도 모조리 그의 꼬임에 넘어갔다.

최우영이라고 해서 대장군의 복수를 마다할 것인가. 그러나 당장 이렇게 하는 것은 무리다. 온 집 안에 모닥불을 피워 밤을 대낮같이 밝혀놓고 80여 명의 별동대원들이 공격 준비를 서두르고 있다. 고요한 밤이라 대원들의 우렁찬 함성은 십 리 밖까지 퍼져나갈 것이다. 이건 숫제 고원표를 친다고 방문을 돌리는 것이나 마찬가지였다.

김용철은 물 만난 고기처럼 신이 나서 뛰어다녔다.

"너희들은 북문을 장악해라. 사저는 우리가 친다. 성안 군사들과는 싸우지 마라. 고원표만 죽이면 칼을 버리고 항복해도 좋다."

여기저기서 호응하는 목소리가 쩌렁쩌렁 터져 나왔다.

"와아."

"원수를 갚자!"

"와아, 공격이다. 흑풍대를 쓸어버리자."

"고원표를 죽이자."

"복수다!"

한심하고 어이없다는 표정으로 그들 앞에 장창을 들고 최우영이 나타나자 김용철이 움찔했다.

"아주 비장해 보인다. 머리에 두건 쓰는 건 어디서 배웠냐?"

김용철은 잔뜩 힘을 실은 목소리로 대꾸했다.

"우린 대장군과 한 날 한 시에 죽기로 맹세했소. 오늘이 바로 그날입니다."

"오늘이 그날인지 네가 어떻게 아느냐? 앞 뒤 잴 줄도 모르고 무작정 쳐들어가면 복수가 되느냐? 기가 막힌다."

최우영의 호통에도 불구하고 어둠 속에서 번들거리는 대원들의 눈빛은 정상이 아니었다. 최우영은 곁눈질로 이진무를 찾았다. 이럴 때 나서서 말려주면 좋으련만 보이지 않았다. 별동대원들은 앞을 가로막는 최우영을 성가신 방해물로 간주했다.

"지금부터 우리를 막는 자는 모조리 적이다. 가자. 날 따르라!"

그들은 월광의 관을 마차에 싣고 고원표의 저택으로 진격하려는 것이다. 무모한 일이다. 분노에 휩싸인 별동대들원의 습격은 고원표가 기다리는 바일 것이다. 고원표는 함정을 파놓고 있을 것이다. 지금 가면 몰살당할 게 뻔하다.

활짝 팔을 벌리고 최우영이 대원들 앞을 가로막았다.

"움직이지 마라. 그 자리에서 한 발만 떼면 김용철 네 놈 목부터 날리겠다. 애들을 한 날 한 시에 제삿밥 먹이려고 작정했냐?"

"이미 목은 내놓았소."

"이 돌대가리야, 복수하려면 제대로 해라. 죽으려면 혼자서 뒈져. 대장군이 저승에서 오냐 고맙다, 너희들도 잘 따라 죽었다며 반길 것 같으냐? 고원표는 네놈들이 어서 쳐들어오길 자리 깔고 기다리고 있을 것이다. 그 정도 대책도 없이 이런 짓을 벌인 줄 아느냐? 다들 개죽음을 당하면 누가 대장군의 원수를 갚아주겠느냐?"

김용철은 정말 단순했다. 왕방울만 한 눈을 끔뻑끔뻑하며 뭔가 생각하는 듯했다. 최우영은 안도의 한숨을 내쉬었다. 김용철의 두 눈에서 울분을 삼키는 눈물이 주르륵 흘렀다. 이러면 먹힌 거다.

그러나 문제는 김용철이 충동질하여 불을 지른 다른 별동대원들이었다. 흥분한 그들은 이미 관을 실은 마차를 앞세우고 대문을 나섰다. 최우영은 한풀 꺾인 김용철을 노려보며 그가 무슨 짓을 저질렀는가를 일깨워주었다.

"원래 별동대는 막무가내 싸움은 안 한다. 이 머저리 같은 놈아, 이제 어쩔 거냐?"

김용철은 완전히 기가 죽어 대꾸도 제대로 못 했다. 그사이에 상황이 급박해졌다. 선동하는 낯익은 목소리가 들렸다. 최우영이 건너다보니 이번에는 이진무다. 이진무가 주동자가 되어 별동대원들을 부추기고 있었다. 기대했던 녀석마저 저러니 최우영은 잠시 맥이 풀렸다. 흥분한 별동대를 제지할 사람이 더는 없었다. 최우영은 위험을 무릅쓰고 그들 앞을 가로막았다. 한동안 옥신각신 실랑이가 벌어졌다. 그들은 대장인 최우영조차 눈에 보이지 않는 듯 험악한 말을 쏟아내더니 급기야 그를 베고서라도 지나가겠다며 칼을 뽑았다. 최우영은 비참한 심정이 되어 대원들에게 호소했다.

"복수는 반드시 한다. 그러나 이건 아니다."

"헛소리 마시오. 밀어붙여."

갑자기 뒤에서 함성을 지르며 둑이 터지듯 대원들이 떼로 밀어붙였다. 최우영은 창을 가로로 들고 그들에 맞섰지만 역부족이었다.

그때 말 울음소리가 밤하늘에 울렸다. 마차가 멈춰 서고 임정수의 부축을 받으며 공주가 내렸다. 누군가 공주를 발견하고 소리쳤다.

공주는 우선 저 멀리 떨어져 서 있는 온달을 향해 깊이 고개를 숙여 보였다. 고마움의 표시였다. 궁으로 가던 중에 온달이 지름길로 달려와 소식을 전해주었다. 고원표는 상부 고씨로 엄연히 왕의 일족이다. 지금 고원표를 치는 것은 반역이다. 만약 그런 일이 생긴다면 절노부 연청기나 평원왕도 별동대를 구해줄 수 없다. 별동대는 전군을 적으로 삼아야 하고 결국은 전멸할 것이다.

바람에 퍼덕이는 횃불 앞으로 공주가 나서서 별동대원들을 향해 무릎을 꿇었다. 갑작스러운 공주의 행동에 어리둥절해진 대원들이 흥분을 가라앉히고 잠잠해졌다.

"대부님의 검을 가져오세요."

공주의 말에 임정수가 쌍검을 들고 와 공손히 바쳤다.

"대부님은 저와 태자를 지켜주시려다 돌아가셨습니다. 그러니 원수를 갚으려면 저부터 베고 가십시오."

"공주님, 안 됩니다."

"말리지 마십시오!"

"대장군은 죽어서도 눈을 감지 못할 것입니다."

"정말 고맙습니다. 원수를 갚고 싶은 심정은 전들 모자라겠습니까? 허나 적은 이미 예상하고 군사를 동원했을 겁니다. 참아야 합니다. 원수를 갚을 수 있다면 1년이면 어떻고 10년이면 어떻습니까? 도와주세요. 저 혼자는 저들과 싸우지 못합니다. 이렇게 무모하게 부딪쳐서는 적을 이기지 못합니다."

공주는 창백한 얼굴로 절절하게 호소했다.

"설사 고원표를 죽일 수 있다 해도 지금 싸우면 나라가 쪼개집니다. 나라를 위해 평생을 애써오신 대장군의 시신이 여기 있습니다. 소녀, 하늘에 맹세코 원수를 갚겠습니다. 그날까지 가슴에 품은 비수를 거두지 않을 것입니다."

곰 같은 김용철이 공주의 말을 듣고 콧물을 훌쩍였다. 최우영도 눈자위가 빨개졌다. 최우영은 공주 곁에 서서 대원들을 향해 소리쳤다.

"공주님은 우리 절노부의 피를 이으셨다. 장군님을 대부로 모셨으니 그분의 딸이나 진배없다. 나는 장군의 복수를 하는 날까지 공주님께 목숨을 맡길 것이다. 더 이상 소란을 피우지 마라. 무례를 범하는 자는 용서하지 않겠다."

최우영의 말을 듣고 대원들은 여기저기서 땅을 치고 통곡하며 주저앉았다. 평강은 안타까운 얼굴로 온달을 돌아보며 마음을 애써 다독였다. 16세의 어린 처녀 몸으로는 짐이 너무 무거웠다. 고원표는 두렵고 거대한 적이다. 그런 적을 상대하려면 우선 그의 다음 노림수가 뭔지 알아내고 대처 방법을 찾아야 한다. 신중하지 않으면 필패하리라.

위기의 순간

드디어 고원표가 결단을 내리고 야심을 드러냈다. 평양성의 치안에 공백이 생겼다는 이유로 고원표는 대대로에게 전시체제에 준하는 경계령을 내리게 하고 흑풍대 대주 진철중에게는 휘하 병력을 동원하여 왕궁 수비대를 장악하라고 지시했다.

그들은 정상적인 명령 계통을 따르지 않고 흑풍대의 비선 정보망을 통해 병력을 움직였다. 흑풍대가 동원한 병력은 내성 수비대장 고건의 방관과 협조로 왕궁 수비대를 순식간에 무력화시켰다. 이에 반발한 수비대 병사들과 국지적인 충돌이 생겨 사상자가 발생했지만 궁 안에 상주하는 흑풍대원들의 기민한 대처로 큰 소란 없이 안학궁이 접수되었다. 대부분의 사람들은 병력 이동을 보고 경호부대의 부분 교체쯤으로 여겼고 일부 반발 세력은 즉각 체포되거나 살해당했다.

왕궁 수비대장 이보성은 흑풍대가 출동시킨 병력의 안학궁 진입을 막아보려다가 그의 직속 부하에 의해 참살되었다. 고원표의 밀명을 받은 왕궁 수비대 소속 흑풍대 무장들이 직계 병사들을 이끌고 끝까지 저항하는 이보성 장군을 도륙하는 데 결정적인 수훈을 세웠다. 그러나 이것은 부분적인 성공에 불과했다.

고원표조차 계산에 넣지 않은 인물이 있었다. 평양성 외성 수비대장 을지해중을 간과한 것이다. 고원표는 을지해중이 정치색이 없는 중도파라 여기고 크게 염려하지 않았다. 을지해중이 공주의 부탁을 받은 월광의 천거로 외성 수비대장에 취임했다는 사실은 뒤늦게야 알게 되었다. 월광 장군은 자신의 사후까지 생각해 공주를 지키기 위한 포석으로 을지해중을 심어놓았던 것이다.

을지 장군의 명령으로 평양성의 출입문이 굳게 닫혔다. 이렇게 되면 어떤 돌발 변수가 생길지 몰랐다. 고원표가 보기에 을지해중은 요령부득인 사람이다. 부하 장수들의 신임이 두터운 그는 인지상정으로 태왕의 명을 따를 공산이 컸다. 잘못하면 내성과 왕궁을 접수한 흑풍대원들이 반대로 포위될 가능성이 엄존했다. 내성과 왕궁을 장악한 흑풍대의 군사는 외성 수비대 병력에 비해 미미했다. 외성 수비대장 휘하 병력은 수천에 달하고 인근 산성에 주둔하는 태왕의 친위부대와 절노부 병력까지 불러들이면 3만 명이 훌쩍 넘는 군세였다. 외성 수비대 속에도 흑풍대원들이 퍼져 있으나 그들은 출신지가 다르고 결속력이 약해서 유사시 끝까지 흑풍대 대주의 명령을 따를지는 미지수였다.

진철중은 재빨리 왕궁과 내성의 경비 지휘관들을 흑풍대 소속 무장으로 교체했다.

흑풍대가 안학궁을 장악하고 병사들을 통제하고 있다는 보고를 들은 공주는 마차의 방향을 돌려 을지 장군을 찾아갔다. 그녀는 을지 장군에게 이보성 장군의 죽음을 알린 뒤 외성 수비대 내에 있는 흑풍대의 움직임을 살피고 그들을 체포할 것을 종용했다. 평소 을지 장군은 수하 무장들 중에 흑풍대 조직원이 누군지 파악해둔 상태였다. 그는 공주의 말을 듣자마자 아들 을지문덕을 시켜 대대로의 명이라 속이고 긴급 모임이 있다는 통고를 보내게 했다. 흑풍대 핵심 대원들이 모여들자 을지 장군은 그들 전원을 가차 없이 구금시켰다. 만약 공주가 조금만 늦게 도착했다면 을지 장군 역시 부하들에 의해 제거됐을지 모른다.

을지 장군은 공주와의 협의를 거친 후, 사대문과 통문들을 장악하고 일체의 성안 출입을 통제했다. 양측 군사들이 비상체제로 들어간 일촉즉발의 상황이었다.

을지 장군은 공주가 왕궁으로 들어가려는 것을 극구 만류했다.

"공주님, 내성과 왕궁은 흑풍대 병력의 통제 하에 있습니다. 폐하와 태자님의 생사조차 모르는 이때에 공주님까지 포로로 잡힐 우려가 있습니다."

"장군님, 제가 안학궁으로 들어간 뒤 사흘 안에 비상경계령이 풀리지 않으면 왕궁으로 진입하여 역도들을 처단해주십시오. 혹여 도중에 태왕의 성지를 빙자하여 장군님을 궁으로 불러들인다 해도 절대이에 응하시면 안 됩니다."

을지 장군은 앞날을 예측하고 그에 대한 방비책을 내놓는 공주의 혜안과 통찰력에 놀라움을 금치 못했다.

"소장, 한 치의 오차 없이 공주님의 명을 수행하겠습니다."

"이번 싸움으로 승패가 결정되지는 않을 것입니다. 우발적인 상황이고 장군님을 변수에 넣지 못한지라 상부 고씨는 명분만 주어진다면 발을 빼고 물러설 것입니다."

부왕과 태자에 대한 근심을 가득 안은 공주를 태운 마차가 왕궁 정문에 도달하자 무장한 병사들이 몰려와 그 앞을 가로막고 섰다.

"멈춰라."

팔목에 흰 천을 감은 병사들은 안면이 없는 자들로 이전의 왕궁 수비대 병사들이 아니었다.

"어딜 막아서는 게냐? 공주님이 타고 계신 줄 모른단 말이냐?"

"비상경계령이다. 모든 출입자는 내려서 검문을 받아야 한다."

"그래서 공주님더러 마차에서 나오시라는 말이냐?"

"우린 위에서 명을 받은 대로 한다."

"이놈들, 여긴 공주님이 사시는 왕궁이다."

"소속을 밝혀라."

"비켜서라 했다. 나는 목련당 무사다. 공주님 외에는 누구의 명도 받지 않는다."

"체포해라!"

임정수를 묶으려고 포승줄을 든 병사들이 기세등등하게 달려들었다. 그러나 임정수는 한 발짝도 물러섬 없이 스르렁 검을 뽑았다. 흑풍대 무장은 이쪽에서 강하게 나오면 상대는 꼬리를 내리는 것을 일반 관례로 알고 있었다. 누가 서슬 퍼런 흑풍대에 맞서려 하겠는가. 허나 처음부터 상대가 다르니 예측이 빗나가고 수순도 틀렸다. 병사 몇 명이 순식간에 나가떨어졌다.

임정수의 솜씨에 놀란 흑풍대 무장이 손가락 한 마디 길이의 뿔피리를 삐 삐 불어 신호를 보냈다. 임정수는 그러거나 말거나 분풀이라도 하듯이 검의 측면으로 끊어 쳐서 덤벼드는 경비병들을 나가떨어지게 만들었다. 급소를 노려 타격을 가하는 임정수의 무예는 그들이 상대하기에는 역부족이었다. 벌써 병사들 열댓 명이 바닥에 나뒹굴었다. 그의 실력을 아는 일부 병사들은 아예 접근하기를 꺼려했다.

비상 신호를 듣고 고진영이 말을 타고 달려왔다. 고진영은 고원표의 둘째 아들로 고건의 동생이다. 그는 한창 궁 안을 들쑤시며 설쳐대고 있던 중이었다. 이런 기회가 흔하겠는가? 어쩌면 자기들의 왕궁이 될지도 몰랐다.

고진영을 본 임정수의 눈빛이 사나워졌다. 버젓이 왕궁 안에서 말을 타고 다니는 고진영에게 분노가 솟았다. 태왕의 허락을 받은 사람 외에는 왕궁 안에서 기마를 못 하게 되어 있다. 임정수 역시 궁에 들어서면 말에서 내려 도보로 공주를 경호했다.

"비상시국에 근위병들을 상하게 하다니 간이 부었구나?"

"네놈 간이나 걱정해라. 누구든지 막아선다면 용서하지 않겠다."

임정수는 공주가 탄 마차의 고삐를 잡고 그대로 왕궁 안으로 진입했다. 임정수의 서슬에 고진영은 선뜻 가로막지 못했다. 그러나 주변에 눈이 있고 보니 입씨름이라도 벌여야 했다.

"기세가 대단하구나. 주인을 지키려는 용기는 가상하다만 이러고도 무사할 것 같으냐? 네놈의 목은 몇 개씩 달렸다더냐?"

"내 목이 탐나면 언제든 가져가라. 목련당으로 찾아오면 된다."

"왕궁에 변고가 생겨 우리가 내성 수비대장의 명을 받았다."

고진영이 거들먹거리는 꼴을 차마 보고 넘기지 못한 임정수가 은근히 그의 화를 돋웠다.

"고건이 공주님까지 막으라더냐? 네놈은 집안을 믿고 우쭐대는 풋내기에 불과하다."

고진영은 칼자루를 잡았다. 일개 시위무장 따위에게 무시를 당할 수는 없었다. 이런 어처구니없는 취급을 받아본 적이 없었다. 그러자 임정수가 그를 비웃으며 말했다.

"뽑아라. 그 칼을 뽑는 순간 널 베어버릴 타당한 이유도 생길 테니. 어서!"

섬뜩한 살기가 고진영의 전신을 감싸고 죄어왔다. 곁에서 고진영을 수행한 무장이 부들부들 떠는 그의 팔을 잡고 말렸다.

"말려들지 마십시오. 격장지계激將之計입니다."

간신히 마음을 가라앉힌 고진영이 후들거리는 다리로 주춤주춤 물러섰다. 그가 지닌 무예로는 도저히 임정수의 상대가 안 되었다. 임정수를 누를 수 있는 건 그가 가진 배경밖에 없었다.

"언제까지 공주를 믿고 버티는지 두고 보자. 개가 주인하고 같은 줄 아느냐? 나중에 살려달라며 무릎 꿇고 빌지나 마라."

그러자 임정수가 마차의 고삐를 놓고 걸음을 돌려 뚜벅뚜벅 고진영에게 걸어갔다. 고진영은 긴장감으로 등줄기가 뻣뻣해지면서 입안의 침이 말랐다.

"네 눈에는 내가 죽음을 겁낼 것으로 보이느냐? 기억해둬라. 고구려의 무장은 아무도 살기 위해 무릎을 꿇지 않는다. 네놈이 입고 있는 그 피갑이 아깝다."

고진영은 입도 뻥끗 못 하고 임정수에게 개망신을 당하고 말았다.

대전은 텅 비었고 서각은 침울한 분위기에 휩싸여 있었다. 평원왕은 울절과 태대형, 태감을 데리고 논의를 거듭했다.

"도성에서 감히 누가 그런 끔찍한 짓을 저질렀단 말입니까? 대부를 해친다는 건 왕가에 대한 명백한 도전이 아닙니까?"

태대형의 말에 울절이 혀를 찼다.

"흑풍대와 별동대가 싸운 지 오랩니다. 누구의 소행인지 눈에 빤히 보이질 않습니까."

"폐하, 당장 친위군을 불러 왕궁에서 흑풍대의 병력부터 내쫓아야 하옵니다."

"고원표 일족을 뿌리 뽑지 않고는 이 나라가 조용할 날이 없을 것이옵니다."

다들 한 마디씩 내뱉으며 울분을 토로했다.

"그대들 마음은 잘 알겠으나, 군대가 피를 흘리는 건 마지막 선택이라야 하오."

갑자기 무리할 정도로 고원표가 수순을 바꿔 안학궁으로 군사들을 투입시킬 줄은 평원왕도 예상하지 못했다. 평원왕은 울절의 얼굴을 뚫어져라 주시하다 묘안이 떠오른 양 그에게 제안을 했다.

"그대가 가서 고원표가 뭘 원하는지 알아봐주면 안 되겠소? 혹시 울절의 직위를 저들에게 내주는 건 어떻겠소?"

"부, 불가하옵니다. 울절은 5품에 불과한 관등이나 국가의 기밀, 법의 개정, 군사의 징발에다 관직의 수여까지 태왕의 칙명을 받들어야 하는 자리이옵니다. 고원표 측에서 울절까지 차지한다면 저희는 벌거벗은 꼴이 되고 말 것입니다."

"울절이라는 직책은 참으로 하는 일이 많구려."

어디서 어디까지가 태왕의 진심이고 농담인지 태대형 고상철은 도무지 갈피를 잡을 수가 없었다.

"폐하, 이렇게 매번 당하고도 참으실 생각이시옵니까?"

"참지 않으면요?"

머릿속으로 딴 궁리를 하는지 평원왕은 건성으로 대답했다. 이번에는 태감이 공손하게 태대형에게 되물었다.

"왕궁이 모두 봉쇄되었습니다. 태대형께서 나서보시렵니까?"

태감은 고원표의 움직임을 미리 감지하지 못한 태대형을 그렇게 우회적으로 힐책했다. 그 말을 들은 평원왕이 손을 내저었다.

"고원표를 지지하는 세력은 거대한 힘을 가졌소. 그가 호족들의 권익을 옹호한다고 자임하는 이상 정면충돌은 어렵소. 우리는 그럴 만한 배경이 없지 않소."

그때 밖에서 내관이 아뢰었다.

"마마, 평강공주께서 입시入侍하고 계시옵니다."

서각 문밖에서 부왕의 고민과 숨겨둔 속내의 한 자락을 엿본 공주가 안으로 들어섰다.

"언제 궁에 들어왔느냐?"

공주는 부왕과 대신들에게 예를 올렸다.

"공주야, 많이 놀랐겠구나?"

"아바마마, 흑풍대가 왕궁과 내성을 장악했습니다. 고원표의 야욕은 결국 용상을 내놓으라는 것이며 그 칼끝은 아바마마를 향하고 있습니다."

"어허, 말이 과하구나. 그래서 이렇게 의논을 하고 있지 않느냐?"

"다행히 사대문과 외성 통문은 을지 장군이 장악하고 있습니다. 외성이 우리 군사들 수중에 있으니 저들 맘대로 군사를 움직이진 못할 것이라 사료됩니다."

"오호, 잘됐구나. 그렇다면 타협의 여지가 생기겠구나."

내전 불가라는 선대왕의 유언은 강박관념처럼 평원왕의 머릿속을 지배하고 있었다.

"아바마마, 주작봉에 주둔 중인 친위군을 움직일 수 있도록 허락해 주십시오."

"친위군 출병 사실이 알려지면 일은 걷잡을 수 없이 확대된다."

친위군은 태왕을 수호하는 직속 부대로 평시에는 3성이라 일컫는 평양성, 장안성, 한성에 분산 배치되어 있다가 비상시 전쟁에 투입되는 고구려의 진정한 힘이다.

"절충점을 찾아야 한다. 고원표는 결코 어리석은 자가 아니다."

판단력의 한계선이다. 평원왕은 부족 간의 전쟁만은 여하한 경우라도 일으키고 싶지 않았다.

"아바마마, 대부의 죽음을 헛되이 하지 마소서. 대부는 죽어서도 그 몸이 불태워져 형체마저 알아볼 수 없었습니다. 비명에 간 그분의 통곡이 들리지 않으십니까?"

"비통한 심정은 안다만 여긴 네가 나설 자리가 아니다. 이 정도 고비를 극복하지 못했다면 여기까지 오지도 못했다. 공주는 어린 여자의 몸으로 어찌 피비린내 나는 살육을 마다하지 않으려 하느냐?"

"저들은 권력을 얻기 위해서라면 무엇이든 할 것입니다. 오늘은 부왕의 가슴에 비수를 꽂을 수 있는 지근거리까지 밀고 들어와 있습니다."

공주는 인내하고 양보하기만 하는 부왕이 적을 두려워하는 것으로 여겨져 속이 답답했다.

"하하하, 과인의 턱밑까지 쳐들어온 건 맞다. 허나 아직 포기하기는 이르다. 고원표 역시 산산조각 난 고구려를 원치 않을 것이다."

"아바마마!"

"공주는 그만 물러가거라."

"싫습니다."

고집 센 부녀간의 논쟁이 더 벌어지기 전에 화제를 돌려야겠다고 생각한 태감이 눈치 빠르게 끼어들었다.

"그러고 보니 세간의 소문에 고건 장군이 공주님에게 지대한 관심을 갖고 있다고 들었습니다."

"그래서요?"

공주의 목소리에 가시 돋친 감정이 실렸다.

"고건이라면 고원표의 장자가 아니냐? 그가 공주를 마음에 두고 있다고?"

"답답하옵니다. 저들이 노리는 건 제가 아니라 고구려입니다."

"그래, 알았으니 공주는 그만 목련당으로 돌아가거라."

"아바마마, 한시가 급합니다."

"감정이 격해졌구나. 과인이 알아서 할 터이니 공주는 물러가거라. 그리고 태감은 당분간 공주의 바깥출입을 금하도록 하라."

왕이 정색을 하고 명을 내리면 재론의 여지가 없었다. 사실 누구보다 안절부절못하고 불안한 사람은 평원왕 자신이었다. 이건 따질 것도 없이 반역이다.

군대의 이동은 왕명으로 문서에 어보를 찍는 절차에 따라 이루어져야 하는데도 이번에 동원된 병력은 사조직이나 다름없는 흑풍대

비선의 지시에 따라 움직이고 있었다. 그들이 만약 자신을 제거하려 해도 막을 방법이 없었다. 평원왕은 월광 대부가 살아 있다면 어땠을까 싶었다. 그가 살아 있었다면 이리도 무력하게 당하고 있진 않을 것이다.

왕궁 수비대장 이보성이 죽은 후, 내성과 안학궁의 경비 책임을 흑풍대 대장 진철중이 아닌 고건이 맡았고 그에게 힘이 집중되었다. 왕궁은 태왕의 허락 없이는 함부로 내왕을 못 하는 곳인데 그들은 수시로 무장 병력을 대동하고 들락거렸다.

공주의 예측대로 고원표는 태왕의 어보를 도용하여 을지 장군을 왕궁으로 불렀다. 그러나 감감무소식이었다. 사대문이 잠겼다는 소식을 들은 고원표는 시간이 흐를수록 불안감이 가중되어갔다. 고건과 고진영, 두 아들을 좌우에 거느린 고원표는 태왕을 찾아갔다.

"이번 거사는 여기까지다. 더 나아가면 물러설 곳이 없다. 건아, 너도 을지 장군이 태왕 쪽 사람인 걸 몰랐더냐?"

"흑풍대 정보로는 그가 중립을 지키리라 했습니다."

"처음엔 그랬지. 다 공주 때문이다. 그 어린년이 이곳저곳 들쑤시고 다니는구나. 더 이상 그년을 내버려둬선 안 되겠구나. 새끼 여우를 풀어둔 것이 화근이야."

서각 앞으로 창칼을 든 흑풍대 무장들이 몰려들자 태감이 노발대발하며 소리쳤다.

"무엄하오! 여기가 어느 안전이라고 검을 차고 들어오는 겝니까? 고추가, 너무하질 않소이까?"

"비상시에 군사들이 무기를 소지하고 다니는 건 당연하오. 폐하께

알리시오. 내 상의할 말이 있어 잠시 들렀소."

태감은 어쩔 수 없이 고원표를 서각 안으로 안내했다. 서각 안은 태왕의 개인 공간인지라 고건과 고진영도 무장을 해제해야 했다.

"아버님, 괜찮겠습니까?"

"너희들이 있는데 무엇을 걱정하겠느냐."

서각에서는 시동들이 왕을 근접 경호하지만 고건의 상대는 되지 못한다.

"폐하께서 무사하시어 다행이옵니다. 성안에 변고가 생겼다는 소식을 듣고 부랴부랴 달려왔사옵니다. 소문이 어찌나 흉흉하던지…… 무장 군병들끼리 충돌을 일으켜 이보성 장군이 희생되었다 하니 신하 된 자로 어찌 이런 사태를 방관하고 모른 척하오리까. 이 고원표가 발 벗고 나서 하루빨리 혼란을 수습하고 백성들이 일상으로 돌아갈 수 있도록 최선을 다하겠으니 너무 심려치 마옵소서."

"고추가께서 나서준다니 안심은 좀 되오만, 어째서 왕궁 근위병은 함부로 교체하였소? 그 일은 울절도 금시초문이라 합디다."

"정체불명의 병력 수십 명이 내성으로 침입하여 난동을 일으키고 그 소요가 걷잡을 수 없었사옵니다. 워낙 다급하고 혹여 있을지 모를 역도들의 준동을 막으려고 피치 못해 그리 된 것이니 폐하께서는 믿고 맡겨주옵소서."

고원표는 이 일과 자신이 무관한 듯 말했지만 배후가 그라는 걸 누가 모르겠는가? 고원표 또한 평원왕이 그렇게 생각하리라는 걸 잘 알았다. 그들은 마치 무대 위에서 잘 훈련된 배우들처럼 자신들이 맡은 역할에 맞는 대사를 내뱉는 것이나 다름없었다.

태대형이 곁에서 이를 갈았다. 역도라 불러 마땅한 자가 낯빛도 바꾸지 않고 별동대를 역도라 일컬었기 때문이다. 안하무인이던 흑풍대는 별동대에게 공개적으로 망신당한 것으로도 모자라 그 대주까지 살해당했다. 고원표의 입장에서는 눈이 뒤집힐 일이지만 평원왕이 보기에는 눈부신 전공이요, 포상을 내려야 마땅할 활약상이었다. 흑풍대 대주 김주승을 처단한 것은 단순한 원한 관계 때문이 아니었다. 월광 대부가 왕후의 원수를 찾아내 안학궁과 절노부를 대신해 처단한 것이다. 고원표는 공주와 태왕이 그것을 용인했다면 다음 화살은 어느 과녁으로 향할지 뻔하다고 생각했다. 그런 연유로 설익은 승부수를 띄워 일거에 전세를 뒤집으려고 작심했던 것이다.

평원왕은 고원표의 도발을 반박하고 징계할 힘을 잃었다. 또한 명분을 따진다 해도 별동대원들이 무리지어 약령시를 습격한 사건을 제대로 조사하지 않고 방임한 책임을 벗어나기 어려웠다. 하지만 고원표가 들고 있는 패가 유리한 것만은 아니었다. 외성 수비대가 태왕을 따르고 있고 만일 대성산의 친위군이 왕궁으로 밀고 들어온다면 그들도 무사하지 못할 것이다.

첩보부대의 보고로는 월광을 잃은 별동대의 움직임이 간단치 않다고 했다. 절노부 파견군의 동향 역시 예의 주시 중이었다. 고원표로서는 이 상태로 대치를 지속하는 건 불안하기 그지없는 일이었다. 아무리 태왕과 태자, 공주가 손아귀에 있다고 해도 절노부 연청기가 시퍼렇게 살아 있다. 친위군과 절노부 파견군, 을지 장군의 외성 수비대가 별동대와 힘을 합친다면 메마른 갈대에 불을 지핀 듯 그 결과는 끔찍할 것이다.

별동대와 을지해중이라는 변수 탓에 고원표는 평원왕을 권좌에서 끌어내릴 절호의 기회를 놓치고 말았다. 진퇴양난이었다. 칼을 뽑았으니 뭔가 명분이 있어야 물러설 수 있지 않겠는가?

그때 돌연 평원왕이 생각지도 못한 묘안을 내놓았다.

"그런데 말이오. 내가 들은 말이 있는데, 혹 고건 장군은 우리 공주를 어떻게 생각하고 있소?"

"뜬금없이 그게 무슨 말씀이시온지?"

"아, 뭐 그리 된다면야 나라에도 경사고……."

뭔가 번개같이 머리를 스치는 생각이 있어 고원표가 되물었다.

"그리 되다니, 뭐가 말이옵니까?"

"다들 수군거린답니다. 허나 당사자들이 좋다면야……."

평원왕은 결코 핵심을 꺼내지는 않았다. 다만 화제의 맥을 짐작하고 서로 적당한 선에서 물러날 명분으로는 양가의 혼사 문제를 꺼내는 것보다 좋은 게 없었다.

고원표는 서각을 나오면서 앙천대소했다.

"지금은 양쪽 다 발을 빼고 물러서기가 어려운 상황이다. 힘으로 밀어붙이면 서로 피를 보는 건 불을 보듯 뻔할 터. 우리가 태왕과 싸운다면 실속은 힘을 보전한 소노부와 절노부가 챙길 것이다. 참으로 절묘한 핑계다. 건아, 네 생각은 어떠냐? 공주를 내놓으라 하자. 별동대가 공주를 따른다고 하니 참으로 흥미롭지 않느냐. 으하하하."

그 시각 진철중은 진비의 호출을 받고 그녀 앞에서 난감해 어쩔 줄 모르고 있었다. 진비의 아버지이자 관노부 군장인 진필도 쩔쩔맸다. 쌀쌀한 날씨인데도 진철중은 흘러내리는 땀을 연신 닦았다.

"오라버니가 흑풍대 대주가 맞긴 합니까? 일을 벌였으면 제대로 처리하셔야지요. 어쩌자고 이 꼴로 만들어놓았습니까? 정말 상부 고씨에게 나라를 바칠 생각입니까? 고원표가 태왕이 되면 저와 건무 왕자는 또 어찌 됩니까? 목숨조차 부지하기 어렵습니다. 꿀 먹은 벙어리처럼 계시지 말고 말을 해보세요?"

"마마, 그렇게까지는 아니 될 것입니다. 을지 장군이 사대문을 닫고 대치 중입니다. 하시라도 친위부대가 투입될 수 있는 상황이니 사태가 더 악화되지는 않을 것입니다."

진비는 아버지 진필에게도 들볶아댔다.

"아버님도 그렇습니다. 우리가 고원표를 돕는 건 건무 왕자의 내일을 위해서라 하셨습니다. 헌데 저들은 어찌 믿으시려고요. 태왕이 물러나면 저들이 권좌를 제 자식에게 고스란히 내주겠답니까? 제가 궁에서 쫓겨나면 관노부는 무에 그리 좋을 것이 있습니까?"

이번에는 진필이 극구 변명을 했다.

"마마, 그것이 아니라 국정의 운영을 제가회의로 넘길 것입니다. 그렇게만 된다면 태자를 바꾸는 일쯤은 그리 어렵지 않습니다."

"흥, 흑풍대 선인들은 고건 장군의 명을 따른다 들었습니다. 둑이 터지면 물을 더 이상 가둬둘 수 없는 법입니다. 막연한 추측이 아니라 분명한 계책을 세워두고 대응해야 합니다. 알아들으시겠습니까?"

"마마, 우리가 움직일 수 있는 병력도 무시할 수준은 아닙니다. 진비전은 철통같이 호위를 하고 있으니 너무 심려치 마소서."

고건은 내성 수비대 군사 수백 명을 아버지 고원표를 경호하는 데 투입하고 동생인 고진영에게는 사저 경비를 일임했다. 상주하고 있는 가병家兵을 보태면 병력이 1천 명에 달하니 별동대 문제는 당분간 안심해도 좋았다.

태왕이 정략적으로 혼사 문제를 거론했다는 걸 잘 알면서도 고건은 잠자리에 누워서까지 가슴이 울렁거리고 설레었다. 아버지와 동생이 눈치 챌까 싶어 일찍 자리를 파하고 아무렇지 않은 척 행동거지를 꾸며야 할 정도였다. 이제는 공주의 얼굴만 떠올려도 얼굴에 미소가 감돌았다. 고건은 공주를 직접 만나보기로 작정하고 그녀의 해맑은 얼굴을 그리다가 잠까지 설쳤다.

다음날 오전 내내 고건은 훈련장에서 병사들을 데리고 무력시위를 했다. 밤새 잠을 설친 그의 안색은 창백했지만 위엄이 서려 있었다. 궁수부대가 하늘이 새까맣게 화살을 쏘아 올렸다. 바람을 가르는 화살 소리가 섬뜩하게 울렸다. 표적을 맞추는 파열음이 고막을 찢을 듯이 시끄러웠다. 연이어 상자노床子弩에서 발사된 화살이 날아가 표적을 박살냈다.

도열한 수십 명의 쇠뇌부대가 신호에 맞춰 일제히 목표물에 투사했다. 그 위력은 웬만한 집 담을 허물고 아름드리 기둥을 산산조각으로 만들 정도다. 허수아비에 입혀놓은 철갑옷은 궁수부대의 화살은 튕겨냈지만 쇠뇌 공격에는 그대로 종잇조각처럼 찢어졌다.

고건이 검을 번쩍 들어 공격 신호를 보내니 대고大鼓 소리가 쿵쿵거리면서 점점 빨라지다가 갑자기 소리가 툭 끊겼다. 그것을 신호로 1대의 철기병들이 장창을 세우고 돌진했다. 땅을 차는 말발굽 소리와 군사들의 함성이 왕궁 전각 사이를 휘젓고 날아다녔다.

고건의 곁에는 여섯 명의 그림자가 시립하고 있었다.

"화살촉과 쇠뇌는 더 단단한 철로 교체 중입니다."

일영이 철기병의 질주를 지켜보는 고건에게 보고했다.

"철광석 공급에는 어려움이 없으나 제련 기술자를 확보하는 데 날짜가 허비되고 있습니다."

"철은 어디서 들여오는가?"

"김주승의 서자인 김성집이 이문을 따지지 않고 물량을 공급해주고 있습니다."

"장사꾼에게 이익이 없다면 다른 목적이 있는 것이겠지."

"복수를 원한다 했습니다. 돈이 얼마가 들더라도 부친의 원수를 갚겠다고 합니다."

"김성집이 서자라고 했던가?"

"네, 적자들은 귀족인지라 상인이 되려 하지 않지요."

"후후후, 똑똑한 사내야. 아버지의 복수를 앞세우는데 누가 가업의 상속을 반대하겠나? 장백약초점만이 아니라 대주가 구축한 상권을 김성집이 챙겨 갈 게야. 언제 그자를 한번 데려오거라. 얼굴이라도 봐둬야겠다."

"하명대로 따르겠습니다."

"야심까지 제 아비를 닮았다면 쓰임이 많겠지."

흑풍대를 운영하는 데는 그 비용이 만만치 않다. 군사력도 결국은 경제력이 받쳐줘야 한다. 군대를 움직이려면 병사들을 먹이고 봉급을 지불하고 군마를 사들여야 하며 무기를 제조하고 낡은 무구도 바꿔야 한다. 진지용 산성을 축성하는 일 또한 많은 돈이 든다. 이 모두가 재물 없이는 꿈도 꾸기 어렵다.

한나절을 고비로 해가 대성산으로 기우는 걸 보고 고건은 작심한 대로 목련당을 찾아갔다.

고건의 앞을 임정수가 막아섰다. 얕볼 사내가 아니다. 임정수는 조금도 기가 죽지 않았다. 그는 고건이 누구인지 뻔히 알면서도 관등성명을 대라고 했다. 고건은 공주를 보러 왔노라고 완곡한 어조로 말했다. 임정수의 눈길이 고건의 검으로 향했다.

"공주님을 뵙길 원한다면 검을 푸시오."

고건이 보기에도 임정수는 단순한 호위무장이 아니었다. 온몸이 예리한 칼날처럼 적개심을 감추려 하지 않는 기세를 보고 고건은 호기심이 생겼다.

"너를 뭐라고 부르면 되느냐?"

"난 목련당 사람이니 장군이 내 이름을 아실 필요는 없소이다."

임정수는 숫제 시비조였다. 언제든지 칼을 뽑을 태세였다. 고건은 동생 고진영이 지금 눈앞에 있는 이자와 충돌했다는 보고를 떠올렸다. 괜스레 자신도 실랑이를 벌이고 싶지는 않았다. 고건은 최대한 부드러운 어조로 타이르듯 말했다.

"그리 까다로울 거 뭐 있나? 고건이 뵙고 싶어 왔다고 전하게."

잠시 후, 안으로 들어갔던 임정수가 공주를 모시고 나왔다. 고건은 둘이서 차 한 잔 마시면서 오붓하게 대화를 나누고 싶은 마음이 간절했지만 공주는 그럴 틈을 주지 않았다.

"장군께서 예까지는 어인 일이십니까?"

공주의 얼굴에 냉기가 서려 있었다. 곁에는 갑옷을 걸치고 칼을 든 사내들이 머쓱하게 서서 이야기를 듣고 있었다. 고건이 밤새 뒤척이며 공주와의 만남을 그렸을 때는 이런 분위기를 상상한 게 아니었다.

"확인할 게 있어 들렀습니다."

"군사를 일으켜 왕궁을 장악했으니 뭐든 원하는 대로 해보시지요."

평강공주의 화법은 직선적이고 망설임이 없었다. 고건은 혹시 공주가 자기에게만 쌀쌀하게 구는 게 아닌가 싶기도 했다. 그녀가 단도직입적으로 나오니 경직된 분위기를 잡아보려던 고건도 어쩔 수가 없었다.

"태왕께서 우리 두 사람의 혼사를 거론하시었습니다. 나는 공주의 뜻도 그러한지 궁금했습니다."

"무슨 대답을 기대하셨습니까? 이런 시기에, 설마 저를 위협하시려는 건 아니겠지요?"

"하하하, 이건 아예 문전박대입니다."

고건의 체면은 구겨지고 엉망이 되어버렸다. 이왕지사 솔직하게 말을 터놓는 것이 나으리라 여겨졌다. 사랑 운운하기에는 공주의 태도가 너무 차가웠기 때문이다.

"만약 공주가 상부로 와준다면 쓸데없는 분쟁을 줄이고 왕실은 굳건한 버팀목을 얻게 될 것입니다."

공주의 입가가 가늘게 씰룩였다. 조건부로 나를 요구하겠다는 통보인가? 공주는 경멸의 미소를 감추려 하지 않았다.

"장군의 눈에는 왕가의 존재가 남에게 기대어 안녕을 구할 만큼 그리 허약해 보이십니까?"

"이제야 내 마음이 흔들린 이유를 알 것 같습니다."

고건은 자신을 사로잡은 공주의 매력이 무엇인지를 방금 이해했다. 어느 누구도 그 앞에서 이처럼 당당하게 자신의 뜻을 피력한 적이 없었다. 그는 공주의 기백과 기품 있는 언행에 매료된 것이다.

그는 공주의 얼굴을 지그시 바라보았다. 그녀를 얻고 싶다는 충동이 치밀어 올라 억제하기 어려웠다. 그녀를 가질 수만 있다면 뭐든 하고 싶었다.

"소녀가 장군 마음에 들고 말고는 제 뜻과는 무관한 일입니다. 하오나 무력을 앞세워 혼사를 거론하시다니, 정말 실망스럽습니다. 그만 돌아가주세요."

언제 보아도 뚜렷한 자기 주관을 가진 공주였다.

"이번 거사는 내게도 내키지 않는 일이었다는 것만 알아주십시오. 일영은 명을 전하라!"

"네, 장군님."

"안학궁 안에 주둔하는 흑풍대 병력을 즉시 철수시켜라."

"장군님!"

"당장 시행하라. 왕궁 경비는 기존 근위병으로 교체하고 흑풍대는 외곽을 방어한다. 이후, 지위 고하를 막론하고 흑풍대의 왕궁 출입을 금한다. 이에 불응하는 자는 군법으로 다스릴 것이다. 이상이다."

고건의 전격적인 결정은 빠르게 지휘계통을 통해 전달될 것이다. 고건은 어쩌면 잘된 일인지도 모른다고 생각했다. 어정쩡하게 대치한 상태로 비상경계령을 계속 발동하기는 어려웠다. 사전 통보도 없이 성내 출입이 전부 통제된 상황이라 물자 공급이 원활하지 않았고 발이 묶인 백성들의 원성도 높아지고 있었다.

"다음에는 공주가 나를 필요로 하고 진심으로 나를 원할 때 다시 방문하겠습니다."

고건은 아버지 고원표가 어떻게 나올지 염려되었지만 일단 깨끗이 마무리하고 돌아서기로 했다.

떠나는 고건의 넓은 어깨를 보며 공주는 대부의 죽음을 떠올렸다. 고건이 만일 적이 아니었다면 어떻게 됐을까. 알 수 없는 일이다. 그만큼 고건의 단호한 결단은 공주의 예상을 벗어난 것이었다.

고건이 돌아간 뒤 평강공주는 후원 연못을 거닐며 월광 대부를 회상했다. 그녀의 귓가에 월광의 목소리가 생생하게 살아났다.

  '공주님, 사람은 살아가면서 수많은 고비를 만납니다. 허나 위기를 통해 우리는 더 큰 기회를 얻습니다. 장애는 두려움을 느끼는 자기의 생각일 뿐입니다. 언제나 적은 내부에 있습니다."

  월광 대부가 떠난 지금, 세찬 비바람이 몰아치는 자신의 운명 앞에 홀로 나서야 한다. 공주는 새삼 월광이 자신에게 얼마나 소중한 존재였는지를 깨닫고 흐르는 눈물을 주체하지 못했다. 그녀는 이것이 월광을 위해 흘리는 마지막 눈물이라고 다짐했다. 월광 역시 그녀가 이 어려움을 스스로 헤쳐나가길 바랄 것이라고 믿었다.

  다음날, 평양성의 사대문이 열리고 경계령이 풀렸다. 한바탕 왕궁에서 난리가 났다는 소문이 세간에 퍼지기는 했지만 그 내밀한 정황에 대해 아는 사람들은 극히 드물었다.

  변란을 겪으면서 심신이 지친 평원왕은 그동안 발길이 뜸했던 연비를 찾아가 휴식을 취했다.

  연비는 솜털이 가시지 않은 야들야들한 피부와 훤칠한 키, 잘록한 허리를 가진 절세미인이다. 태왕을 위해 공들여 선발해 보낸 만큼 백옥 같은 피부와 가녀린 목, 여린 어깨선과 탱탱한 가슴은 언제나 태왕의 몸에 불을 지폈다. 그녀는 점차 남자를 받아들이는 아양과 교태가 늘어났다. 그럴 때면 평원왕은 와락 온몸에서 뜨거운 피가 끓고 그녀를 품을 때마다 남자로서 뿌듯한 정복감도 느꼈다.

  연비는 절노부의 노련한 여인네가 가르쳐준 온갖 애무 방법을 동원하여 평원왕을 즐겁게 해주려 안간힘 썼다. 태왕의 애무에는 수줍은 처녀인 양 두려움에 떨면서도 솔직하고 격정적인 반응을 보였다. 연비의 꽃잎은 적당히 젖어 있고 길은 좁아서 태왕은 그 뻐근한 조임을 즐기며 밤새는 줄 모르고 방사에 몰두했다.

평원왕은 거의 매일 연비로 하여금 시침을 들게 했다. 공주의 기대대로 태왕은 진비를 멀리했다. 연비를 위해 절노부에서 요리사를 불러 음식을 같이 먹었으며 공무에도 데리고 다니며 총애했다.

진비는 태왕의 이런 모습을 처음 보았다. 기가 막혀 화병이 생길 지경이었다. 시기심에 몇 날을 꼬박 뜬눈으로 새웠는지 모른다. 자존심이 강한 여자인지라 겉으로 아닌 척 꾸몄지만 연비에 대한 미움은 돌이킬 수 없을 정도로 깊어져갔다. 진비는 매일 질투의 칼날을 갈았다.

바람이 세찬 날 저녁이었다.

시비에게 통고도 하지 않고 진비가 연비의 전각을 찾았다. 연비는 진비를 맞아 눈도 마주치지 못했다. 두려운 심정을 감출 수가 없었다. 진비는 윗사람의 권위를 내세우지 않고 친근한 동기간처럼 사근사근 대했다. 연비는 그 점이 더욱 불안했다. 차라리 쌀쌀맞게 대하면 나으련만 지금의 진비는 꼬리를 감춘 교활한 여우를 연상시켰다.

진비가 다정한 언니처럼 물었다.

"왕궁 생활은 좀 익숙해졌습니까?"

연비는 고개를 끄덕였다. 그녀는 떨린 목소리로 대답했다.

"네, 여러모로 배우면서 지냅니다."

"태왕을 맞이함에 곤란함이 있으면 말씀하세요. 내 힘닿는 대로 도울 터이니……."

진비는 연비를 위로하며 앙증맞은 보석함을 선물로 내놓았다. 진비의 재촉에 연비가 함을 열어보니 금과 옥으로 만든 화려한 패물이 가득 들어 있었다. 연비는 깜짝 놀랐다. 보도 듣도 못한 귀하고 고급스러운 패물이었다. 연비는 머리를 조아렸다.

"마마, 하찮은 천비에게 이토록 귀한 패물은 어울리지 않습니다."

진비가 손사래를 치며 말했다.

"그 노리개는 폐하의 취향에 맞추어 세공한 것입니다. 부담 가질 거 없어요. 늘 잘 가꾸어서 국정에 지친 태왕의 옥체를 편안케 해주세요. 내 바람은 그뿐입니다."

진비의 부드러운 말씨와 품위가 넘치는 자태에 연비의 경계심이 눈 녹듯 사라져갔다. 진비도 이제 자신을 인정하나 보다 싶었다. 태왕에게는 밤마다 뜨거운 사랑을 받고 있다. 그리고 진비는 그것을 투기하거나 힐책함 없이 위로하고 인정해주었다. 때로는 보약까지 보내주는 다정함에 연비는 진비를 다시 생각하고 감격해 마지않았다.

연비에 대한 진비의 정성은 도가 지나칠 정도로 지극했다. 연비의 화장과 피부 관리를 도와주고 귀한 옷감에 방을 꾸미는 가구까지 세심하게 신경 써주었다. 연비는 마치 친언니 같은 진비의 배려가 고마워서 평원왕에게 진비를 칭찬하는 말을 아끼지 않았고, 때로는 그녀가 강제하여 평원왕을 진비의 처소로 보내기도 했다. 연비의 재촉과 진비의 마음씀씀이에 끌려 평원왕도 가끔 발길을 돌려 그녀를 찾았다. 사내의 마음이란 원래 그런 것인지 모른다. 평원왕은 미묘하게 차이가 나는 두 여자의 품을 왕래하면서 은근히 밤이 오길 기다렸다.

장기 포석

연비의 회임 소식이 전해지면서 민가에는 그녀에 관한 온갖 괴담이 들리고 흉측한 소문이 발 달린 짐승처럼 제멋대로 돌아다녔다. 연비가 잉태하려고 용한 무당을 불러 대성산 양지바른 명당을 찾아다니며 굿을 하고, 그녀의 평양성 사저에는 뇌물을 들고 오는 방문객이 줄을 서고, 곳간에는 금은보화가 넘친다고 했다. 벼슬아치들이 줄을 대고 청탁을 하려는 상인들의 발길이 끊어지질 않는다 하니, 이는 고추가 연청기의 명성에도 크게 해가 되는 이야기였다.

소문을 들은 공주는 최우영에게 서신을 띄웠다. 편지 내용은 첫째 소금 전매권과 그 유통 과정을 면밀하게 조사할 것, 둘째 연비의 아비인 연하문에 대한 소문의 진상을 소상히 알아볼 것, 셋째 평양성 인근의 사씨 집성촌 실태를 파악해달라는 것이었다.

편지를 받자마자 최우영은 이진무와 김용철의 조를 가동시켰다.

김용철은 연하문 일가를 미행, 염탐하고 신중한 이진무는 소금 유통 과정과 독점 현황, 그 관계자 등 어느 것도 빠뜨리지 말고 상세히 조사하도록 지시했다. 순노부 사씨촌의 실태 파악은 자신이 직접 움직일 작정이었다.

별동대원들은 다들 부양해야 할 식구가 없으니 고정적인 녹봉을 지불할 필요가 없었다. 다만 대원들에게 급한 돈의 용처가 생기거나 작전에 경비가 필요할 때는 최우영이 마방 정노인에게 맡겨둔 말을 팔아 사용했다. 다들 신체가 건강하니 무슨 짓을 하든지 알아서 먹고 살다가 조장이 통문을 띄우면 집합해 임무를 수행했다. 주거지 근방에 있는 큰 집이나 창고, 성황당, 객잔 등에 큰 나뭇잎 반쪽을 붙여놓으면 그걸 보고 미리 약속한 장소로 모였다.

최우영은 평소 애용하는 굴건을 쓴 선비 차림으로 위장해서 마방 정노인을 찾아갔다. 낯선 선비가 최우영임을 간신히 알아본 정노인이 반갑게 그를 맞았다.

"이제 슬슬 움직여도 되남?"

"네. 볼일이 있어 나왔습니다. 말은 어떻습니까?"

"몇 마리 팔았는데 그새 더 늘었어. 지들끼리 붙어 새끼를 낳았거든. 계속 여기다 묶어둘 생각인가? 침 흘리며 기웃거리는 놈들이 많아 귀찮아 죽겠어."

"하하하, 그렇군요. 좋은 소식입니다. 혹시 우리 애들이 찾아오면 용돈이나 넉넉하게 챙겨주십시오. 외로운 놈들입니다."

"부하들 걱정도 하고, 사람이 많이 변했네."

"칼날 위에 사는 놈들이라서 마음이 짠합니다."

김용철은 재주를 살려 주방 보조 자리를 꿰차고 숨어 지냈다. 실력이야 주방장을 하고도 남지만 틈틈이 자리를 비워야 하니 그냥 밥 주고 잠만 재워주면 그걸로 족했다. 주인도 김용철의 요리 솜씨에 반해 머슴 하나 둔 셈치고 그를 부렸다.

김용철은 친화력 하나는 타고났다. 주방장을 위시한 객점 일꾼들을 단 며칠 새 십년지기인 양 휘어잡았다. 안주 요리 몇 접시와 술 몇 잔, 입담 하나로 아예 호형호제하며 터놓고 지냈다.

그런 김용철에게도 고치지 못하는 지병이 있었다. 뭐든 오래 못 하고 금방 싫증을 낸다는 것이다. 그는 음식 냄새 가득한 주방에서 지내려니 온몸이 근질거리고 답답해 미칠 지경이었다. 그런데 어디론가 떠나고 싶어 안날이 났을 때, 마침 객잔 기둥에 큼직한 나뭇잎이 붙었다. 김용철은 얼씨구나 하고 소집 장소로 갔다. 간만에 만난 김용철과 조원들은 서로 부둥켜안으며 반가워했다. 병영에서는 툭하면 싸우고 칼부림도 예사로 했지만 떨어져 지내다 보니 서로 얼마나 깊이 정들었는지를 새삼 깨달은 것이다.

큰방을 하나 빌려서 밥이며 술이며 원하는 대로 넣어주니 그들은 바닥까지 박박 긁어서 동을 냈다. 도둑질을 해서라도 살아남을 자들이니 굶고 지내지는 않았겠지만, 그동안의 긴장이 풀려서 회포를 푸느라 그런 것이었다. 작전 중인 별동대의 규칙 1항은 절대 주변 시선을 끌지 말라는 것이다. 눈빛이나 기질, 몸집이 만만찮고 죽음의 냄새까지 풍기는 그들이 본색을 감추고 지내자면 고충이 이만저만 아닐 것이다.

김용철은 평양성 안에 있는 연하문의 사저를 미리 답사한 뒤 각 대원들에게 임무를 맡겼다. 2인 1조로 행동하고 출입하는 사람들을 미행해 일일이 용무를 확인하라 했다. 또 집 안 일꾼들을 사귀어서 정보를 뽑아내라는 것까지 상세히 지시했다.

그런데 술을 마시던 중 대원 한 명이 김용철에게 따지고 들었다.

"야 짝눈, 너는 뭐 하냐?"

"나는 조장이잖아."

"그래서 묻는 거다. 조장 놈은 뭐 하는 놈이냐고?"

"대장한테 보고도 하고, 네 놈들 뒤치다꺼리도 해야지."

"짝눈, 오늘 술값은 네가 내는 거다?"

"밥하고 술로 끝이냐? 여자는 없어? 단체로 객고를 풀어보자구."

"우리가 놀러 왔냐?"

"조장 이놈, 너 돈 관리 잘해라. 안 그러면 칼 맞는다."

가만히 듣고 있자니 김용철은 슬슬 짜증이 났다. 반가운 김에 오냐오냐 웃어주니 겁도 없이 마구 기어올랐다. 원래 그런 경향이 있기는 했지만 이것들이 민가에서 오래 살더니 완전히 군기가 빠졌다.

"이거 참다가 병나겠다. 나, 조장 안 한다. 씨팔, 무슨 종살이 하냐? 이제 나도 개길 테니 성질 건드리지 마라. 짝눈이라 부르는 놈부터 작살낸다."

"야, 술 취했잖아. 참아!"

성질 급한 김용철이 인상을 쓰니 짝눈이라는 별명답게 양쪽 눈 크기가 달라졌다.

"야, 조장 그거 아무나 하는 거 아니다. 머리가 잘 돌아야지. 에이 짝눈, 풀고 한 잔 해라."

한 놈은 달래고 다른 놈은 어르고 아래 위도 없다. 겉으로 보아서는 최강 별동대가 아니라 꼴통 집단이다.

"우씨, 짝눈 아니라고 내가 분명히 말했다."

"괜찮아, 조장은 짝눈이 더 멋있다니까."

이진무도 이번 임무의 중요성을 잘 깨닫고 있었다. 소금의 유통 과
정은 일꾼이나 장사꾼으로 변장하면 알아내는 게 별로 어렵지 않겠지
만 그 관련자를 파악하고 염탐하는 일은 꽤 까다로울 것 같았다. 독점
이니 분명 관이 개입되었고 이권에 따른 숨은 세력도 있을 것이다.

이진무는 서해 염전으로 별동대원 세 명을 파견하여 생산지에서
소금을 매집하는 과정을 면밀히 살피게 하고, 다른 두 명에게는 그
이동 경로를 파악하라고 지시했다. 나머지 인원에게는 소금 도매상
을 중심으로 관련자들의 명단을 자세히 작성하라고 명했다. 이진무
자신은 소금의 독점 유통에 개입된 관리와 흑풍대의 연관 유무를 조
사하기로 했다.

최우영은 마방에서 그리 멀지 않은 저잣거리로 나와 상점을 기웃
거렸다. 그렇게 소일하며 이틀을 기다린 끝에 간신히 낯이 익은 산촌
부락 노인을 만났다. 노인은 약초를 팔러 나온 길이었다. 최우영은
노인의 약초를 몽땅 사주고 밥이나 먹자며 주막으로 데리고 들어갔
다. 두 사람은 국밥을 시켜놓고 이런저런 이야기를 나누었다.

노인이 최우영에게 농을 걸었다.

"자네, 그 많은 약초를 어디에 쓰려고 그러나? 아예 이름도 모르
지?"

"약초라니 여하튼 몸에는 좋을 거 아닙니까?"

최우영은 어색해하며 피식 웃었다. 내 그럴 줄 알았다며 노인은 선

심을 쓰듯이 효능을 알려주었다.

"환삼은 해열 기침에 좋고 노루오줌은 죽을 써서 먹으면 가래를 없애고 패랭이는 오줌소태나 생리 불순에 좋다네. 보아하니 마누라는 없겠구면."

최우영은 슬쩍 노인의 말을 눙치면서 본론으로 들어갔다.

"노인장, 사실 뭐 좀 여쭈어보려고요."

"진작 털어놓지. 국밥 값은 해줌세."

"사씨 집성촌 말입니다. 산에 그런 부락이 많습니까?"

"많지. 농사지을 땅이 없으니 대성산 골짜기에 흩어져 살고 있지."

"크게 장사하는 사람들도 있다고 하던데요?"

"그래봐야 순노부 아닌가."

"무슨 말씀인지?"

"자네는 북부에서 왔지?"

"저야 연씨도 아니고 밥이나 얻어먹는 처지라."

"순노부가 뭉치는 걸 겁내는 게야. 원래 농사꾼이라 머리 숫자는 제일 많지. 다들 땅을 빼앗겼으니 장사를 하거나 산골에서 화전을 하고 살 수밖에…… 차별이 심해."

"그렇군요. 그런데 온달 말입니다. 사는 집이 어딘지 아십니까? 신세도 지고 해서요."

어렵게 말을 꺼낸 것과 달리 돌아온 대답은 의외로 간단했다.

"우리 집 건너야. 고개만 넘으면 돼."

최우영은 한시름 놓았다는 듯 환한 얼굴을 감추면서 국밥 국물을 들이켰다.

공주는 수태를 한 뒤 흉흉한 소문이 돌던 연비에 대해 뒷조사한 내용을 보고받았다. 근래 연비는 공주를 경원시하고 진비와 가까이 지내면서 꽃구경이나 뱃놀이를 같이 다녔다. 섭섭했지만 공주는 외숙과 장래를 염려하여 연비를 지켜주기로 마음을 굳혔다. 공주의 명을 받은 최우영이 연비의 아비 연하문을 만나러 갔다.

최우영은 열 개의 기둥이 받치고 있는 이층 전각으로 안내되었다. 천장에는 널마다 난초와 매화, 대나무 등이 화사하게 그려져 있고 문이나 기둥도 나무 본래의 결을 잘 살려놓은 것이 격조가 있었다. 집안 세간은 정교한 공예 기술로 거의 예술품의 경지에 도달한 것만 전시되어, 보는 이로 하여금 절로 감탄을 자아내게 했다.

최우영과는 일면식도 없었지만 연하문은 절노부에서 심부름을 왔다는 말만 듣고 별관으로 달려왔다. 연하문은 반가워하는 얼굴로 호기롭게 교좌에 앉았다. 단아하고 곱게 늙은 문사文士다운 풍모였다. 그의 오른쪽으로는 국태민안을 비는 코끼리 모양의 법랑기가 놓여 있고 왼쪽에는 장수를 비는 선학 도자기가 날개를 펴고 있었다. 연하문은 최우영에게 자리를 권했다. 그가 용건을 묻자 최우영은 먼저 자신의 정체를 밝혔다.

"주위에 눈이 있어 신분을 숨겼습니다. 소인 이름은 최우영이라 하고 별동대장으로 있는 사람이올시다."

"오오, 별동대장이라면 우리 절노부의 자랑이 아닌가?"

연하문은 천성적으로 확인도 없이 사람 말을 믿기 좋아하는 부류인 듯했다.

"허나 제가 별동대장이라는 걸 증명해드릴 방법은 없습니다."

그제야 연하문은 긴장하며 최우영의 신색을 찬찬히 살폈다.

"자네 풍채를 보니 칼을 쓰는 무인이라는 건 알겠네."

최우영은 연하문에게 김성집을 아느냐고 물었다. 연하문은 고개를 저었다.

"김성집은 흑풍대 대주 김주승의 서자로 그의 유지를 이은 사람입니다."

최우영은 품속에서 빼곡히 사람 이름이 적힌 화선지를 내놓았다.

"가로家老댁을 드나드는 이 사람들은 바로 김성집의 명을 받고 움직이는 자들이었습니다."

연하문은 손으로 턱을 받치고 이마에 주름을 잡았다. 마땅치 않다는 표정이었다.

"그게 무슨 문제가 되는가?"

"김성집의 뒤에는 고원표가 있습니다. 이들이 아무 목적 없이 이 집을 드나들진 않았을 겁니다. 혹 집히는 일은 없으신지요?"

연하문은 명단에 기록된 이름들을 일일이 확인했다. 그의 얼굴에서 어느새 의혹이 사라졌다. 대신 경악하는 표정이 떠올랐고 얼굴색마저 노래졌다.

그동안 자신에게 견마지로를 다하겠다며 갖은 아부와 호의를 베풀던 사람들이었다. 더욱 당혹스러운 것은 그들이 간간이 청탁을 해왔고 처음에는 별로 어려운 부탁도 아니어서 남을 돕는다는 기분으로 선선히 들어주다가 근자엔 인사나 이권이 걸린 청탁도 기꺼이 처리해주었다는 것이다. 그럴 때면 그들은 어김없이 그에 상응하는 대가를 들고 왔다. 소소한 금붙이에서 토지 문서, 집 문서는 물론이고 나중에는 수입이 적잖은 시장 가게나 인삼, 철을 거래하는 지역 판매권까지 상납했다. 연하문은 평생 검소하게 살았지만 자신도 모르는 사이에 바짓가랑이가 시궁창에 빠져 젖어버렸다. 미처 깨닫기도 전에 일이 커진 것이다. 이건 함정임이 분명하다. 이래서는 절노부 가신으로서, 연비의 아비로서 누를 끼칠 뿐이다.

고건과 진철중을 만나 그들의 명을 받은 김성집은 아버지 김주승의 복수를 위해 연비의 아비인 연하문에게 접근했다. 어리석게도 연하문은 그들이 가져다주는 뇌물을 덥석덥석 받아 챙겼다. 독약이었다. 만약 그런 사실이 백일하에 밝혀진다면 절노부와 연비의 명예가 땅에 떨어지고 연하문은 연청기를 두 번 다시 대할 면목이 없게 될 것이다.

연하문은 자세를 반듯하게 갖추고 머리를 숙여 보이며 문제를 해결할 시간을 달라고 최우영에게 간곡히 부탁했다. 최우영은 당연히 그러마고 대답했다. 그로서는 공주의 의중을 전하러 온 것뿐이었다.

그후 며칠 동안 진위를 확인할 수 없는 소문이 저잣거리에 흘러 다녔다.

'연비의 아비가 집안 노비를 전부 풀어주었다더라. 인근의 빈곤한 백성들에게 쌀과 땅을 나눠주었다더라. 연비의 아비가 낙마하여 언덕을 굴렀고 병이 도져 시름시름 초상 치를 날만 기다린다더라.'

그러던 어느 날, 연하문의 집을 문지방이 닳도록 드나들던 벼슬아치와 장사꾼 들이 거짓말처럼 발길을 뚝 끊었다. 연하문이 연비에게 유서를 남기고 자살한 것이다.

곧바로 대성산의 절노부 파견군에서 병사들이 나와 연하문의 집을 둘러싸고 잡인의 출입을 금지시켰다. 그리고 그의 시신을 군영으로 이송했다.

비통에 젖어 울던 연비는 아버지의 유서를 받아 읽던 중에 복통을 일으키며 혼절했다. 계속 하혈이 멈추지 않는 바람에 연비는 끝내 유산을 하고 말았다. 이는 연비의 시녀인 선아가 진비의 지시에 따라 초오와 천남생 뿌리를 보약에 섞어 지속적으로 달여 먹인 결과였다. 이 사건을 조사하던 중 궁내 태감은 이 상궁이 내의관에게 벌레를 쫓는다며 초오와 천남생 뿌리를 구해달라고 했고 내의관이 이를 성 밖 한의원에서 구해주었다는 사실을 밝혀냈다. 이 상궁은 진비의 심복이고 선아는 이 상궁이 궁 안으로 데려온 아이였다. 며칠 후, 선아는 소리 소문 없이 왕궁에서 사라졌다.

공주는 은밀하게 태감을 목련당으로 불러 내사를 중지하라고 했다. 사건의 진상을 더 이상 밝히지 말고 무마하라는 것이었다.

"이 상궁이 내의관을 통해 독초를 구했다면 이 사건은 진비가 관련되어 있습니다. 그렇다면 이 상궁의 처벌로 끝나지 않을 겁니다."

이에 머뭇거리던 태감이 심중에 감춰둔 말을 꺼냈다.

"내당 시녀의 말로는 흑풍대의 진철중 대주가 근자에 이 상궁과 밀담이 잦았다고 합니다."

"누군가 어설픈 간계를 꾸며 사건이 발각되길 노렸을지 모릅니다. 내궁에서 벌어진 추잡한 흉계가 알려지면 그 여파는 걷잡을 수 없이 커집니다. 진비의 개입이 드러나면 어린 왕자들도 피해를 입고 중임을 맡은 관노부 대신들까지 축출해야 합니다."

"과연, 충분히 그럴 가능성이……."

"그렇게 된다면 누구의 잘잘못을 떠나 관노부는 분명 왕실에 등을 돌리고 칼을 겨눌 것입니다. 이는 안정이 시급한 조정과 왕실에 깊은 상처를 남기게 되는 일입니다."

"오호, 과연…… 미처 거기까지는 짚어보지 못했습니다."

정치적 실익을 따져 덮어두려는 공주의 결정을 금방 수긍하는 태감과는 달리 임정수는 무장답게 직설적으로 반론을 제기했다.

"하오나 공주님, 태어나지 않은 아이의 생명을 음해하는 짓은 사가에서도 용서받지 못할 중죄입니다. 이를 벌하지 않는다면 어떻게 백성들에게 나라의 법을 지키라 말하며 선의를 다해 떳떳이 살라 말할 수 있겠습니까?"

공주도 임정수의 말을 수긍하지 않는 바가 아니었다. 하지만 때가 아니었다.

"임 장군, 세상에는 밝혀야 할 일이 있고 당장 밝혀서 더 나빠지는 일도 있습니다. 이대로 끝내자는 게 아닙니다. 조금 뒤로 미뤄두는 것뿐입니다. 저를 믿고 맡겨주세요."

"연비마마가 불쌍할 뿐입니다."

"태감께서도 극비에 부쳐야 합니다. 조정 대신들이 내막을 알면 부왕조차 무마시킬 수 없습니다."

태감을 돌려보낸 공주는 임정수에게 귀엣말로 전했다.

"임 장군은 비밀리에 사람을 풀어 선아를 찾아내세요. 그 아이의 행방을 찾는 일은 비용을 아끼지 말고, 아무리 시간이 걸려도 꼭 해내야 합니다."

"소장, 명을 받들겠습니다."

그로부터 한 달 뒤, 연비는 절노부 군막 안에서 살아 있는 아버지 연하문을 만났다. 진비의 음모를 미리 알았던 평강공주가 그를 살려서 빼낸 것이다.

연비는 진비의 책략에 속아 뱃속의 용정을 잃었지만 가문을 지키고 치욕으로부터 아버지를 구했다. 만약 사전에 막지 못했다면 연하문은 수치를 견디지 못하고 자결했을 것이다.

연비는 눈물을 흘리며 평강공주에게 감사했고 그 뒤로는 변함 없이 그녀의 든든한 우군이 되어주었다.

평원왕의 제1왕후는 평강공주와 태자 원을 낳았다. 진비는 왕자 건무와 그의 동생 태양을 출산하고는 그토록 바라던 제2왕후에 올랐다. 관노부를 안고 가야 한다는 공주의 권유를 받아들인 평원왕의 고육지책이었다.

왕후가 된 진비는 평원왕과 함께 목련당을 찾아와 한참을 미적댔다. 그녀는 어떻게든 말이 나온 김에 상부 고씨와 공주를 엮어보기로 작심한 터였다.

"원래 왕가의 혼사는 정략적이지 않으냐? 심지어 멀리 타국에까지 그 혼처가 정해지는 일이 흔하다. 나라의 평안을 위해서라면 왕가에서 희생하여 본보기를 보여야 할 것이다. 그렇지 않고서 어찌 백성들이 믿고 따르길 바라겠느냐?"

"소녀가 상부 고씨에게 시집가면 나라가 안정될 거라는 보장은 누가 해줍니까?"

"그리 된다면 당연히 상부 고씨는 부왕의 편에 서서 국정 운영을 거들지 않겠느냐?"

"소녀를 상부로 보낸다면 저들의 손에 칼자루를 하나 더 쥐여주는 것과 마찬가지입니다."

어느새 평강의 나이가 차서 혼사 이야기가 나오다니 세월이 빠르긴 빠르구나 싶었다. 왕후와 공주의 설전과는 상관없이 딸의 얼굴을 보면서 평원왕은 감개무량해했다.

꿀 먹은 벙어리처럼 입을 다물고 있는 부왕이 야속했던지 평강이 야멸치게 따졌다.

"아바마마, 소녀가 무슨 죄를 지었기에 궁 밖 출입까지 막으십니까?"

"글쎄다. 공주를 보는 시선들이 많다 보니 조심을 해야 하지 않겠느냐. 내 그리 염려는 않는다만 무지막지한 별동대와 어울려 지낸다는 말도 나돌고 해서……."

평원왕의 목소리에 주저하는 기미가 엿보였다. 왕후의 죽음, 복수, 월광의 죽음, 이런 과거가 그의 머릿속에서 떠올랐던 것이리라.

평강은 부왕의 기억을 상기시켜주려는 듯 그동안 함구했던 이야기를 꺼냈다.

"잊으셨습니까? 그 별동대가 어마마마의 한을 풀어주었습니다. 소녀가 살아 숨 쉬는 동안 대부의 원수를 결코 잊지 않을 것입니다."

"어허, 눈에 보이는 칼을 어찌 예리하다고 할 것이냐? 원래 빈 수레가 더 요동을 치는 법이다."

"저들의 바람이 뭔지 몰라서 하시는 말씀이십니까? 아바마마께서는 소녀가 저들의 인질이 되길 원하십니까?"

"이제는 조정 대신들까지 상부 고씨와의 혼사를 상소하면서 들고 일어나는구나."

"대부의 죽음 뒤에는 상부 고씨가 있습니다. 만약 소녀가 혼례를 해야 한다면 제 상대는 스스로 찾을 것입니다."

평원왕은 공주의 고집을 꺾는 것이 국정을 처리하는 것보다 더 어렵다고 느꼈다. 그는 왕후가 그리웠다. 왕후가 있었다면 이런 문제를 대신 처리해줬을 것이다. 제 어미를 빼다 박은 공주의 얼굴을 보며 평원왕은 불쑥 먼저 간 왕후가 간절하게 그리워졌다.

후원 연못 주위로 빨간 봉선화가 피었고 수면에는 잠깐 못 본 사이 다른 세상처럼 수련이 만개했다. 흰 꽃, 노란 꽃, 분홍 꽃이 만발한 연못은 사람을 가리지 않고 보는 이를 반겼고 절로 흐뭇한 기분이 들게 만들었다. 깨끗하고 청순한 수련을 바라보면서 평강공주도 살포시 웃었다.

'흙탕물에서 어찌 저리도 예쁜 꽃을 피울 수 있을까? 나도 저리 살 수 있을까? 어마마마처럼 부드러우면서 지혜로워지고 싶다.'

이런저런 상념에 젖어 있던 공주에게 임정수가 최우영의 보고서를 들고 왔다.

전국 소금의 유통 실태와 그 전매권에 대한 조사 결과는 공주의 예측을 크게 벗어나지 않았다. 외견상으로 전국 소금상인연합회가 전매권을 가졌지만 그 뒤에는 흑풍대가 있어 그 상인연합회를 관리, 지배하는 구조로 되어 있었다. 이는 상부 고씨의 수중에 소금 전매권이 들어 있다는 뜻이나 다름없었다. 왕후는 소금 전매권을 풀려다가 암습을 당했다. 이로써 왕후와 대부를 해친 원흉은 고원표가 분명함이 밝혀졌다.

보고서를 계속 읽어가던 공주는 순노부 유민들의 실태에 눈길을 돌렸다.

원래 농사를 짓던 사씨들은 부역으로 장안성 축성 공사에 30년 이상 지속적으로 투입되었다. 그러다 보니 저절로 힘이 쇠약해지고 다른 지역으로 뿔뿔이 흩어지게 되었다. 또한 순노부는 전통적으로 백제나 신라와의 교역을 통한 물자 교류가 빈번해서 그들과 친했다. 그러니 자연히 조정의 감시가 심해졌고 보이지 않는 차별과 견제가 따랐다. 견디다 못한 사씨들은 일가를 이끌고 타지로 흩어졌고 그렇게 떠난 이주민의 숫자가 부지기수라 했다. 현재 순노부 세력은 5부 중에 가장 미약하다. 사씨들 중에 하급 관직에 있거나 상층민으로 부유하게 사는 사람들이 없는 것은 아니지만 여타 부족에 비해 누리는 사회적, 경제적 지위는 보잘것없었다.

오랫동안 자신의 뿌리를 지켜온 사씨 일족은 1년에 몇 차례 문중 모임을 갖는다 했다. 공주는 내심 이거다 싶었다. 그들이 떠났다면 되돌아올 수도 있을 것이다. 허약한 왕권을 보강할 버팀목을 찾고 있던 공주는 호족 세력에 대항할 새로운 힘을 목말라 하고 있었다.

공주는 홀로 왕실 종묘를 찾았다. 그녀는 왕후의 위폐 앞에 앉아 오래도록 이야기를 나누었다. 왕후가 된 진비와 조정 대신과 결탁한 고원표의 압박을 벗어나지 않는다면 그녀의 삶은 결코 자유로울 수 없을 것이다. 왕가의 정략결혼이 흔한 일이고 보면, 스스로 자신의 길을 찾아내지 않는다면 그녀 역시 왕후와 같은 길을 걸을 수밖에 없을 것이다. 왕후는 생전에 입버릇처럼 말했다. '공주는 꼭 사랑하는 사람을 만나 결혼해야 한다. 누구에게 도움을 바라거나 의지하려는 나약한 마음으로 살다가는 자기 삶의 주인이 되겠다는 열망은 요원한 꿈이 될 것이다.'

공주는 입술을 깨물었다. 그녀는 누구에게도, 무엇에도 의존하지 않으리라 맹세하며 왕후의 위폐에 절을 올렸다.

공주는 공손부인의 도움을 받아 병색이 도는 얼굴로 화장하고 평원왕을 찾아가서 독대했다. 대례를 올리고 문안하는 공주를 평원왕은 흐뭇하게 지켜보았다. 눈에 넣어도 아프지 않을 딸이다. 평원왕은 고건이 고원표의 아들만 아니라면 공주와 잘 어울릴 것이라 생각했다. 왕가의 교육을 받고 자란 공주다. 나라의 안위를 걱정하고 백성을 위하는 마음은 자신과 다를 바 없으리라.

"어디 몸이 안 좋으냐? 얼굴색이 창백하구나."

"아바마마, 어마마마의 생전 마지막 소원이 무엇이었는지 기억하시는지요?"

공주가 뜬금없는 질문을 던졌다. 평원왕은 공주의 말솜씨에 말려들지 않으리라 다짐하며 실눈을 뜨고 그녀를 보았다.

"아바마마, 어마마마께서는 소금 전매권이 백성들의 생활을 궁핍하게 한다 하여 독점의 폐해를 주청하셨고 그 해제를 내락받으신 것으로 알고 있습니다."

"그래, 분명히 그런 일이 있었다. 한데 어찌 공주가 그 일에 관심을 갖는고?"

"그로 인해 어마마마를 잃었는데 어찌 소홀히 지나치겠습니까? 아바마마, 상부 고씨가 지방 호족의 지원을 받는 원인 중 하나는 소금 전매권을 비롯하여 각종 이권으로 결탁되어 있기 때문이라 들었습니다."

"어허, 또 그 이야기냐……."

길게 탄식을 내뱉은 평원왕의 얼굴에 웃음기가 사라졌다.

"소금의 전매권을 풀어야 합니다."

"소금은 여러 왕족들의 이해가 걸린 문제라 간단치가 않다."

"당연히 가진 걸 내놓으라면 반발이 따를 것입니다. 하오나 이미 왕족들은 많은 특권을 누리고 있습니다. 소금은 백성들에게 없어서는 안 되는 생필품입니다. 소금 전매를 해제한다면 우선적으로 백성들이 그 혜택을 입을 것입니다. 한 줌도 안 되는 왕족과 귀족 들의 부귀를 위해 수많은 백성을 희생시킬 수는 없지 않습니까?"

겉으로 온화해 보이는 평원왕은 백성을 위한 일이라면 물불을 안 가리고 뛰어드는 사람이다. 서리와 우박으로 작물 피해가 생기면 나라의 축성 공사마저 중단케 하고 백성들을 위무하여 노역을 경감해 주었다. 가뭄이 들어 흉년이 들면 반찬 가짓수를 줄이고 그들과 같이 굶었다. 기민 구휼에 앞장서고 농상을 장려하는 성군이었다. 소금 전매권의 해제가 고원표와 호족들의 결속을 끊을 전기가 된다는 공주의 상소는 분명 일리가 있었다. 그 어미에 그 딸이다. 그러나 한편으로 평원왕은 나랏일을 걱정하며 자꾸 깊이 개입하는 공주가 우려스러웠다.

한참 동안 신중하게 생각을 정리하던 평원왕이 호기롭게 말했다.

"그래, 소금 전매권을 풀자. 태감은 울절에게 칙령을 준비하라 이르라."

칙령을 내리면 그것이 전국의 일선 관청에 전달되기까지는 시일이 꽤 걸린다. 몇 달은 족히 시간을 벌 수 있을 것이다. 공주가 노린 것은 그 시간의 차이였다. 공주는 내친 김에 병색이 짙은 목소리로 꾸며 말했다.

"아바마마, 요즘 소녀의 혼사 문제로 주변에서 왈가왈부 말들이 많은지라 그 시름이 깊어 제대로 잠을 이루지 못하고 있습니다. 하여 병이라도 생기기 전에 물 맑고 공기 좋은 도량을 찾아 마음을 다스리고 심경을 정리하고 싶으니 이를 윤허하여주소서."

"안 그래도 네 얼굴이 몹시 수척해 보이는구나. 진맥은 해보았느냐?"

"마음에서 생긴 근심인지라 좀 잊고 요양하면 쾌차하리라 하였습니다."

"그래, 그렇게 하려무나. 아비의 그늘에 있을 때 편히 휴양하면서 건강부터 회복하도록 하여라."

그렇게 해서 자연스럽게 공주의 성 밖 출입금지령도 풀리게 되었다.

변복을 한 평강은 샛별이와 임정수 두 사람을 대동하고 궁을 나섰다. 임정수는 혹시 있을지 모를 미행을 방지하기 위해 외진 골목길을 막아섰다. 그사이에 공주와 샛별이는 주작봉 초입으로 접어들었다. 샛별이는 간만의 외출인지라 적잖이 흥분되는 눈치였다.

임정수가 사전에 연통을 넣어서 최우영이 공주를 기다리고 있었다. 사씨 집성촌 촌장모임에 동행하려고 시간을 맞춘 것이다. 최우영은 오늘 귀인이 방문할 것이라며 그들에게 언질을 해둔 상태였다.

최우영은 이진무, 김용철과 함께 소가 끄는 달구지를 가져왔다. 그 달구지 위에는 장터에서 마련한 술과 음식이 가득 실려 있었고, 최우영의 품에는 그들이 북방에서 가져온 군마를 팔고 받은 거액의 전표가 들어 있었다. 전표는 전장錢場에 가져가 신분을 밝히면 하시라도 금과 은으로 바꿔주니 현금이나 마찬가지였다.

공주는 자신이 가진 패물을 팔아 돈을 장만하려 했으나 최우영과 이진무가 극구 반대했다. 공주와 최우영은 상부 고씨의 돈줄을 끊지 않고서는 그들을 약화시킬 수 없다고 판단했다. 그 일환으로 소금의 독점 유통을 깨뜨리려 하는 것이다. 그것은 왕후의 오랜 염원이기도 했다.

사씨 집성촌 촌장모임 참가자들은 대부분 중년이 넘는 노인들이었다. 최우영이 잔치를 벌일 터이니 많이 참석해달라고 부탁해둔지라 그 어느 때보다 성황을 이루었다. 평강은 사씨 문중회의가 끝나기를 기다렸다가 모습을 드러냈다. 그들은 모두 평강의 미모를 칭찬하거나 호기심을 나타내며 이런저런 질문을 퍼부어댔다. 격의 없는 그들의 질문에 평강은 미소로 대답했다. 하지만 임정수의 표정은 일그러졌다. 누가 감히 공주에게 하대를 한단 말인가? 그런 임정수를 평강이 물러서게 했다. 임정수는 공주의 눈총을 받고서야 시선을 밑으로 깔고 내키지 않는 몸을 돌렸다. 아무래도 임정수의 마음은 불편했다. 자신에게는 하늘같은 공주가 아닌가. 그러나 평강은 얌전한 여염집 처녀처럼 사람들을 대했다.

"여러 어르신들께 처음 인사를 올립니다. 일전에 곁에 계신 이분들이 몸을 다쳐 신세를 졌다 들었습니다. 또한 월광 대부님의 장례 때는 많은 분들이 도움을 주셔서 큰 은혜를 입었습니다. 그래서 이처럼 늦게나마 찾아뵙게 되었습니다."

사람들은 아직 그녀의 정체를 몰랐다. 모임을 주재한 사노인이 단도직입적으로 물어왔다.

"무슨 일거리가 있다고 들었는데 그건 뭔고?"

"네, 말씀드리지요. 어르신들 일족 중에는 장사에 능한 인재가 많다 들었습니다. 충분히 사례를 할 터이니, 이재에 밝은 사람들을 뽑아 서해의 염전을 매입해주십시오. 많이 매입할수록 좋습니다."

그러자 여기저기서 볼멘소리가 나왔다.

"염전을 사들여서 뭐 하시게? 염전보다는 소금 장사를 해야 이문이 크지 않겠나?"

"소금 밀매는 관에 들키면 곤장을 맞고 감옥살이를 해야 돼."

역시 장사에 밝은 사람들다웠다. 소금은 음식의 간을 맞추고 생선이나 상하기 쉬운 음식을 저장하는 데 필수적이다. 민가에서는 집안의 불씨를 소중하게 여기는 것처럼 소금을 귀하게 여겼다. 영양 결핍으로 현기증을 일으킬 때는 소금물을 한 모금 마시면 되고 기생충이 있을 때도 소금물을 한 바가지 마시면 나았다. 전쟁 중에 병사들은 탈수를 방지하려고 소금 주머니를 차고 다녔다. 민가에서는 액운을 물리치기 위해 소금을 집 안팎에 뿌리거나 그릇에 담아 높이 올려두었다. 이렇게 귀중한 소금이다 보니 그 공급과 유통을 대개 나라에서 관여하여 가격을 적절히 조정했다.

"어르신들 생각에 만약 소금의 전매권이 풀리면 어떻게 될 것 같습니까?"

그들은 서로 얼굴을 바라보았다. 소금의 전매권이 풀린다면 앞으로 벌어질 일이야 강 건너 불을 보듯 뻔한 탓이다.

"그렇게만 된다면야 너도 나도 소금 장사를 하려고 몰려들겠지. 그때는 염전을 가진 놈이 떼돈을 벌지 않겠어?"

"그렇습니다. 염전을 사면 그것을 관리할 사람도 딸려서 보내야 합니다. 일이 잘 풀리면 동업도 가능하리라 봅니다."

누가 보아도 손해 볼 것 없는 제안이었다. 자신들은 돈 한 푼 내지 않아도 되니 말이다. 염전을 사들이면 사례를 하고 게다가 그것을 관리하는 일자리까지 주겠다는 게 아닌가. 잘만 되면 동업까지 고려해보겠다 하니 꿩 먹고 알 먹기나 마찬가지였다.

그런데 하얀 턱수염을 쓰다듬으며 사노인이 이의를 제기하고 나섰다. 사노인은 이 낯선 처녀의 말을 곧이곧대로 받아들일 수 없었다. 장사는 서로 균형이 맞아야 거래가 이루어진다. 가진 것 없는 자신들에게 이런 파격적인 제안을 해오는 것이 수상했다. 상대가 뭔가 더 큰 이익을 노리지 않고서는 이런 거래가 불가능하다는 게 사노인의 생각이었다. 세상에 공밥은 없는 법이다.

사노인은 자신들에게만 유리한 제안이라 더 의심이 간다고 말했다. 남에게 무엇을 바라기 전에 내가 무엇을 줄 수 있는지 생각들을 해보라고 했다.

"그렇다면 우선 염전을 확보하는 일에 주력해주세요. 다른 부분은 차후 의논드리지요."

그 말에 사람들이 동의했다. 공주의 유연한 절충으로 회합은 성공적으로 끝났다.

공주는 깔끔한 초가를 하나 빌려 그곳에 머물렀다. 초가의 뒷방 문을 열면 빼곡히 들어찬 대나무밭이 펼쳐졌다. 대나무 잎이 바람에 날려 스치는 소리가 파도소리 같았다.

서해에 산재해 있는 염전을 사러 떠나는 행렬을 배웅한 후, 공주는 최우영과 다음 계책을 의논했다.

공주는 임정수에게 전국에 퍼져 있는 경당의 현황을 알고 싶다고 말했다. 그러나 임정수는 그와 관련한 자료를 5부에서 공개하지 않고 있으며 관에서도 그 정확한 실태는 모르고 있다고 했다.

경당扃堂의 '경扃'은 대문에 설치된 '빗장'이라는 뜻으로 집 안에 머무르면서 세상의 이치를 밝힌다는 말이다. '경'이라는 글자 속에는 독서를 중시하는 문과 습사習射를 중시하는 무의 개념이 함께 들어 있어 문무 일치의 교육이 경당에서 행해졌다.

소수림왕 재위 때에 국립학교인 태학이 관학으로 중앙에서 설립됐고 경당은 고구려 최초의 사설 교육기관으로 이보다 늦게 지방에서 만들어졌다.

최우영은 즉시 이진무와 김용철을 비롯한 별동대 조장들을 지방으로 파견하여 그 조사에 들어갔다. 별동대는 명령이 떨어지면 빠르게 움직이고 그것을 성공적으로 해낼 때까지 포기를 모른다.

염전을 사러 떠난 선발대는 염전을 거래하기 전에 소금 값이 곧 폭락할 것이라는 소문을 시중에 퍼뜨렸다. 국내산 소금이 너무 값이 올라 조정에서 중국산 소금 유입에 대한 규제를 풀기로 했다는 것이다. 당연히 염전을 가진 지주들은 가격만 좋다면 너도 나도 염전을 팔기를 원했다. 수단 좋은 사씨 일족의 염전 확보 작업은 순풍에 돛을 단 듯 잘 진행되었다.

소금 전매권을 폐지한다는 태왕의 칙령은 그로부터 두 달 뒤에 공포되었다. 갑론을박 불만들이 많은 데다 늑장 행정으로 차일피일 미뤄지다가 태왕의 진노와 엄명이 떨어지고서야 전국 방방곡곡에 포고문이 나붙었다.

공주, 16세에 궁을 나오다

평강공주가 궁을 비운 사이, 왕후와 조정 대신들은 저들끼리 상부 고씨와 공주의 혼사를 기정사실화하여 밀어붙이고 있었다. 그들은 나라의 안녕과 정치적 안정을 도모한다는 명분으로 이를 공론화했다. 평원왕은 공주의 심정을 모르는 바 아니었지만 그들을 무작정 외면하고 물리칠 수만은 없었다. 궁으로 돌아온 공주는 시간이 흐를수록 사면초가에 빠졌고 결단을 강요받았다.

연일 보이지 않는 압박감에 시달리던 공주에게 상부 고씨로부터 아무런 예고 없이 갖가지 예물을 실은 수레가 보내져 왔다. 진심으로 평강공주를 원하는 고건의 정성이 가득 담긴 예물이었다. 화려한 문양으로 수놓은 비단, 진기한 보석으로 장식한 귀금속, 호피, 녹용, 산삼, 야명주, 수심경 등 들어보지도 못한 보물이 수레마다 가득했다.

왕후는 입이 귀에 걸릴 만큼 찢어졌고 들으란 듯이 호들갑을 떨며 부산스럽게 나대었다.

"이리도 귀한 보물을 어떻게 구했을까? 공주를 생각하는 고 장군의 정성이 이리도 지극합니다."

"상부에서는 이번 청혼에 온갖 예를 다했습니다."

예물 행렬을 이끌고 온 흑풍대 대주 진철중은 득의양양하여 거칠 것 없이 굴었다.

"고추가께서는 이번 혼사로 왕가와의 유대를 돈독히 하고자 하십니다. 왕후마마, 이제야 왕실은 흔들리지 않는 반석에 올라앉게 되었습니다."

어떤 상황에서나 사람의 진의는 전달하는 사람의 행동이나 말투에 의해 쉽게 왜곡되기 일쑤다.

"소장이 보기에도 고건 장군은 하루빨리 공주님을 맞이하기를 바라고 계십니다. 이 얼마나 경사스러운 일이옵니까?"

왕후와 달리 태왕은 불편한 심기를 드러냈다.

"예물을 보내기 전에 이쪽 의견도 물어봐야 하는 게 아니냐?"

그러나 진철중은 여전히 태왕의 불편한 심기를 눈치 채지 못하는 양 자기가 하고 싶은 말만 했다.

"폐하께서 먼저 언급하신 혼례라 들었고 그러니 분명 반겨하실 거라는 말씀도 있었습니다. 이는 조정 중신들도 쌍수를 들어 환영하는 일이옵니다."

태왕이 갑자기 진철중에게 역정을 냈다.

"어허! 공주가 원하면 언제든 내놓을 수 있는 물건이라도 된다 하더냐?"

진철중은 그제야 입을 꾹 다물었다.

평원왕의 심사는 복잡했다. 그가 공주의 결혼을 입에 올린 것은 팽팽하게 대치한 위기 국면을 타개하기 위해서였다. 서로가 잠시 핑계로 삼았을 뿐이라고 여겼다. 그가 보기에도 고건은 대장부였다. 어디에 내놔도 모자람이 없는 사내였다. 그러나 고원표와 얽힌 운명의 실타래는 좀처럼 풀기가 어려웠다. 꼬일 대로 꼬인 관계였다.

근자에 평원왕은 공주의 태도가 전과 많이 달라졌다는 사실을 알고 있었다. 말문을 닫은 공주는 속내를 감추고 있고 왕후만 치맛바람을 날리며 흥이 났다. 평강이 안학궁을 떠나면 왕후는 앓던 이가 빠진 듯이 시원해할 것이다. 안 봐도 눈에 선했다. 평원왕은 진철중과 왕후 모두 꼴도 보기 싫었다. 그들은 평원왕의 손짓에 그대로 물러설 수밖에 없었다.

그러나 왕후는 여전히 싱글벙글했다. 그녀는 사촌오빠 진철중과 단둘이 있게 되자 한바탕 통쾌하게 웃었다.

"이번 혼사는 태왕도 거부할 명분이 없습니다. 그러니 저렇게 안절부절 노기를 감추지 못하고 있는 게지요."

"허나 공주가 어떤 태도를 보일는지요? 아무 반응을 보이지 않는 것이 마음에 걸립니다."

"아직 새파란 것이 버텨봤자 아니겠습니까. 내 이번에는 고것을 안학궁에서 몰아내고 말 것입니다. 그래야 우리 왕자도 기를 펼 날이 오지 않겠습니까. 내 이제야 앓던 이가 빠진 듯 시원합니다."

마음이 공허해진 태왕은 공주를 불렀다. 오랜만에 부녀가 함께 후원을 거닐었다.

평원왕이 슬그머니 손을 뻗어 수심이 가득한 공주의 손을 꼭 붙잡았다. 공주의 작은 손이 그의 손 안에 쏙 들어왔다. 그는 공주의 움직임이 예전과 다르다는 낌새를 어렴풋이나마 알아차렸다. 부왕의 곤란한 형편도 고려했을 것이다. 왕후와 조정 대신들의 일방적인 공세를 언제까지나 견딜 수는 없는 노릇이다. 그렇다고 공주를 상부 고씨에게 보낼 수는 없다. 불행한 운명 속으로 딸을 밀어 넣고 싶은 부모가 어디 있겠는가?

"근자에 유모의 궁 밖 출입이 잦아졌다 하더구나."

"소용되는 물품을 구하느라……."

"그래, 안다. 긴말하지 않아도……."

"아바마마, 소녀에게 저런 재물이 무슨 소용이겠습니까? 피할 수 없는 일이라면 뚫고 나갈 수밖에 없질 않습니까."

"자고로 사람이 자기의 길을 가려 한다면 없는 길도 만들어야 하고 뜻하지 않은 위험도 겪을 것이다."

"오직 소녀의 마음을 무겁게 하는 것은 아바마마를 가까이서 모실 수 없다는 것뿐입니다. 불효 여식을 용서해주소서."

평원왕은 눈에 눈물이 그렁그렁한 공주를 보고 그녀가 이미 결심을 굳힌 것으로 보았다.

"일국의 군왕이 아닌 아비로서 세상의 나쁜 건 무엇이든 막아주고 싶었다. 허나 곰곰이 생각해보면 그 또한 너를 나약하게 만드는 일이 아닌가 싶다. 나는 내 딸을 믿는다."

평원왕을 올려다보는 공주의 큰 눈망울에 눈물이 주르륵 흘렀다.

"사람의 길은 스스로 열어가는 것이 옳은 것이라 여겨, 내 너를 제지하지는 않겠다."

말을 마친 평원왕은 딸의 얼굴을 깊이 새겨두려는 듯이 한참을 물끄러미 바라보았다. 그러다가 고개를 먼 하늘로 돌리며 복받쳐 오르는 감정을 감추었다.

며칠 후, 고원표와 말을 맞춘 대대로 김평지가 공주의 혼사 문제를 공개적으로 상주하고 나왔다. 명분은 판에 박은 듯 같았다. 나라의 안녕과 발전을 위해 상부 고씨와 평강공주의 혼례를 서둘러야 한다는 것이다. 이에 평원왕은 이례적으로 평강공주를 대전으로 불렀다.

공주는 대신들 앞에서 자신의 뜻을 밝혔다.

"부왕께선 어릴 적부터 눈물이 많은 소녀의 낭군이 될 사람은 바보 온달이라 하셨습니다. 그 일은 이 자리에 계신 대신들과 만백성이 다 알고 있는 사실입니다. 하온데 어찌 일국의 국왕께서 이제 와서 허언을 하시려 하옵니까? 일개 필부도 거짓말은 하려 하지 않는데 하물며 폐하께서는 더 말할 것도 없지 않사옵니까?"

당돌하고 당찬 거절이었다. 담력이 어지간한 고원표도 깜짝 놀랐다. 평원왕은 공주가 고건의 청혼을 거절하려고 바보 온달의 이름을 거론하는 줄로 여겨 대수롭지 않게 생각했다. 상부 고씨의 청혼은 누가 보아도 정치적 계산이 깔려 있다. 항시 외침을 걱정하는 태왕의 입장에서는 내부의 통합이 절실하지만 딸에게 원치 않는 결혼을 강제할 만큼 비굴하지는 않았다. 다만 고원표와 여러 대신들의 입장을 염두에 둬야 하는지라 평원왕은 대로하는 척 감정을 꾸몄다.

"공주가 과인의 말도 듣지 않는다면 내 딸이라고 할 수 없다. 그렇다면 어찌 왕궁에서 함께 살겠느냐? 너는 네 마음대로 갈 길을 가는 것이 좋겠다."

그러자 고원표가 문제를 제기하고 나섰다.

"폐하, 시정市井에는 공주의 주변에 불순한 자들이 꼬여든다는 소문이 파다합니다. 그들은 행실이 불온하여 왕실에 누를 끼치지 않을까 우려되옵니다."

공주가 발끈 화를 냈다.

"고추가께서는 누구를 지칭하여 행실 운운하시는 것입니까?"

고원표는 공주를 상대하지 않고 무시했다.

"이번 혼사 문제가 매듭되기 전까지 공주의 바깥출입을 막고 흉흉한 민심의 수습부터 먼저 해야 할 줄 아옵니다."

"좋도록 하시오."

평원왕은 의외로 쾌히 승낙했다. 조정 대신들이 아무리 떠들어봤자 누구도 공주의 결심을 막지 못할 것임을 알기 때문이었다. 누구보다 평원왕이 딸을 잘 알았다.

공주의 혼사에 대한 왕후와 조정 대신들의 강압은 오히려 공주의 결심에 불을 지펴주었다.

결국 공주는 궁을 떠나게 되었다.

떠나기 전날, 공주는 태자를 만났다. 대신들 앞에서는 그토록 당당하던 그녀도 동생 앞에서는 그저 자상한 누이일 뿐이었다.

"원아, 아바마마를 잘 보필하고 굳건히 지내야 한다."

태자 원은 평강을 따라가겠다며 고집을 부렸다. 공주가 엄한 목소리로 타일렀지만 그래도 태자는 막무가내였다.

"누님, 예전 약속을 잊었습니까? 저는 누님을 따라갈 것입니다."

"무슨 말이냐? 너는 이 나라의 태자야. 안학궁을 비워둘 수는 없어."

"싫습니다. 누님이 곁에 없다면 제 목숨은 안전하지 못할 것입니다."

평강은 태자의 두려움을 이해했다. 하지만 이제 태자도 한 나라의 군왕이 되기 위해서는 고통과 슬픔을 견디고 갈무리할 줄 알아야 한다. 그녀는 태자에게 더 모질게 굴어야 한다는 걸 깨달았다.

"이 누이를 실망시킬 셈이야? 그러고서 어찌 일국의 군왕이 되려 하느냐? 임 장군과 을지 장군이 너를 지켜줄 거야. 의논할 일이 있으며 그들과 상의하도록 해라. 그들을 통하면 나한테 연락이 닿을 거야. 태자야, 누이가 계속 궁 안에 머물러서는 힘을 키울 수가 없단다. 나는 반드시 궁으로 되돌아올 거야. 그러기 위해 떠나는 거란다."

태자는 마지못해 고개를 끄덕였다. 그의 눈에 눈물이 가득 고였다. 공주는 전처럼 다정하게 태자의 눈물을 닦아주지 않았다. 흘려야 할 눈물이라면 지금 흘리는 게 낫다. 그게 태자를 위하는 일이라며 그녀는 자위했다.

공주는 태자의 대부로 을지 장군을 내세웠다. 눈은 웃고 있었지만 그녀는 속으로 피눈물을 흘리며 더욱 비장한 각오를 다졌다. 장차 몇 년이 걸릴지 모르는 여정이고 영영 돌아오지 못할 길이 될 수도 있다. 태어나 16년을 살아온 궁을 떠나려는데 감회가 없을 수 없었다.

공주의 짐은 샛별이와 공손부인이 바깥나들이를 핑계로 앞서 챙겨 떠났다. 공주는 금팔찌 수십 개와 각종 패물을 최우영에게 처분토록 하여 주작봉 부근에 집을 장만해두었다. 야트막한 야산에 위치한 양지바른 저택으로, 친위군과 절노부 파견군이 가까이 있고 마을 사람들도 대부분 절노부 출신이라 비교적 안전이 보장된 곳이었다.

공주는 외숙인 연청기에게 그간의 사정을 소상히 글로 써서 알렸다. 별동대원들은 명예 회복을 위해 강제 해산이 아닌 정식 절차를 밟아서 전역시켜달라는 부탁도 했다. 이로써 왕궁에서 해야 할 공주의 안배는 끝났다.

일반 민가의 딸이 부모를 거역하고 가출하는 것도 보통 사건이 아닌데, 하물며 일국의 공주로 더욱이 태왕이 애지중지하는 외동딸이 왕궁을 나가는 것은 그야말로 엄청난 사건이 아닐 수 없었다. 마음이 편치 못하기로는 평원왕이 더했으면 더했지 부족하지 않았다. 허나 태왕이 짊어져야 하는 짐은 따로 있었다. 국정을 처리하고 백성들의 생활을 보살피며 외침을 막고 나라를 수호해야 하는 것이다.

고원표는 불구대천의 원수다. 그걸 알면서 딸을 그들에게 보낼 수는 없었다. 고원표가 허락하지 않았다면 아무리 소금 전매권 해제가 위협이 된다 해도 흑풍대가 왕후를 해치는 일은 벌어지지 않았을 것이다. 그날의 습격은 태왕에 대한 사전 경고의 성격도 띠었다. 평원왕은 새삼 치솟는 분노를 가슴 깊숙이 눌렀다.

공주는 운명의 수레바퀴 속에 던져진 자신의 삶이 제멋대로 굴러가도록 방치하지 않았다. 그녀의 마음 한구석에는 형식에 얽매이지 않는 민가의 생활에 대한 동경과 설렘도 있었다. 월광이 남긴 쌍검을 소중히 챙긴 공주는 아버지 평원왕이 머물고 있는 서각을 향하여 작별의 절을 올렸다. 듣는 이는 없어도 그녀는 절절한 목소리로 말했다.

"아바마마, 불초 소녀 반드시 뜻을 이루고 환궁할 것입니다. 그때까지 만수무강하소서."

공주는 궁 안팎의 적재적소에 사람을 배치했고 열 번 스무 번 되짚어보며 사전 준비를 했다. 그래도 변수는 많을 것이다. 시간이 흐르면 미래도 같이 변한다. 예측은 항상 틀리기 마련이라 공주는 신중에 신중을 기했다. 사람의 목숨이 걸린 위험한 행로였다.

왕궁 밖에서는 최우영이 기다리고 있었다. 옷을 갈아입고 간단한 봇짐을 등에 멘 공주는 쌍검을 들고 방문을 나섰다. 아직 상황을 이해 못 한 근위병들이 의아한 눈길로 공주를 쳐다보았다. 이제 호위대장 임정수가 나설 차례였다. 너무 쉽게 공주를 내보내면 왕후와 고원표의 의심을 살 것이다.

"이 시각에 어딜 출타하십니까?"

"이제 가야 할 시간입니다."

"공주님의 출궁을 막으라는 지시가 있었습니다."

십여 명의 병사들이 몰려들자 임정수가 호통을 쳤다.

"어딜 나서느냐? 물러서라."

공주가 월광의 쌍검을 뽑으며 말했다.

"혼자서 감당하시겠습니까?"

이런 상황에서도 공주는 임정수를 향해 미소를 지었다. 미안하고 고마운 걸 그렇게밖에는 표현할 수 없었다. 공주는 이미 그에게 두 가지 당부를 해두었다. 태자를 모시고 지켜줄 것, 그리고 을지해중과 함께 군사들의 무예교본을 완성시킬 것.

임정수도 검을 뽑아들었다. 그는 무장의 집안에서 태어나 철이 들기도 전에 칼을 만지고 다루는 기술을 배웠다. 공주의 무예 수련에 종종 상대가 되어주기도 했는데, 점점 공주의 쌍검이 만만치 않아졌다. 힘으로 밀어붙이면 어찌 공주가 자신을 당할까마는 월광 대부의 생전에 임정수는 공주에게 딱 한 번 패했다. 방심하다 공주의 칼등에 호되게 맞고 멍해진 적이 있었다.

쌍검을 빼는 공주의 자세가 전과는 달랐다. 예전에는 날카롭게 무작정 치고 들어오는 공격적 성향이 강했지만 지금은 양손에 검을 들고 가만히 기다리는 모습이 가벼운 깃털처럼 보였다. 말도 안 된다고 임정수는 속으로 외쳤다. 아무리 월광 대부에게 쌍검무를 전수받았다 해도 겨우 16세 소녀가 아닌가.

임정수는 공주의 얼굴에 살포시 피어나는 웃음을 보고 마음을 편안히 갖기로 했다. 공주에게 맡기자. 임정수는 포효하며 치고 들어갔다. 공주는 날렵하게 피하기만 했다. 버들가지처럼 낭창낭창한 움직임이다. 뭔가 부딪치기라도 해야 힘으로 밀어붙이지, 아예 공주의 그림자조차 따라잡기 힘들었다.

임정수의 검은 길을 잃고 계속 허공을 갈랐다. 그는 마음속에서 차오르는 희열을 느꼈다. 공주의 검술은 오래전에 자신을 능가했을지도 모른다. 외려 무장인 자신에게 양보하는 겸손의 미덕을 갖춘 공주가 대견하고 놀랍기만 했다. 마음 씀씀이는 나이와는 상관없는가 보다. 왕후의 임종 이후 진비의 기세에 눌려 지내던 공주가 어느새 자라 새로운 꿈을 안고 더 넓은 세상을 향해 도약하려는 것이다.

임정수는 마음껏 검을 휘둘렀다. 일순 그의 어깨가 뜨끔해지더니 검이 손을 떠나 저만큼 날아갔다. 옷이 찢어지고 어깨에서 피가 흘렀지만 딱 좋았다. 혈맥을 피해 내려친 공주의 칼질은 한 치도 틀림없이 적당했다.

"다음엔 전력을 다해 상대해주십시오."

공주는 빙 둘러 서 있는 근위병들에게 거역할 수 없도록 단호한 어조로 명을 내렸다.

"병사들은 문책하지 않을 것이다. 임 장군을 어서 내의관에게 데려가도록 하라."

근위병들은 얼떨결에 공주의 명을 따랐다. 공주는 유유히 근위병들 사이를 뚫고 중문을 지나 궁을 빠져나갔다. 어디선가 바람에 실려온 짙은 솔향기가 그녀의 코끝을 자극했다.

후문에서는 공주에게 금족령이 내려져 있는 것도 몰랐다. 수문장은 어린 궁녀가 사가에 나가는 정도로 가볍게 취급했다. 평강이 왕궁 담벼락 모서리를 돌아 약속된 장소로 찾아가니 휘장으로 가린 작은 마차가 보였다. 최우영이 낯익은 미소로 공주를 맞이했다. 그 역시 평상복에 굴건을 쓴 선비로 위장했다. 그가 자주 애용하는 변장술이었다. 공주는 아마 최우영이 선비가 되고 싶었던 게 아닌가 여겼다.

최우영은 공주를 마차에 태우고 왕궁에서 멀어져갔다. 해가 지기 전에 외성을 빠져나가야 안심이었다.

고건은 공주가 호위무장을 베고 왕궁을 빠져나갔다는 보고를 잠자리에서 받았다. 그는 의관을 차려입고 황급히 공주의 행적을 뒤쫓았다. 그러나 공주는 성안 어디에도 없었다. 다음날, 그가 보낸 예물이 되돌려 보내졌고 청혼은 거부되었다. 고원표는 노발대발했다.

"화근이다. 그년을 잡아라. 환궁을 거절하면 죽여도 무방하다."

고건은 독단으로 왕궁에서 흑풍대를 철수시켰고 양가의 화해를 모색하여 진심 어린 청혼을 했다. 그러나 보기 좋게 당했다. 화가 나기보다는 어이가 없었다.

'대체 내 어디가 모자라서 싫은가? 바보 온달을 지아비로 맞이하겠다니, 그게 말이나 되는 소린가?'

고건은 이렇게 쓰디쓴 굴욕감을 맛본 적이 없었다. 항상 최선을 다해 노력했고 그에 상응하는 성과를 얻었다. 아버지의 기대에 부합하는 아들이 되고자 했고 고구려 최고의 무장이라는 자부심으로 살았다. 그러나 공주는 자신을 거부했다.

상처를 입었지만 실연은 아니었다. 연정을 품었지만 설익었고 모욕만 당했다. 고건이 아는 한 공주는 앞뒤 못 가리는 철부지가 아니다. 별동대에 의지하려는 것인가? 아니면 절노부로 향할 것인가?

고건은 동생 고진영에게 공주의 뒤를 추적하게 했다. 고진영은 첩보조를 풀었다. 벌써 외성을 빠져나갔다면 별동대가 공주를 돕고 있다는 말이 된다. 정면에서 상부 고씨와 맞설 세력이 있을 리 만무하다.

전투 병력만 기병 1만에 보병 2만이다. 언제라도 동원 가능한 병력이다. 이 정도 군세라면 평양성 정도는 단번에 휩쓸어버릴 수 있다. 하지만 고구려의 병권을 잡고 있는 절노부를 무시할 수 없다. 평원왕도 친위군을 갖고 있다. 그래서 고원표도 은인자중하는 것이다.

절노부 족장 연청기도 비슷한 상황이었다. 그의 병력은 대부분 북부 국경을 따라 산성에 흩어져 배치되어 있다. 그래서 함부로 군대를 빼거나 이동시키지 못한다.

고건이 흑풍대 조직과 선인들의 지원을 받고 있다면, 고진영은 최근에 아버지로부터 부衞의 첩보조직을 인계받았다. 그들의 수가 수백 명에 달한다는 걸 알고 고진영은 의구심이 들었다. 인원이 너무 방만하지 않나 싶었다. 하지만 후에 그들의 활동 영역을 알고는 머릿수가 모자란 감마저 들었다.

첩보부대는 3개 부대로 나뉘어 있다. 1대는 행정단위로 구분된 5부의 주요 성에 지부를 둔 국내조와 북주, 북제, 신라, 백제, 왜 등에 나가 있는 해외조로 짜여 있다. 그들은 각기 정보를 수집, 분석하고 때로는 독자적인 공작을 펼치기도 한다. 2대는 무력을 사용하는 행동조로 요인을 체포하거나 납치, 제거하는 암살조직이다. 특이한 건 3대다. 3대는 상권과 자금을 관리한다. 3대 대장은 직접 고원표의 지시를 받았고 아무도 그 정체를 몰랐다.

고진영은 자신의 기량이 형에게 미치지 못함을 알고 늘 숨을 죽이며 억눌려 지내왔다. 그러나 첩보부대를 얻고부터는 자신감이 넘쳤다. 종종 그 힘을 과신하여 형을 능가하고픈 욕심까지 내비쳤다.

관도는 짐수레 외에도 성내를 왕래하는 마차가 부지기수였다. 귀족들은 물론이고 부유한 상인들까지 서로 과시하듯이 마차를 타고 다녔다. 심지어 관도에 마차가 다니는 전용 궤도를 파놓았다.

첩보대원들은 성 외곽으로 수색 범위를 넓혀갔다. 지나는 모든 마차의 휘장을 열고 일일이 사람 얼굴을 대조했다. 아버지 고원표의 칭찬을 목말라 하는 고진영은 조바심이 나서 가만히 앉아 있지 못했다. 형에 못지않은 장한 아들임을 입증해 보이고 싶었다. 고진영은 공주가 외성을 벗어났다는 가정 하에 추격대를 재편성하고 진두지휘에 나섰다. 관도마다 지원부대를 풀어 엄중히 검문검색을 펼쳤고 특히 주작봉 인근 마을은 부작용을 감수하면서 집집마다 수색했다.

흑풍대와 첩보대, 양대 조직이 나서서 공주의 행방을 찾는 일에 혈안이 되었다. 그러나 공주의 행방은 오리무중이었다.

그 시각 공주는 사씨 집성촌에 마련한 대나무숲 속 초옥에 여장을 풀었다.

귀인이 도착했다는 전갈을 받고 사노인을 비롯하여 인근 부락 촌로들이 속속 찾아왔다. 그들은 감탄을 금치 못했다. 공주의 말을 들고 사들인 염전의 값어치가 천정부지로 치솟고 있었다. 그녀가 암시했던 대로 소금 거래에 대한 독점권이 해제되자마자 전국에 산재한 소금 도소매상들이 산지 염전으로 직접 소금을 구매하러 몰려들었다.

최우영은 두뇌 회전이 빠른 잔머리 이진무를 대리인으로 내세웠다. 이진무는 촌장들에게 염전 사업은 서로 믿음을 확인하는 첫 거래라고 호기롭게 말했다. 각 부락이 확보한 염전은 그 부락이 공동 관리, 운영하고 나오는 수입은 반반씩 나누자고 제안했다. 이 또한 기대하지 않았던 좋은 조건인지라 촌장과 촌로들은 놀란 입을 다물지 못했다. 사노인은 눈물을 글썽이며 이진무의 손을 잡고 한참 동안 놓지 못했다. 이진무는 덧붙이길, 이와 같은 일은 사씨 일족의 생활 토대를 마련해주기 위한 것이라 했다. 그동안 쌓여온 서러움 때문인지, 이 말에 감격한 사씨촌은 한바탕 눈물바다가 되었다.

최우영의 감회도 남달랐다. 가난이 대물림되던 사람들에게 희망이 생긴 걸 보고 그는 감동을 넘어 희열을 느꼈다. 최우영은 가난 때문에 군대에 들어갔다. 나라를 지키니 뭐니 그런 건 몰랐다. 배가 고파서 먹을 걸 챙겨주는 전쟁터를 전전했고 단지 살아남기 위해 창을 들고 싸웠다. 그가 무기를 긴 창으로 선택한 것은 덤벼드는 적이 무서워서 되도록 떨어져 싸우려 했기 때문이며, 장창이 손에 익숙해지다 보니 그것이 절기가 되었다.

최우영은 공주의 계획에 따라 김용철을 비롯한 별동대 전체 조장들을 불러 새로운 임무를 부여했다.

"별동대 전 대원들은 3인 1조가 되어 총 25개조로 나눠 전국에 골고루 분산된다. 각 조는 큰 성을 중심으로 경당을 세우고 활을 잘 쏘거나 창검에 재주가 있는 젊은이들을 찾아내 가르쳐라. 전국 25개 경당에서 무사를 양성하되 3년 이내에 최고의 무사로 키워내라. 경당 설립 소요자금은 이진무가 염전에서 거둬들이는 수입으로 충당한다."

실로 엄청난 계획이었다. 조장들에게 새 임무를 하달한 최우영마저 공주의 원대하고 장기적인 포석에 놀랐다. 도저히 16세 소녀의 머리에서 나온 생각이라고는 믿어지지 않았다.

25개 경당에서 무인을 키워내면 1년에 한 지역에서 100명만 잡아도 2,500명의 무사들이 생긴다. 그들이 조의선인이 되거나 하급 장교인 자위自位만 되어도 그 세를 감당할 자가 없을 것이다. 생각만 해도 가슴 벅차고 통쾌한 일이었다.

공주를 만나는 사람들은 그녀에게서 희망을 발견했다. 최우영은 공주를 힐끗 쳐다보면서 저 작은 머리의 어디에서 그런 생각이 나오나 싶었다.

나머지 대원 십여 명은 경당 설립과 이진무의 염전 관리를 측면 지원하고 몇몇은 공주의 경호 업무를 전담하기로 했다. 그러나 산촌 부락 일을 마무리한 공주는 최우영조차 샛별이와 공손부인이 머무는 강가 저택으로 떠나라고 명했다.

평강공주는 단신으로 궁에서 가지고 나온 봇짐을 둘러메고 주작봉 기슭에 있다는 온달의 초옥을 찾아 길을 떠났다. 여태껏 왕궁에서 공주로 살아온 것과는 전혀 다른 생활이 그녀를 기다리고 있었다.

(2권에 계속)